Peter Rupprecht

Die drei Zeittänzerinnen

- Ein Märchen über Raum und Zeit -

- Version vom 22.10.2019 -

FSC
www.fsc.org
MIX
Papier aus verantwortungsvollen Quellen
Paper from responsible sources
FSC® C105338

Bibliografische Information der Deutschen Nationalbibliothek
Die Deutsche Nationalbibliothek verzeichnet diese Publikation in der Deutschen Nationalbibliografie; detaillierte bibliografische Daten sind im Internet über http://dnb.d-nb.de abrufbar.

1. Auflage vom Februar 2009
2. Auflage vom Oktober 2019

Herstellung und Verlag:
BoD - Books on Demand, Norderstedt
ISBN-13: 9783837068979

Inhaltsverzeichnis

Was ist Zeit?

Sag mir, was ist die Zeit?
Zukunft oder Vergangenheit?
Etwa ein ewig Zyklus gar,
Bei dem nichts bleibt, wie es mal war?

Pulsiert sie wie eine Einheit?
Steht sie nie still? Hat sie die Ewigkeit?
Ist Eile ihr ein fremdes Wort?
Ist Sie überall und an jedem Ort?

Rotiert sie oder fließt sie dahin?
Ist dies allein ihr Daseinssinn?
Wird und vergeht in ihr der Raum?
Ist Materie in ihr wie Schaum?

Dabei ist nur eines klar.
Man nimmt sie meist nicht wahr.
Aber wenn es kommt, Spitz auf Knopf,
packt sie dich an deinem Schopf.

Gnädig kann sie schon sein,
auch furchtbar, dreckig und gemein.
Wie ein Bruder ist sie, der mit dir geht,
und den man doch nie ganz versteht.

Gleich dem Sturz des Stundenglas,
gibt und nimmt sie dies und das.
Ihr ist egal, ob sie verrinnt.
Nur uns nicht, weil wir sterblich sind.

Peter Rupprecht

Kapitel 1

Eine von vielen Möglichkeiten

Vor langer langer Zeit lebte einmal ein junger König, der alles besaß, was das Herz begehrte. Sein Reich war mächtig, sein Land fruchtbar und durchzogen von immergrünen Flussauen. Niemand hungerte innerhalb der weitläufigen Grenzen seines Imperiums oder litt an Durst. Man erntete bis zu drei Mal im Jahr und füllte die Vorratsspeicher reichlich. Seine Untertanen erbauten prächtige Städte und durchzogen sie mit breiten Flusskanälen, auf denen sie ihre selbst erzeugten Waren in alle Welt verbrachten. Von ihren Metropolen wetteiferte die eine mit der anderen um die Pracht. Deren Einwohner errichteten in diesen Orten Anlagen, die ein Leben dort angenehm und begehrenswert machte. Luxuriöse Bäder und Basare für den Zeitvertreib befanden sich ebenso darunter wie Theater und ausgedehnte Parkanlagen. Deren liebevoll gestalteten Bepflanzungen nebst den kuriosen Wasserspielen suchten auf dem Erdball ihres gleichen. All das zeugte von dem gigantischen Reichtum, der die selbstbewussten Einwohner stolz auf sich und ihren König machte. Der Herrscher selbst residierte in einem glanzvollen Palast, mit tausenden von Räumen. An Herrlichkeit gab es nichts Vergleichbares auf der Welt. Hinter seinen erhabenen Mauern aus weißen Kalksteinen mit majestätischen Zinnen befand sich der schmuckvollste Garten des gesamten Reiches. In ihm gab es die kunstvollsten Statuetten, die harmonischsten Bilder und die lieblichsten Frauen, welche in einem sprichwörtlich goldenen Harem lebten. Es handelte sich hierbei nicht nur die schönsten und edelsten Damen des ganzen Reiches. Nein, wenn nicht gar des gesamten Erdkreises. Aus allen bekannten Ländern stammten diese sorgsam gehüteten Frauen. Man kleidete sie mit den wertvollsten Stoffen, schmückte sie mit den kostbarsten Juwelen. Sie wurden mit den nur besten Speisen und Getränken verköstigt, die es in der Welt gab. Ihnen mangelte es an nichts, denn der Machthaber verspürte eine große Schwäche für die Schönheiten, welche er verehrte, wie wenn sie Göttinnen wären.

Auf Grund seines Standes heiratete der junge König früh. Doch obwohl seine Hauptfrau zu einer der Schönsten der Welt zählte und auch von der Bevölkerung wegen ihrer Anmut in Gedichten gerühmt wurde, war sie für den Monarchen nur eine von Vielen an seinem Hofe. Immer, wenn der König Lust verspürte, lies er sich eine von seinen leibhaftigen Göttinnen aus dem Harem kommen. Aber egal, wer ihn vergnügte, bei keiner empfand er wirklich Liebe. Etwas wonach er sich von ganzem Herzen sehnte. Sie alle, die im Harem lebten, versuchten dem jungen König zu gefallen und buhlten fanatisch um seine Gunst. Aber der König fand keinen Gefallen an ihnen. Wusste er doch, dass nicht er hinter dem Begehren stand, sondern nur sein Status und den damit verbundenen gesellschaftlichen Aufstieg. Aus dieser Gewissheit mied er schon bald den Harem und widmete sich geradezu besessen seinen Staatsgeschäften. Durch seine Tatkräftigkeit versuchte der junge König seinen seelischen Schmerz zu lindern, in dem er durch sein Reich reiste, um auf andere Gedanken zu kommen. Schon lange glaubte er nicht mehr daran, sich je einmal zu verlieben. Er begrub in seinem Herzen jenen allzu menschlichen Wunsch den Rausch der Liebe anheimfallen zu können. Immer wieder redete er sich ein, dass sein Amt und seine Bürde es einfach nicht zuließen. Er bemühte sich ein guter König sein. Ein Vorbild für seine Zeit. Ein König, von dem man noch lange nach seinem Tod mit Hochachtung sprach. So zog er mit seinem Tross durch sein großes Reich, um nach den Rechten zu sehen. Er besuchte all seine Städte, hielt dort Audienzen und Rechtsprechung ab. Auf Grund seiner mangelnden Erfahrung handelte er nicht immer gerecht, aber das Volk spürte, das er sich seiner Verantwortung stellte und sich nicht lethargisch in seinem Palast vergrub. Egal wo er auf seinen Reisen hinkam, empfing ihn das Volk mit Wohlwollen. Sie liebten ihren Herrscher und zeigten dies mit Hingabe. Lange vor seinem Eintreffen bereiteten sich die Einwohner auf seinen Besuch vor und putzten ihre Stadt heraus. Schon bald erlangte sein Reich durch seine umsichtige Herrschaft eine ungeahnte Blüte. Der Fernhandel florierte und trug so den Ruhm seines Imperiums in alle Welt bis in die entferntesten Winkel hinein.

Während der König sein großes Reich bereiste, überlies er seinem Wesir die Verwaltung des heimischen Königspalastes. Jener, zunächst schüchtern in seinen neuen Befugnissen als Hausherr der Residenz, legte die Scheu in der Heimstatt seines lang abwesenden Herren bald ab. Anstelle des Königs vergnügte sich nun der hohe Beamte mit dessen fleischlichem Besitz. Er lies in den Gemächern pompöse Orgien veranstalten und ergötzte sich an dem erlesenen Angebot und dem Reichtum in mehrfacher Art. Seine Gier wurde mit jedem Tag immer dreister und er unterließ es sogar nicht, ein Verhältnis mit der Königin zu beginnen, welche der König sträflich vernachlässigte. Die Königin reagierte nicht abgeneigt dazu und führte bald mit dem Wesir eine leidenschaftliche Beziehung. Vom Palast ging alsbald das Gerücht aus, dass der König nicht mehr der eigentliche Herr in seinem Hause war. Es habe sich ein eigener Staat im Staate gebildet. Den König aber berührte dies nicht. Lieber hielt er sich auf seinen Reisen auf, anstatt in seinem goldenen Käfig unglücklich zu darben. Er zog es vor, die sich ausbreitenden Gerüchte zu ignorieren. Solange man ihn in Ruhe ließe und seine Herrschaft über das Reich nicht streitig machte, sah er keinen Grund einzugreifen. So vergingen viele Monate und es wären vielleicht sogar Jahre daraus geworden, wenn nicht ein Ereignis den Lebenswandel des Herrschers radikal veränderte.

Auf seinen Wegen durch das Reich kam der König eines Tages mit seinem Tross zu einem Wasserloch. An ihm befahl er, seine Elefanten tränken zu lassen. Von dort sah er in seiner Elefantenkanzel sitzend einer jungen Frau zu, welche sich mühevoll mit einem übergroßen Tonkrug auf ihrem Kopf abschleppte. Sie befüllte ihn mit Wasser an der Tränke. Dabei verschüttete das wohlgeformte Mädchen das klare Wasser und es ergab sich, dass es ihre leichten Kleider erotisierend benetzte. Darunter schimmerte ihre begehrenswerte Anmut hervor, was den König sehr erregte. Ihr edler Körper, ihre fein geformten Rundungen. Ihr strahlendes Lächeln und ihre seidigen Haare betörten den jungen Monarchen sehr. So befahl er seinen Dienern, sie zu sich holen zu lassen. Die Begleiter des Königs brachten die von dem Befehl überraschte Frau zu ihrem Herren. Voller Ehrfurcht und mit einer gewissen Angst warf sich die Schönheit vor ihm in den Staub, aber der junge König stieg zu ihr vom Elefanten herab. Er kniete sich zu ihr nieder, hob ihren Kopf an und sah der hübschen Dame in die strahlenden Augen, welche ihn an zwei Saphire erinnerten.

„Du bist wunderschön", sagte er von ihrer Grazie ergriffen. „Nicht du sollst dich vor mir in den Staub werfen. Ich tue es vor dir", antwortete er und verbeugte sich ehrfürchtig. Das geehrte Mädchen wusste nicht, wie ihr geschah, als sich der König vor ihr verneigte.

„Herr", sagte sie. „Ich verdiene das nicht. Ich bin doch nur eine Dienerin."

„Von heute an nicht mehr", antwortete der König.

„Du wirst zu meiner Lieblingsfrau werden. Niemals sollst du mehr Wasser schöpfen müssen. Von heute an wird man es dir bringen."

„Nein", rief die junge Frau entsetzt. „Ich bin bereits verlobt. Ich habe doch schon einen Mann."

Der König starrte sie nun seinerseits überrascht an. Noch nie wies eine Frau ihn ab.

„Du widersprichst deinen Herren?", fragte der König nun erst recht an dieser Frau interessiert und fragte herausfordernd: „Ist dein Geliebter etwa besser als ich es bin?"

„Bitte Herr, tut ihm nichts. Ich würde sterben für ihn. Ich liebe ihn von ganzem Herzen", flehte das Mädchen ihn an.

Gerade diese Aufrichtigkeit imponierte dem Herrscher. Er lies den jungen Mann zu sich holen. Ein hübscher Jüngling, dessen Aussehen kräftig und gesund wirkte.

Der König fragte ihn: „Deine Verlobte sagte, dass sie für dich sterben würde. Würdest du es auch für sie tun?"

Der junge Mann wusste um die Wichtigkeit der Antwort, die er seinem König gab. Daher sagte er ihm: „Ja Herr. Auch ich wäre bereit für meine Liebe mein Leben zu geben."

Dem König überkam ein Gefühl des Wohlgefallens an den Beiden. „Ich beneide euch", sagte er zufrieden.

„Ich wünschte, dass ich dies auch von den Meinen in meinem Palast sagen könnte. Von heute an sollt ihr meine Gäste sein. Ich werde euch ein Haus im Palastgarten bauen lassen. Dort sollt ihr auf ewig ohne Sorgen leben und es wird euch dort gut ergehen. Dafür gebe ich mein Wort."
Vor lauter Glück wusste das junge Paar nicht darauf zu reagieren, sie glaubten nicht so recht an diese noble Tat.
„Herr, meint ihr das wirklich ernst?", fragten sie ihn.
„Natürlich", antwortete der König und Beide bedankten sich überschwänglich bei ihm.

Der König nahm das junge Paar mit zu seinem Zug und kehrte nach langer Abwesenheit in seinen Palast zurück. Dort befahl er seinem Hofarchitekten ein Haus in den Garten zu zimmern, in dem es seinen beiden Gästen an nichts fehlte. Alle Dinge, die das Beieinandersein eines Paares bedurften, von der Versorgung ihres täglichen Bedarfs bis zur Perfektionierung ihres Liebeslebens, lies er darin einbauen. Jedoch wies er seinen Hofarchitekten im Geheimen an, das Haus so zu konstruieren, dass durch Spiegel alle Räume einsehbar wurden. Die Reflexionen der Spiegel wurden in einem dem König zugänglichen Raum geleitet. Dort spionierte er den Liebenden nach Lust und Laune nach. Der Ingenieur löste diese Aufgabe so genial, dass die Beobachteten nicht merkten, wenn ihnen Fremde von einem entfernten Ort bei ihrem Alltagsleben zusahen. So kam es, dass nach nur kurzer Bauzeit das Paar darin einzog. Überschwänglich genossen die neuen Palastbewohner das luxuriöse Leben bei Hofe und merkten nicht, wie der König sie genauestens dabei beobachtete. Der junge Herrscher fand Gefallen daran, den Zweien bei jeglicher Tätigkeit zuzusehen, die der Alltag mit sich brachte. Er lies es sich auch nicht nehmen deren Beziehung zueinander auf eine harte Probe zu stellen. Die Versorgung der Gäste übernahmen seine Damen aus dem Harem, welche gekonnt den Verlobten der jungen Frau in Versuchung zu führen wussten. Im Gegenzug veranlasste der König auch junge adrette Männer dazu, die anmutige Frau aufzusuchen. Jene bekamen die Aufgabe sie zu massieren oder einfach nur durch Kunstvorführungen zu unterhalten. Alsbald fing das junge Paar an, sich gegenseitig zu misstrauen. Ihr unliebsames Gefühl der Eifersucht gipfelte sich oft in Streit, wobei es ihnen dank ihrer starken Liebe zueinander immer wieder gelang, ihn beizulegen. Der König amüsierte sich so sehr an ihren Beziehungskrisen und auch daran, Beide in ihrer Liebe auf die Prüfung zu stellen. Dass er sein Reich dabei vollkommen vernachlässigte, interessierte ihn nicht. Für seine Regierungsgeschäfte im Reich bestellte er den zuvor als Palastherr eingesetzten Wesir. Diese an ihm neu übertragene Aufgabe nahm er seinen Herren durchaus übel. Seine Geliebte, die Königin, sah er gezwungenermaßen nur selten. Er konnte sie nur aufzusuchen, wenn der König nicht im Palast weilte. Dieser Umstand zwang ihn, seine Liebschaft zu verheimlichen, weil der König sich mit seinen „Versuchskaninchen" befasste. So schmiedete der Wesir vor Wut getrieben, einen Plan den König zu entmachten.

Bei diesem scheute er keine Mittel und Möglichkeiten. Eine Stimmung der Missgunst und des Neides lag von jenem Tage an über dem Herrscherhaus wie ein undurchdringlicher Schleier. Das Gerücht über eine bevorstehende Revolte machte in der Bevölkerung die Runde. Es hieß, dass sich in dem Palast Parteien bildeten, die den König stürzen.

Eines Tages kam niemand mehr aus dem Herrscherhaus heraus. Man sah zwar Leute hineingehen, aber auch diese kamen nie wieder zurück. Das Volk rätselte alsbald über das seltsame Phänomen des Menschen verschlingenden Palastes. Bedeutete dies doch eine Katastrophe. Denn wenn vom Königspalast keine Befehle mehr ins Land hinausgingen, dann drohte dem Reich ein Chaos. Niemand sorgte mehr für Recht und Ordnung. Zu allem Übel fiel bald darauf kein Regen mehr über dem Land ab. Die Flüsse, welche vorher für Nahrung im Überfluss sorgten, trockneten in nur wenigen Monaten vollkommen aus. Wenig später verdorrten die Felder und es folgte eine schreckliche Hungersnot. Das Volk schickte in seiner Verzweiflung weitere Boten zum König in den Palast. Aber da niemand aus seiner Residenz zurückkam, glaubte man bald an einen Fluch. Es hieß, der König erzürnte die Göttin der Fruchtbarkeit und dies wäre nun die Rache für seinen Frevel. Mit jedem Tag, der verging, nahm das Unheil immer schlimmere Ausmaße an. Aus Sandkörnern wurden Haufen. Die Sandhaufen wuchsen zu Dünen heran. In absehbarer Zeit entstanden immer mehr von diesen Sandbergen, so dass sie bald ganze Landstriche unter sich verschluckten. Bald erkannte man das einstige Großreich der Kalahan nicht wieder. Es legte sich eine unbarmherzige Sandwüste mit jenen riesenhaften Dünen darüber, dessen flüchtende Bewohner ihr den Namen Kalahan gaben. Benannt nach dem untergegangenen Reich, dass einst Glück und Wohlstand für sie bedeutete. Ihrer Heimat beraubt flohen die Untertanen des Königs aus dem verödeten Reich in die umliegenden Länder. Sie suchten nun ihr Heil in der Ferne. Von dem Königspalast aber ging seit jener Zeit das Gerücht mit dem Fluch um. Ein jeder fürchtete sich davor, auch nur in seine Nähe zu kommen. Eigenartigerweise erstrahlte die Residenz des Herrschers so erhaben wie eh und je über die Gegend. Dieser Prachtbau passte nicht zu den vertrockneten Wäldern, Kanälen und den verlassenen Gehöften ringsherum, dessen Mauern der scharfkantige Sand der Wüste zerschliff. Die Göttin der Fruchtbarkeit bestrafte ihn, hieß es. Man schenkte ihr zu wenig Aufmerksamkeit und nun sind alle verflucht, die mit dem Königshaus im Bunde sind. Niemand weis, was aus dem König, dem Wesir und dem jungen Liebespaar im Palast geworden ist. Die Antwort darauf liegt im ewigen Sand der Kalahanwüste begraben, der dort seither wie eine nicht endenwollende Flut durch die heißen Lüfte zieht.

So jedenfalls berichtet es die Legende. So beschrieben es die Überlebenden, die einstmals in diesem blühenden Reich, der Kalahan, lebten …

Kapitel 2

Soreyas Ausblick

Soreya starrte entrückt in das weite Land hinein. Von oben besaß sie einen wahrlich traumhaften Ausblick über das durch den Jahanfluß zweigeteilte Reich ihres Vaters. Der Maharadscha von Janapur regierte es schon seit vielen Jahren. Immer, wenn sie traurig und bekümmert war, stieg sie zu dem Ausguck des schlanken Turmes der Herrscherresidenz hinauf. Er bestand, wie auch der Rest des Gebäudes, aus weißen Kalksteinblöcken. Wenn morgens das Licht der Sonne darauf fiel, schimmerte seine leuchtende Farbe gleich eines Sterns in der Nacht. Es blendete selbst in der Weite den Besucher, wenn er sich der malerischen Residenz näherte. Jener Beobachtungsstand auf dem Soreya in der letzten Zeit immer öfters verweilte, war etwas Besonderes für sie. Mit feinen Steinmustern auf seiner Spitze verziert, lud er sie zum Innehalten und Träumen ein. Dort suchte sie mit einem entrückten Blick in die Ferne ihrem vorherbestimmten Schicksal zu entgehen. Unausweichlich war es. Lange schon entrann sie diesem Los nicht mehr. Seit ihrer Geburt praktisch nicht.

Früher, als ihr der sechzehnte Geburtstag unerreichbar erschien, fand sie Trost auf dem hohen Turm. Für einen Moment entschwand sie dort oben mit ihrer Seele dem Reich ihres Vaters. Doch heute zerstob ihre Zuversicht wie die mächtigen Sanddünen der unwirtlichen Kalahan. Jener Wüste, die weit oben im Norden jenseits der hohen Feuerberge lag. Soreya sah diesen Ort noch nie. Aber sie hörte viel von ihm. Am Tage war es dort glutheiß und in der Nacht bitterkalt. Vieles trug man ihr von Unberechenbarkeiten zu, welche die Karawanen durchlitten, wenn sie tagelang in dieser Einöde ohne Wasser unterwegs waren. Die Händler auf dem Markt erzählten oft davon und sie behaupteten, dass es mit jedem Jahr schwieriger wurde, überhaupt hindurchzukommen. Auch von einer alten Legende hörte sie, die unverrückbar mit der Wüste in Verbindung stand. Sie erzählte von einem jungen König, der ein Liebespaar in Versuchung führte und von einem Wesir, der gegen ihn putschte. Welchen wahren Umstand es für die Entstehung der Wüste gab, lies die Legende zwar offen, doch unterschieden sich die Deutungen der Nachwelt. Nur die Wenigsten meinten, dass diese Wüste, ebenso wie die anderen Einöden auf der bekannten Welt, eine Laune der Natur wäre. Solche Wüsten kamen und gingen. Irgendwann grünte es auch in der Kalahan wieder. Selbst wenn es wiederum Jahrtausende dauerte. Die Meisten ihrer Zeitgenossen freundeten sich nicht mit einer so einfachen Erklärung an. Die alten Könige der Kalahan verehrten schon immer die alles sehende Göttin der Fruchtbarkeit. Der junge König forderte die Göttin heraus, was zur Austrocknung des Landes führte. Er schenkte der Gottheit zu wenig Beachtung. Besonders die Priester der Göttin pflegten diese Version, weil sie viele Pilger in deren Heiligtum anlockte und so ihre Klöster zu einem unübersehbaren Wohlstand verhalfen. Doch egal, was es wirklich war. Die Nachfahren der einstigen Bewohner siedelten sich im Umkreis des Kalahanreiches an. Sie brachten ihre Fertigkeiten mit, was die angrenzenden Länder zu einem ungeahnten wirtschaftlichen Aufstieg verhalf. Besonders die Handwerker, die sich im Jahantal niederließen, galten als die Fähigsten ihrer Zeit.

Im Nordosten lag in einem weit verzweigten Flussdelta das geheimnisvolle Reich der Chasin. Sie handelten mit Papier, Porzellan und einem Stoff, der in Soreyas Heimat sehr begehrt war. Er kam in großen gefärbten Ballen auf Eseln über die Berge. Diese Ware handelte sich so wertvoll wie die Gewürze, die Janapur selbst den Reichtum bescherten. Der feine Stoff schmiegte sich weich an die Haut und brachte ein wohliges Gefühl über den Träger. Es hieß, dass aller Gram von dem abfiel, der sich damit verhüllte. Die Chasiner betitelten das Erzeugnis, das sie wie ein Staatsgeheimnis hüteten, mit dem Wort Seide. Aus diesem Stoff bestanden auch die Kleider die Soreya jetzt auf ihrem Leib trug. Ihr azurblauer Schleier flatterte vom aufkommenden Wind in die Lüfte. So, als sehnte auch er sich danach davongetragen zu werden. Er wirkte wie eine Fahne in der aufsteigenden Wärme des Tages. Trotz des erhabenen Bildes und des wohligen Gefühls ihrer Kleider vermochten sie nicht ihr trauriges Gemüt zu trösten. Sie hielt sich an dem fein verzierten Fensterbogen mit dem kunstvollen Relief des Turmes fest. An diesem einzigartigen Meisterwerk brachte der Steinmetz gut und gerne mehrere Wochen zu. Man erkannte, dass er alles tat, um sein Werk zur Perfektion zu treiben. In den feinen Stein meißelte er Vögel mit prächtigem Gefieder. Tiere, für die das Jahantal sich rühmte und dessen Luft sie majestätisch durchschnitten. Immer war es ein erhabener Anblick, wenn diese leichten Geschöpfe vorübersegelten. Soreya sah ihnen gerne zu. Auch von ihrem Turm aus. Frei und ungebunden flogen sie dahin. Genau so wollte sich Soreya jetzt fühlen. So wie jene Vögel einfach davon fliegen und diesen ungeliebten Ort für immer hinter sich lassen.

Der Jahan, der mächtige Strom auf dem ihr verzweifelter Blick fiel, teilte die weitgehend trockene Gegend in zwei Hälften. Auf dem Fluss schipperten die Lastkähne der Händler und die Boote der Flussfischer umher. Er schenkte seinen Anwohnern einen unermesslichen Reichtum. Jener gründete sich nicht ausschließlich auf den Anbau von Hirse und Rüben, welche die Grundversorgung der Bevölkerung sicherstellten. Nein, auch die allseits begehrten Gewürze lies er bestens gedeihen. Ob es Kardamom, Ingwer, Pfeffer oder der heiß begehrte Safran war, sie alle gaben dem Volk, dem sie angehörte, den großzügigen Wohlstand. Das erkannte ein jeder Besucher deutlich, der sich dem kleinen Fürstentum des Maharadschas näherte. Gerade in den Häusern der Hauptstadt

Jahanapur am Fluss spiegelte sich jene Ergiebigkeit wieder. Sie ergaben mit ihrer architektonischen Schönheit den weltweit bekannten Spitznamen des Ortes. Das Juwel von Jahanapur nannte es alle Welt. Die Stadt mit den zahllosen Kuppelbauten, die mit ihren verschnörkelten Mustern, das Ortsbild farbig gestalteten. Ihre fein verzierten Kacheln erstrahlten wie leuchtende Mosaike in der Sonne. Dann gab es da die breiten Straßen mit den immergrünen Palmen. Sie spendeten den Menschen in den Straßen genügend Schatten für ihr Alltagsleben dort. Alle Händler, die von Nah und Fern zu dem Handelsumschlagplatz kamen, nahmen diese harmonischen Eindrücke mit nach Hause. Sie trugen dessen Ruhm über seine Grenzen hinaus.

Soreya hörte das bunte Treiben auf dem belebten Marktplatz nur unterschwellig. Obwohl deutlich die Marktschreie der Kaufleute zu ihr hinauf bis in den mächtigen Palast ihres Vaters drangen, hörte sie kein einziges Wort davon. Die Rufer priesen die Waren an, die aus allen ihr bekannten Ländern stammten. Wäre ihr Gemüt an diesem Tage glücklicher, dann hätte sie ihren Worten neugieriger gelauscht. Dort unten warben die Händler mit verlockenden Worten für den Kauf von kupfernen Kesseln aus Peresien. Einem Land weit jenseits der der Savanne im Westen. Von ihm sagte man sich ebenso ungeheueren Reichtum nach, wie von dem Land, in dem sie lebte. Die Menschen dort trieben einen schwunghaften Handel mit dem Reich ihres Vaters. Vor allem tauschten sie ihre feinen Kupferwaren gegen die allseits begehrten Gewürze ein. Von weit her kamen die Händler. Auch von einem Kontinent, der den Namen Atafra trug. Dessen Kaufleute brachten kostbare Edelsteine und lange Stoßzähne von Elefanten mit. Die geschickten Handwerker in den Gassen von Jahanapur wussten sie zu hübschen Figuren zu schnitzen. Nicht umsonst begehrten die Kunden jene Elfenbeinprodukte des Landes. Hier in den Handwerkstätten schliffen die Juweliere die erlesenen Edelsteine aus Atrafa zu kostbarem Schmuck. Dadurch, dass man unweit ihres Herrscherhauses Gold fand, siedelten sich die Juweliere hier in der Hauptstadt Janapurs an. Diademe, Ringe und Ketten, die an Kunstfertigkeit in der Welt ihres gleichen suchten. Sauber ausgearbeitete Verzierungen mit stilvollen Linien und Mosaiken. Ein jedes Herz widerstand so einer Schönheit nicht. Niemand. Eine solche Kette trug auch Soreya um ihren Hals, als sie auf dem schlanken Turm in das Land hinein starrte. Trotz dessen unübersehbaren Glanz vermochte sich ihr Herz nicht im Geringsten daran zu erfreuen. Sie beachtete das herrliche Stück nicht einmal. Geschweige denn, dass sie es fühlte. Vor einem Jahr, da schenkte es ihr Vater zum fünfzehnten Geburtstag. Damals gewann sie daran noch ein Lächeln ab. Jetzt, da der Tag näher rückte, an dem sie sechzehn Jahre alt wurde, empfand sie dafür nur Verachtung und Bitterkeit. Allein der Gedanke daran, lies ihr die Tränen in die Augen steigen.

Ihr Blick wandte sich auf das Gewirr der engen Gassen unter ihr. Von dort stiegen die nasenfreundlichsten Gerüche empor, die man sich nur vorstellte. In diesem Teil der Stadt stellten die Adepten neben den Heilessenzen auch Düfte her, welche die Seele umschmeichelten. Ihre Aromen trösteten über jeden Seelenschmerz hinweg, den ein Herz befiel. Besonders dann, wenn sich der Leib vor Trennung und Abschied beutelte. Man gab sich unbelastet der Welt der Gerüche hin, ohne sich darum zu kümmern, was morgen kam. Als kleines Mädchen lief Soreya gerne durch die duftende Gasse der Parfümmacher. Neugierig beobachtete sie die Parfümeure bei der Zubereitung der Essenzen. Sie folgte mit ihren Augen, wie sie die Aromen aus den Pflanzen gewannen, die Parfüms kreierten und haltbar machten. Aber nun, da sie bald sechzehn wurde und den Palast bis dahin nicht mehr verlassen durfte, blieb ihr nur der schwache Geruch der betörenden Substanzen hier oben im Turm übrig. Er mischte sich mit den vielen anderen Gerüchen der Stadt. Sei es, dass er von dem Dung der Kamele oder von den vielen Garküchen der Stadt stammte. Fein säuberlich trennte sie in der Vergangenheit hier oben die verschiedenen Gerüche auf ihrem Turm voneinander und bestimmte sie. Eine Lieblingsbeschäftigung, die sie mit Freude betrieb. Aber jetzt fand sie keinen Gefallen mehr an dem Spiel irgendeinen Duft zu trennen. Die Welt um sie herum verkam zur Monotonie und Farblosigkeit. Sie verlor allen Reiz. Sie schluckte und kniete auf dem harten Kalksteinpflaster der Residenz nieder. Man unterwies sie in der Lehre der Liebe. Einer Lehre, für die die Menschen aus dem Jahantal berühmt waren. Zu diesem Thema gab es eine Vielzahl von literarischen Abhandlungen und Zeichnungen. Soreya studierte sie alle und man unterwies sie eigens zu diesem Zweck in der Kunst des Lesens. Man sagte seinerzeit, dass niemand es besser verstand die Sinne der Freuden anzuregen, wie die Prüflinge der jahanischen Liebeslehre. Sie bekam den sinnlichen Tanz geschult. Für diese Kunst waren die Bewohner des kleinen Fürstentums ebenso berüchtigt. Man sagte, dass sich kein Mensch so geschmeidig und gezielt im Takt der Musik bewegte, wie die Leute aus dem Jahantal. Kurz um. Man bläute ihr alle künftigen Fertigkeiten ein, die sie ab ihrem sechzehnten Geburtstag tagtäglich ausführte. Sie wusste nicht, ob ihr Los nicht vielleicht ein Besseres war, als für jene jungen Frauen, die ebenfalls an demselben Tag wie sie Sechzehn wurden. Wie man es auch drehte und nahm. Immer bestimmten andere Menschen über ihr Leben und setzten das durch, was für sie das Richtige wäre.

Soreya erinnerte sich daran, dass vor wenigen Tagen der junge König von Peresien hier war, um ihr den Hof zu machen. Ihr Vater lehnte aber sein Freien höflich ab. Ihre zukünftige Aufgabe wäre wichtiger, als das politische Bündnis mit Peresien zu bekräftigen. Verschämt verfolgte sie versteckt das Treffen damals hinter einer der großen Säulen des Audienzsaales und verkam zur Zeugin des vergeblichen Werbeversuchs des Nachbarfürsten. Der Prinz aus Peresien galt durchaus als attraktiv und wie auch Soreya bekannt war, behandelte er seine Haremsdamen gut. Der Prinz wollte Soreya zu seiner Königin nehmen. Auch um die Beziehungen ihrer Länder zu stärken.

„Wenn mein Kind nicht der Göttin der Fruchtbarkeit dient, dann wird die Göttin den Zorn über mich und mein Reich bringen. Also wird er auch euer Reich irgendwann heimsuchen“, erklärte ihr Vater dem enttäuschten Bräutigam als Grund für die Zurückweisung. „Dies ist in unser aller Interesse. Auch für euer Reich. Ich nehme an, dass ihr bemerkt habt, wie der Regen immer spärlicher wird und die Flusspegel bereits sinken. Die Lastkähne können nicht mehr wie sonst unbeschwert den Fluss beschiffen.“

„Nur ungern lasse ich euer schönes Kind ziehen“, reagierte der Kronprinz enttäuscht. „Es ist schade. Sie hätte ein gutes Leben als meine Königin führen können. Ich hätte euer Kind zu meiner Auserwählten gemacht.“

„Ich weiß euer Interesse zu schätzen“, erklärte der Maharadscha anerkennend. „Es geht nun mal nicht anders. Nichts ist wichtiger als das. Ihr wisst es genau. Euer Vater wird es euch bereits erzählt haben.“

„Mein Vater berichtete nie viel über seine Vergangenheit. Er sagte nur, dass eines Tages der Regen schwindet und dass …“

Mehr bekam Soreya von dem Gespräch der Monarchen nicht mit, denn gerade da, wo es für sie interessant wurde, musste sie ihr Versteck verlassen. Gerade als sie den Grund ihres künftigen Schicksals hätte erfahren können. Juschuh, der hünenhafte Palasteunuch ihres Vaters mit seinem großen wehenden Schnurrbart, bemerkte sie und forderte mit seinen dunklen schweren Augen Soreya auf zu gehen. Juschuh war zwar stumm, aber er drückte mit seinen Augen auch wortlos viel aus. Die junge Prinzessin hörte lieber auf ihn, bevor ihr Vater sie bemerkte und es vielleicht schlimmer wurde. Juschuh fungierte als die rechte Hand ihres Vaters. Seine Kraft glich der von fünf Ochsen. Er führte einen überdimensionalen Krummsäbel als Waffe. Damit ging Juschuh so geschickt wie der Jongleur zu Werke, der immer zu den Festen in ihrem Palast kam. Dennoch machte er für Soreya einen friedfertigen Eindruck. Juschuh trug Soreya früher auf seinem Rücken durch den Palast, was die Prinzessin nicht fühlen lies, dass er eigentlich zu ihrem Schutz bestimmt war. Der Eunuch ließ sie nie aus den Augen, aber niemals gab er ihr das Gefühl eingesperrt zu sein. Man musste es Juschuh lassen. Er löste diese schwierige Aufgabe perfekt und so eigenartig es auch klang, freundete sich auch Soreya mit ihm an. Soreya empfand daher Juschuh in erster Linie nicht als einen Spion, sondern als einen Kameraden. Dies bewies er oft, in dem er das Mädchen entgegen der Anweisung seines Herren, in den Gassen der Stadt auf Entdeckungstour schickte. Vielleicht tat er dies aber auch nur, damit ein gewisses Vertrauensverhältnis zwischen ihnen entstand. Es war ein Geben und Nehmen zwischen ihnen. Ein Spiel, das die Beiden gut beherrschten und doch blieb das unangenehme Ereignis, das Soreya demnächst bevorstand, die Nagelprobe ihres Verhältnisses zueinander. Welche Rolle Juschuh auch immer einnahm, er blieb immer ein Befehlsempfänger ihres Vaters. Vermutlich sah sie ihren Wächter ohnehin nie wieder. Sogar den Palast sah sie nie wieder. Ihr goldenes Gefängnis mit Freilaufgehege tauschte sie gegen das Verlies in einer verbrannten Gegend bei den erloschenen Feuerbergen ein.

Ihre Zukunft im Tempel der Göttin der Fruchtbarkeit beschäftigte Soreyas Geist. Dort, am Fuße der Feuerberge, verrichtete sie schon bald ihren Dienst als Tempeltänzerin. Dort führte sie ihr künftiges Leben, bis sie alt war und keinen Fuß mehr vor den anderen setzte. Sie vollführte täglich Tanzrituale, um die Göttin zu ehren und gnädig zu stimmen. Nur so wahrte sich die Fruchtbarkeit des Landes. Ein Dienst nicht nur an ihr Volk, sondern auch für Peresien, der Chasin und dem ihr unbekannten Kontinent Atafra. Sie war diejenige, die ihr eigenes Leben und ihre Wünsche für das Wohl aller anderen Völker aufgab. Eine Ehre, wie jeder Außenstehende es im Reiche dachte, sei es eine solche Verantwortung zu tragen. Nur Soreya freundete sich mit dem Gedanken nicht an. Das Schlimme daran war, dass ein jeder davon wusste, ja sogar sah, wie furchtbar sie daran litt. Ihr Vater und Juschuh, ein jeder der sie bei Hofe kannte, übersah ihre Niedergeschlagenheit nicht. Einem lebenslustigen Menschen die Freude am Dasein zu nehmen kam einem Todesurteil gleich. Daher wurde Soreya, je näher der Tag ihres Abschiedes vom Hof ihres Vaters rückte, umso schärfer bewacht, um sie vor Dummheiten abzuhalten. Nur hier oben auf dem Turm fühlte sie so etwas wie Freiheit. So etwas noch, wie ein Hauch dieses Gefühls. Von einem anderen Leben, das ihr verwehrt blieb. Ihr größter Wunsch war es dort oben jedes Mal Flügel zu bekommen. Weit weg von hier zu fliegen. Über die Feuerberge, über die mächtige Kalahanwüste. Zu einem weit entfernten Land, von dem sie nie etwas hörte und in das auch der lange Arm ihres Vaters nicht reichte. Alles lies sie hinter sich. Den schönen Schmuck, die anschmiegsame Seide, die wohligsten Gerüche, den luxuriösen Genuss des Palastes. Nichts war in ihr so sehnlicher wie der Geruch der Freiheit, das Gefühl, das alle Ketten sprengte. Fern von allen Zwängen und Lasten zu sein, die ihre bloße Existenz heraufbeschwor. Wen verwunderte es da, dass sich ihr die Tränen überkamen und zu weinen anfing.

Die Prinzessin hörte in ihrem Schmerz, wie jemand zu ihr die Stufen hochstieg. In einem fein gewebten ockerfarbenen Schleier eingehüllt, näherte sich die ihr bekannte Lehrerin, die sie in die geheimnisumwobenen Liebeslehren einwies. Soreya erschrak nicht mehr, als diese betagte Dame hinter ihr stand. Auch nicht, als sie ihre sanfte Stimme vernahm, die geduldig ihr jahrelang die Lehren der großen Meister der Liebeskunst näher brachte.
„Soreya. Kind, was hast du?“, fragte die Lehrerin mit dem Unterton, wie wenn sie die Antwort darauf schon wusste.
„Es ist nichts“, sagte die Prinzessin ihre Bekümmertheit hinunterschluckend.
„Du willst nicht darüber reden. Ich weiß, wie schrecklich du dich fühlst. Aber glaub mir, es gibt auch ein Leben im Tempel. Du wirst vielleicht nicht mehr dieses Menschengewühl da unten sehen und spüren, aber es kommen viele Pil-

ger dorthin, um die Göttin zu ehren. Und wenn du tanzt, dann erfreust du ihr Herz und sorgst dafür, dass die Kräfte der Natur ausgeglichen sind. Vergiss nicht, auch wenn du unglücklich bist, du wirst in deinem Herzen immer frei sein, auch wenn du nach außen anders handelst."

„Wie soll ich das machen?", weinte Soreya verzweifelt und blickte ihr in die Augen. „Man schreibt mir alles vor was ich zu tun und zu lassen habe", sagte sie wütend und sah voller Verachtung auf die Lehrerin. Die vom Leben gezeichnete Dame strahlte eine stoische Ruhe aus, mit der sie Soreya beruhigte.

„Soreya, du weißt, dass du in dem Moment nicht du bist, wenn du tanzt. Du weißt, dass du dich mit deiner Aufgabe nicht identifizierst. Deinen Glauben nimmt man dir nicht. Also bildest du dich im Geheimen weiter. Du erlerntest das Lesen und Schreiben nicht nur um die Bücher der großen Meister des Tanzes und der Liebe zu studieren. Die Gläubigen lassen viele Dinge in dem Tempel. Auch ihr Wissen. Sie haben dort eine Bibliothek in dem die Schriften aufbewahrt werden. Kopisten haben dort einen unendlichen Fundus an Schriften zusammengetragen. Dort erforscht du weiter die Dinge des unendlichen Kosmos."

„Wozu? Ich werde nie aus dem Tempel hinauskommen. Ich werde noch immer dort sein, wenn ich alt und grau bin."

„Nein Soreya", erklärte die Lehrerin geduldig. „Eines Tages hast auch du Schüler. Wenn du sie mit deinem Wissen unterweist, wird es ewig fortbestehen. Nicht jeder dieser Schüler wird dem Tempel dienen und so trägt es sich nach außen. Dein Geist wird in diesen Lehren weiterwandeln und niemals sterben."

„Ich folge dem nicht", gestand Soreya misstrauisch ein.

„Bedenke Soreya", erklärte die Lehrerin geduldig. „Neben dem materiellen Universum, das du Sehen, Riechen, Hören, Schmecken und fühlst, gibt es auch das geistige Universum. Dort herrschen andere Regeln. Dort ist eine jede Seele frei und nicht den Gesetzen dieser materiellen Welt unterworfen. Niemand sperrt sie ein und knechtet sie. Ich kann dich nicht trösten, aber vielleicht die Hoffnung geben, dass es eine andere Sphäre gibt, in der du wirklich frei bist. Unser ganzes Dasein ist voller Zwänge und Gebundenheit. Wenn du willst, gehen wir jetzt nach unten. Dein Vater möchte mit dir reden um dich auf deinen sechzehnten Geburtstag vorbereiten. Er weiß um deine Gefühle und nimmt sie sehr ernst."

Soreya schluckte schwer. Es fiel ihr nicht leicht die Ausführung ihrer Lehrerin zu verstehen und so verlies sie mit ihr den Turm nach unten. Trauer umflutete ihr Herz. Wusste sie doch, dass sie selbst diesen Ort, der ihr das Gefühl der Freiheit gab, nie mehr wieder sah.

Kapitel 3

Der Tempel

„Noch ein Stück ...“, begann Soreyas Vater aufmunternd zu seinem Kind zu sagen, das voller Ungewissheit neben ihm saß und ein trübsinniges Gesicht zog. „... dann sind wir durch den Bambuswald und beim Tempel am Fuße der Feuerberge.“

Die Verunsicherung der Fürstentochter übersah man nicht. Permanent sah sie den Weg zurück, den die Elefantenkarawane seit ihrem Aufbruch nahm. Fast so, als sehne sich Soreya nach dem goldenen Käfig ihrer Kindheit zurück. Als Verlies erschien er ihr wesentlich lieber, als der ungastliche Bestimmungsort am Fuße der unheimlichen Feuerberge. Mit ihrem Vater wechselte die künftige Tempeltänzerin seit ihrem Aufbruch aus Jahanapur kein Wort. Soreyas Geburtstagszeremonie fiel kürzer als sonst in den vergangenen Jahren aus. Es schien ihr, als könne ihr Vater es nicht erwarten, sie endlich los zu werden. Der Abschied von der vertrauten Heimat fiel ihr schwer. Am Morgen badeten sie die Dienerinnen und hüllten sie in die besten Kleider. Darüber hinaus bekam Soreya prächtige Armbänder und Diademe umgehängt. Goldene Tanzglöck chen und Edelsteine gab man ihr mit auf den Weg. Diese in den Augen ihrer Zeitgenossen wertvollen Dinge, einschließlich sich selbst, opferte sie der Göttin. Jenes imposante Bauwerk mit drei riesigen, in den Fels gemeißelten Gesichtern, galt als eine Art achtes Weltwunder. Ihre drei dargestellten Mimiken symbolisierten übergroß den Zorn, die Trauer und das Lächeln der Göttin. Ihre überwachenden Blicke reichten weit ins Land und sogar in die Seelen ihrer Bewohner hinein. Man glaubte, die Göttin könne dadurch sehen, wer ihr Respekt und Achtung entgegenbringt. Die drei Gesichter erinnerten das Volk daran, an welch seidenem Faden ihr Wohlstand hing, dem sie ihr luxuriöses Leben verdankten.

Der Tempel selbst stand schon lange an diesem Ort. Man erzählte sich, schon lange vor der Zeit, als es das mächtige Reich jenseits der Feuerberge gab, gingen hier die Pilger ein und aus. Schon immer brachten hier die Gläubigen ihre Opfer dar. Schon immer tanzten in dieser Kultstätte Tempeldienerinnen zum Wohle der großartigen Fruchtbarkeitsgöttin. Der Ort ihrer Anbetung lag in einem Teil der Feuerberge, welcher schon lange erlosch. Hier gab es eine mächtige Grotte. Im Laufe der Jahrhunderte bauten die Tempeldiener diesen Kultraum zu einem riesigen Dom aus und versahen ihn mit Schreinen von Märtyrern und ihren Altären. Weite Berühmtheit erlangten vor allem die kunstvollen Reliefs an den Außenwänden, auf denen die Wirkensweisen der Göttin auf das Volk dargestellt wurden. Es zeigten sich nicht nur die großzügigen Gaben der Göttin, sondern auch die entsetzlichen Strafen, die drohten, wenn man sie verärgerte. Voller Ehrfurcht brachten die Gläubigen an diesem heiligen Ort ihre Geschenke dar und baten die Göttin um gute Ernten und ausgiebigen Regen. Der Wohlstand der Anlage spiegelte sich in seinem weitläufigen Komplex wieder. Die Ausbauten dehnten sich zum Teil vor dem Hauptheiligtum aus und gruben sich neben der Kultgrotte in den erloschenen Vulkanberg hinein. Der aktivere Teil der Feuerberge lag ruhig und friedlich im Hintergrund. Noch vor wenigen Jahrzehnten spuckten sie fast täglich Feuer und stießen glutheiße Asche aus. Sie hätten dem Kultort eine ehrfürchtige Stimmung verpasst. Doch an jenem Tag, als Soreya sich mit ihrem Vater auf dem feierlich geschmückten Elefanten dem geweihten Heiligtum näherte, war dies anders. Da lag keine einzige Rauchschwade in der Luft, geschweige denn der Geruch von beißendem Schwefel, welcher die Feuerberge in früheren Zeiten einhüllte. Die einst so lebensfeindlichen Vulkane stellten ihre Aktivität nahezu ein. Das vulkanische Gebirge wirkte in diesen Tagen wie eine zerklüftete Ebene voller bizarrer Schluchten mit spitzem Geröll. Die erkaltete Lava zerbröselte von den Naturgewalten des immer spärlicher werdenden Regens und des scharfen Windes zu einem tiefschwarzen Granulat. In der Sonne heizten sich diese Brösel auf, wie ein Kochkessel über dem Feuer.

Über und über behängte man Soreya mit Glück bringenden Schmuck. Armreife, Diademe und Anhänger aus feinstem Gold und kostbaren Steinen beschwerten ihren grazilen Körper. Sie tat kaum eine Bewegung, ohne dass es an ihr nicht klirrte oder rasselte.

„Die Leute dort werden dich gut behandeln, mein Kind. Ich bin sehr zufrieden mit dir“, sagte der Maharadscha voller Stolz. Er unterbrach sein ehernes Schweigen und fuhr beruhigend zu seiner Tochter fort: „Deine Mutter wäre es auch. Ich habe an ihrem Totenbett geschworen, dich in die Dienste der Göttin zu bringen. Der Fluch meines Vaters muss gereinigt werden. Er brachte große Unehre über unsere Familie.“

„Vater, ich habe doch mit dem Fluch nichts zu tun. Warum soll ich für etwas büßen, was Großvater einst tat?“

„Sei still“, zischte ihr Vater wütend. „Es ist die Bürde unserer Familie. Du bist die Prinzessin und hast das Blut unserer Dynastie in deinen Adern. Gerade deswegen kannst du dich dem Fluch nicht entziehen. Mehr musst du darüber nicht wissen. Nur wenn der einzige Nachkomme unserer Familie, den Dienst bei der Göttin verrichtet, wird unser Land von ihrem Zorn verschont. Ein wahrer Herrscher stellt das Wohl seines Volkes über dem Wohl seiner eigenen Familie. Sonst ist er unwürdig ein König zu sein.“

„Vater, du hast mir nie darüber erzählt, was Großvater tat. Warum verärgerte er die Göttin? Du hüllst dich dauernd in Schweigen. Ich weiß nur, dass mein

Großvater verflucht wurde, aber weswegen hast du mir nie erzählt. Warum erklärst du mir nicht wenigstens, weshalb ich der Göttin meine Freiheit opfere?“ sagte Soreya verbittert und sah ihm mit Tränen in die Augen.
„Je weniger du dazu weißt ...“, entgegnete der Maharadscha seinem einzigen verbliebenen Kind schroff, „... umso besser ist es für dich. Wage es ja nicht noch einmal, mich danach zu fragen und meine Autorität in Frage zu stellen. Wenn wir beim Tempel sind, dann ...“
„Was wird aus dem Land, wenn unsere Familie ausstirbt?“, entfuhr es Soreya bedenklich.
„Das ist nicht deine Sorge“, antwortete der Maharadscha abwiegelnd. „Der junge König von Peresien. Erinnerst du dich daran, als er vor wenigen Tagen hier war?“
„Ja“, sagte Soreya aufmerksam.
„Er hielt um deine Hand bei mir an und wollte dich zu seiner Königin machen. Ich sagte ihm ab. Aus Gründen, die ich dir nicht nennen will. Er wird über das Land regieren, wenn ich zu meinen Ahnen gegangen bin.“
„Du übergibst das Land unserer Vorfahren einer anderen Herrscherfamilie? Einfach so? Ich versteh das nicht.“
„Das musst du auch nicht. Ich habe meine Gründe dafür. Tu du, was dir aufgegeben wurde. Diene der Göttin und bringe Fruchtbarkeit mit deinem Dienst über das Land. So wird alles gut werden und unser Volk wird nie aussterben. Den Tempel wirst du nie mehr verlassen. Er bleibt von heute an dein Zuhause. Für immer. Richte dich in ihm ein und vergeude deine Zeit nicht mit Fluchtgedanken. Du wirst nicht mehr frei sein, dein ganzes restliches Leben lang.“

Missmutig über die karge Auskunftsfreude und der Ankündigung ihres Vaters über ihr weiteres Schicksal, sah Soreya die aus dem Felsen geformten Gesichter des Tempels mit Verachtung aufragen. Die Köpfe mit ihren breiten Mündern und großen Augen starrten streng ins Land hinein. Auch auf sie. Es sah nicht so aus, als ob es unter ihnen einen Ort der Freude gäbe. Vielmehr von engstirniger Spiritualität. Der Pfad veränderte sich, nachdem die Karawane mit den Soldaten ihres Vaters aus dem dichten Bambuswald trat. Ihr Weg säumte nun vulkanisches Gestein mit scharfkantigem Geröll. Die mitlaufenden Hornbläser stießen laut in ihre Instrumente. Ihre schmetternden Klänge warfen sich gegen die Felswände der Feuerberge. Sie hallten mit verstärktem Echo wider und ließen ihre Ankunft beim Tempel wie ein Donnergrollen ertönen. Die Sicht, die sich Soreya auftat, als sie das Kloster von der Nähe sah, versetzte sie dennoch in Verwunderung. Die nähere Umgebung des Heiligtums glich einem verbrannten Teppich, auf dem hin und wieder einige Flechten Fuß zu fassen versuchten. An dieser Stelle, so sah es aus, grünte nie etwas. Der Tempel selbst grenzte sich selbst durch eine hohe Einfassungsmauer aus Tuffstein von den übrigen Bebauungen ab dessen Mauerkrone speerartige Zacken schmückten.

Dahinter befanden sich die großzügigen Wirtschaftsgebäude der Anlage sowie die Unterkünfte der Pilger, der Tempeldiener und die berühmte Bibliothek. Letztere rühmte sich für seinen ungeheuren Fundus an Aufzeichnungen und Schriften aus aller Welt. Nur vor dem Tempelkomplex lag in Gruben eine Art Kräutergarten, den die Priesternovizen liebevoll pflegten. Trotz ihrer missmutigen Stimmung fiel Soreya auf, dass sich die Erde darin von dem übrigen Gestein der Gegend unterschied. Offenbar brachten die Tempeldiener extra für diese Beete den Humus aus einem weiter entfernten Ort her. Sie fand das doch sehr seltsam, da die Vulkanerde allgemein als sehr fruchtbar galt und die Bauern sie sogar in Janapur und den umliegenden Feldern sie als Dünger verwendeten. Soreya erkannte die an den Beeten arbeitenden Priesteranwärter an ihren tiefroten Kutten. Diese unverwechselbare Farbe leuchtete über die ganze Gegend. Sie unterbrachen ihre Tätigkeit und sahen der Karawane neugierig entgegen, die sich im gemäßigten Schritt dem Heiligtum näherte.

Am mächtigen Tempelportal, der zu allen Tageszeiten für die Besucher durchlässig war, versammelten sich erwartungsvoll die Priester und Diener der Anlage. Die dort weilenden Pilger eilten herbei, um der kurzen Ankunftszeremonie von Soreya und ihrem Vater beizuwohnen. Der Platz vor dem Tor reichte nicht aus, um alle Menschen zu fassen. Man sah, wie sie sich um die besten Plätze bedrängen. Die hohe Erwartung, dem sie diesem Ereignis beimaßen, stand ihnen tief ins Gesicht geschrieben. Aus dem mächtigsten Gebäude der Anlage, der Felsenkathedrale strömten weitere Gläubige herbei, um der Willkommensgeste beizuwohnen. Die Diener drängten die Menschen beiseite, damit sich ein Spalier bildete. Wie auf einer Parade reihten sich die Anwesenden aneinander. Die fürstlichen Elefanten näherten sich behäbig der Menge bis Soreya mit ihrem Vater auf dem Rücken ihres Tieres direkt vor dem Spalt in der Masse anhielt. Die Hornbläser schallten ihren wiederum schmetternden Ton erbietend über die Köpfe der Menge hinweg. Der Elefantenführer lies seinen Schützling niederknien, damit der Herrscher mit seiner Tochter unbekümmert ausstieg. Alle Blicke richteten sich nun auf sie. Die Nervosität Soreyas stieg ins Unermessliche an. Nur mit Mühe gelang es ihr, ihr Gleichgewicht beim Ausstieg zu halten. Kaum das sie den Boden betrat, knieten alle Gläubigen nieder. Auch die Priester in ihren orangefarbenen Roben taten es ihnen nach und warfen sich vor Demut auf den staubigen Boden. Soreya wusste nicht, wie ihr geschah. Sie alle, das fühlte sie sofort, warteten sehnsüchtig auf ihre Ankunft. Der Tag schien für sie ungemein wichtig zu sein. Weshalb wusste sie nicht. Nur sie fühlte sich nicht von dieser sakralen Atmosphäre angesteckt.

Ihnen schritt auf dem Spalier ein greisenhaft erscheinender Mann in einer weißen Robe entgegen. Er besaß einen kahl geschorenen Kopf und es zeigten sich schon kleine Falten in seinem Gesicht. Die offensichtlich wichtige Person blieb vor dem Maharadscha und seiner Tochter stehen. Ehrerbietend machte er einen kleinen Diener vor ihm. Dann drehte er seinen Kopf und sah er aufmerksam Soreya von Kopf bis Fuß an. Sein wacher Blick fixierte die junge Schönheit mit einem undefinierbaren Wohlwollen und sagte wie erlöst zu dem Herrscher: „Das ist sie. So erfüllt sich, was nötig ist.“

Er maß diesem Ereignis eine ganz besondere Bedeutung bei. Soreya fühlte es. Nur sie glaubte sich im Stich gelassen. Sie diente der Göttin, ja. Aber warum gerade sie und weshalb der ganze Aufwand für eine neue Tempeltänzerin?

„Soreya, das ist Laka, der Abt dieses Tempels“, erklärte ihr Vater stolz. „Er ist ein treuer Diener meiner Familie. Er kannte auch meinen Vater. Du bist bei ihm in den besten Händen.“

„Wir haben auf dich gewartet“, sagte Laka ohne seine Heiterkeit unterdrücken zu wollen.

„Warum? Ist es denn so ungewöhnlich, dass euer Tempel eine neue Tänzerin bekommt?“, entgegnete Soreya mit großer Mühe ihre Frage nicht allzu schroff klingen zu lassen.

„Ja, das ist es“, sagte Laka gelassen. „Die Göttin liebt unberührte Jugend. Damit ist gemeint, dass sie es mag, wenn junge hübsche Frauen ihr den Dienst erweisen. Ein jeder hier weiß das. Das Land wird Grünen und Blühen, wenn du für sie tanzt. Der Wohlstand ist für alle gesichert. Die Jugend steht für Fruchtbarkeit und Wohlstand. Jetzt komm mit mir. Ich zeige dir dein neues Zuhause. Ich weiß, dass du weißt, dass du den Tempel nie mehr verlassen wirst. Dennoch hast du hier keinen Grund zur Furcht. Siehe, hier wirst du die Nähe und Weisheit des Lebens finden. Neben dem Dienst an der Göttin studierst du in der Bibliothek und gibst deine Erkenntnisse an die Pilger weiter, die ihre Kinder hier zu Novizen ausbilden lassen. Damit trägst du das Wissen des Tempels in die ganze Welt. Das ist eine große Ehre hier zu sein, lernen und lehren zu dürfen, Soreya.“

Soreya drehte sich zu ihrem Vater um, welcher nicht die Anstalten machte etwas darauf zu sagen. Vielmehr schien er sie innerlich bereits losgelassen zu haben. Soreya erwartete wenigstens ein Bedauern oder ein Zeichen seiner Liebe an seinen einzigen lebenden Nachkommen. Doch nichts dergleichen. Sie sank innerlich weiter zusammen.

„Ich wünsche dir alles Gute“, sagte der Maharadscha sich kühl verabschiedend zu seinem einzigen Kind ohne jegliche emotionale Regung. Er umarmte sie nicht einmal und stieg ohne weitere Regung auf seinen Elefanten zurück, der sich wieder erhob. Soreya warf einen niedergeschmetterten Blick auf ihn zurück. Sie sah lange seinem weißen Turban nach, der auf dem Tier wie ein Stofffetzen wirkte. Er schaukelte sich so behäbig davon, wie sie kamen. Zurück zum Bambuswald. Zurück zum goldenen Käfig, der nun zum alleinigen Gefängnis ihres Vaters verkam.

Die Diener und Pilger des Tempels erhoben sich und kehrten zu ihren übertragenen Aufgaben zurück. Nach nur wenigen Minuten leerte sich der Vorplatz des Heiligtums so schnell wieder, wie wenn nie ein so hoher Besuch gekommen wäre.

„Folge mir bitte“, riss Laka Soreya aus den trübsinnigen Gedanken. Der Abt nahm sie bei der Hand und führte die neue Tempeltänzerin durch die ausgedehnte Anlage. Ihm entging ihre starke Verunsicherung nicht.

„Ich weiß um dein schweres Los“, sagte Laka mit verständnisvollem Blick. „Es ist ihm nicht leicht gefallen, sein einziges Kind der Göttin anzuvertrauen. Aber er musste es tun. Ich werde dir eine Geschichte erzählen, die deinen Großvater betrifft. Du hast ein Recht darauf zu wissen, was es mit deinem Schicksal auf sich hat und das gerade du dafür ausersehen bist. Vor langer Zeit lebte dein Großvater hier in diesen Mauern. Er lehrte auf dem Gebiet der Natur und Elemente dieser Erde. Land auf, Land ab war er für seine Weisheit bekannt. Sie nannten ihn einen Zauberer, da er so manche Apparate baute, die erstaunliche Dinge zuwege brachten. Das war er aber nicht. Vielmehr verstand er sich auf den Umgang mit den natürlichen Gegebenheiten und erforschte auch die Pflanzen in den unwirtlichen Feuerbergen. Seine Abhandlungen darüber findest du in der Bibliothek. Sehr interessant sage ich dir. Eines Tages schickten Diener nach ihm. Er verlies den Tempel und ging jenseits der Feuerberge, um dort in die Dienste des Königs zu treten.“

„Das sagenhafte Königreich Kalahan“, entfuhr es Soreya unwillkürlich.

„Nein, das versunkene Königreich Kalahan“, antwortete der Abt korrigierend. „Wir wissen nicht, was er dort für Aufgaben bekam. Als er wieder kam, sagte er dem damaligen Abt, dass das Kind seines Kindes, also du, hier dienen muss, um den schrecklichen Fluch der Göttin zu reinigen. Er habe großes Unheil auf sich und seine Familie geladen und die Göttin erzürnt. Nur dann, wenn die Fürstenfamilie sich vollends der Göttin unterwirft, wird es Wohlstand und Reichtum für alle Gläubigen weiterhin geben. Trotz aller Nachfrage weigerte er sich auch nur ein Wort darüber zu verlieren, was es für ein Fluch war und welche Umstände dazu führten. Er sagte aber, wenn du hier der Göttin dienst, dann wird das Verderben von uns fern bleiben. Darum bist du hier.“

„Was ist aus Großvater geworden?“

„Das, mein Kind, ist eine gute Frage“, antwortete Laka seufzend. „Ich glaube, er beschloss, als Eremit in der Einsamkeit zu leben. Weit entfernt von allen Versuchungen und Genüssen. Als Büßer für seinen unverzeihlichen Frevel. Man sah ihn nie wieder. Aber was soll es. Er ist gewiss schon gestorben. Das ist schon so lange her. Damals war ich noch ein kleiner Junge.“

Laka zeigte Soreya ihre Unterkunft und führte sie in den ehrwürdigen Felsentempel. Er erklärte Soreya die Bedeutung der freizügigen Skulpturen, die

sich dort an den Wänden eingemeißelt zeigten. Sie inspirierten sich von der Liebeslehre und auch von der Fruchtbarkeit, die der Kult schenkte. Ebenso zeigte er ihr rätselhafte Ritzzeichnungen, welche als die ältesten dargestellten Motive im Tempel galten. Sie zeigten aufgereihte Strichmännchen, deren Körperhaltungen völlig unnatürlich wirkten. Lange rätselten die Gelehrten über dessen Bedeutung, doch schon bald erkannte sie, dass diese Ritzungen tatsächlich eine Schriftsprache darstellten. Eine Art Alphabet. Was die Zeichnungen besagten, bleib lange Zeit ein Rätsel, bis Mönche den Text vor gut hundert Jahren entzifferten. Für die Gläubigen war dies eine Botschaft der Göttin und die Bedeutung des Textes der Beweis, dass der Tempel der Furchtbarkeitsgöttin am richtigen Ort stand. Demnach schrieb die Göttin ihren Gläubigen: „Wer mich sucht, wird mich hier finden."
Die Luft in dem riesigen Felsendom der Göttin schwängerte sich mit berauschenden Substanzen. Dort verbrannte eine abgestimmte Mischung wohlriechender Harze und Essenzen, welche einem die Sinne raubte und den Verstand dazu brachte, in Trance zu versinken. Während Laka Soreya an die zahllosen Statuetten im Tempelraum vorbeiführte, die wohlhabende Gläubige der Göttin stifteten, erzählte er über die Geschichte der Anlage. Im Hintergrund ließen derweil fünf kräftige Mönche einen überdimensionalen Weihrauchschwenker über die Köpfe der Besucher durch die geheiligte Stätte gleiten. Von seinem schweren Gewicht gedrängt, gaben sie Acht, dass ihnen das Seil nicht auskam und der Schwenker in die Schar der vielen Gläubigen fiel. Jene beteten zu dieser Zeit innig zu dem mächtigen Götzenbild am hintersten Ende des Höhlenbaues. Diese wirkte wie eine nur unwesentliche kleinere Ausführung des Felsenkopfes, das die Gläubigen schon von weitem sahen, wenn sie sich dem Tempelkomplex näherten. Vor der Statue der Göttin fiel aus einer Deckenöffnung das gleißende Licht der Sonne auf eine leicht hervorragende Plattform. Diese in weiblicher schoßformgehaltene Erhöhung schmückte ein unzweifelhaft zu deutendes Mosaik, das die Fruchtbarkeit thematisierte. Es zeigten sich darauf blühende Bäume, pralle Früchte und Gemüse, sowie prächtig entwickelte, tanzende Kinder. Dort verrichtete sie bald ihren Dienst und tanzte zu ihren Ehren. Außerdem fiel Soreya direkt unter der überdimensionalen Statue ein Altar auf, dessen Aufbauten offenbar für weitere kultische Handlungen der Priester dienten. Die Konstruktion erinnerte sie an irgendetwas. Sie kam nicht sofort drauf. In jedem Falle bezweckte die Einrichtung die Lobpreisung und Sicherstellung der Fruchtbarkeit durch Opferrituale. Den starken Luftzug des Weihrauchschwenkers, den die Mönche während ihres Rundganges verursachten, spürten beide deutlich auf ihrer Haut. Am frühen Nachmittag fanden nie Tänze statt, bei denen Trommler sie begleiteten. Daher sah man anstatt der Tempeltänzerinnen zu dieser Zeit eine Gruppe Hornbläser auf dem Podest stehen. Ihre vorgetragene Musik symbolisierte die männliche Potenz. So stießen sie mantraartige Rhythmen in den Raum, welche die Felswende zu einem

machtvollen Grollen verstärkten. Laka erklärte Soreya die Gebräuche im Tempel genau und auch was es mit der Bedeutung der zahllosen Spenden der Gläubigen auf sich hatte. Die Opfergaben der Pilger lagen in den unzähligen Nischen und Nebenhöhlen des gigantischen Altarraumes. Durch die Nähe zum Allerheiligsten versprachen sich die Gläubigen den besten Schutz für ihre Ernten und ihren Reichtum.

Benebelt vom berauschenden Harz, der Düfte und den hallenden Klängen der Musiker trat Soreya mit Laka wieder aus dem Tempel hinaus. Ihre Augen gewöhnten sich erst langsam wegen der Dämmrigkeit im Tempel wieder an das grelle Sonnenlicht. Beide stärkten sich erst einmal in der tempeleigenen Garküche mit dem täglichen Eintopf, den man dort einem Jeden in einer Holzschüssel gratis ausgab. Die eintönige Mahlzeit war ganz anders, als sie es vom Palast her kannte. In ihrem ehemaligen Heim gab es die erlesensten Delikatessen des Reiches, während es hier einen einfachen Brei aus Hirse, Erbsen und Getreide gab. Nur mit wenigen Gewürzen schmeckte sich diese langweilige Kost ab. Laka erzählte ihr während des Essens weitere Einzelheiten über die Geschichte des gesamten Komplexes. Wann sie erbaut wurde, wusste niemand der hier Anwesenden. Keiner wusste auch von wem. Nur verschönerte man sie im Laufe der Jahrhunderte, während sie früher, nach den erhalten gebliebenen Berichten, nur eine grob behauene Struktur besaß. Die Einrichtung der Bibliothek selbst galt als die jüngste Einrichtung des Tempels. Seit einigen Jahrhunderten sammelten die Priester bereits hier das Wissen der bekannten Welt. Um es zu studieren und zu lehren kamen aus allen bekannten Erdteilen die klügsten Köpfe herbei. Jeden, der des Lesens kundig war, stand der Hort des Wissens offen. Soreya Neugierde lockte sie mit Sicherheit in ihre Mauern. Sie malte sich in ihrem Geiste aus, wie es wohl wäre, darin zu versumpfen. Vor allem die Schriften ihres Großvaters, der hier einst lehrte, interessierte sie. Von diesem Mann hörte sie so wenig von ihrem Vater, dass er für sie das große Geheimnis ihrer Familie blieb.
„Ich freue mich schon darauf, die Bibliothek kennen zu lernen", gestand Soreya Laka aufrichtig ein. Sie befand sich gerade mit ihm auf den Weg zu ihrer Unterkunft, einer kleinen Einzelzelle mit einer harten Schlafstatt.
„Das freut mich für dich", antwortete der Abt zufrieden. Die Nervosität gipfelte sich in Soreya in diesem Augenblick. Sie musterte den Abt vorsichtig, während ihres Ganges durch die Unterkunftsräume der Tempelbediensteten.
„Hab keine Furcht", beruhigte der erfahrene Mann seine neue Tänzerin so gut er es im Augenblick zu tun vermochte. „Es ist nun mal so. Immer mit jeder neuen Dienerin der Fruchtbarkeit."
„Sie haben alle Angst gehabt?", fragte Soreya zittrig und sah dem Abt in seine lechzenden Augen.

„Ja, aber das legt sich. Es ist nur eine Frage der Zeit. Schließlich sind wir nun einmal dazu verdammt hier unseren Dienst zu tun“, wirkte er mildernd auf sie ein, aber er verbarg seine einnehmenden Absichten kaum noch.

Laka führte Soreya in ihre Schlafzelle voran und setzte sich auf ihr doch für ein Kloster ungewöhnlich bequemes Bett.
„Setz dich neben mich“, sagte er freundlich, ja fast fürsorglich wie ein Vater zu ihr.
„Ja“, antwortete Soreya in der bevorstehenden Gewissheit schwelgend. Sie wusste nun genau, was ihr widerfuhr.
„Sieh, das gesamte Universum ist immer ein Rätsel gewesen. Viele Dinge sind nicht zu verstehen, aber eines Tages wird man sie verstehen. Es ist alles nur eine Frage der Zeit. Immer. Dein Großvater beschäftigte sich viel mit diesen Dingen. Er führte viele Experimente durch, um die Natur zu verstehen“, führte Laka weiter über ihren Großvater aus und fasste Soreya behutsam an den Oberarm.
„Was war er nur für ein Mann?“, fragte Soreya vorsichtig, dessen Frage Laka ihr nur zu gerne beantwortete.
„Er liebte das Leben, er liebte die Menschen und natürlich auch die Frauen“, schmunzelte der bereits ergraute Mann zufrieden. In Soreya erklangen seine letzten Worte wie ein Startzeichen. Sie wusste genau um ihre Aufgabe im Tempel. Die Lehrerin schärfte es ihr ein, bevor sie im Palast die Geburtstagszeremonie beging. Sie wusste genau, was sie tun sollte, wenn sie neben dem Abt auf dem Bett ihrer Zelle saß.
„Du wirst doch vorbereitet worden sein?“, fragte der Abt nach einer Weile missmutig. Es verwunderte ihn, dass Soreya noch immer nicht wie vorgesehen handelte und wie erstarrt neben ihm sitzen blieb. Soreya nickte betreten und kniete nieder um ihn zu beglücken. Alles lief nun für Soreya ab wie ein traumatischer Film. Innerlich war sie frei. In ihrem Herzen war sie weit weg, von dem was geschah. War sie ganz wo anders, als sie sich ihm hingab. Sie spürte nicht seine Küsse auf sie regnen, spürte nicht seine Männlichkeit eindringen und auch nicht wie er ihr die Unschuld nahm. Bei alledem war sie wo anders. Sie fühlte keinen Schmerz, keine Abscheu. Sie fühlte sich nicht mehr wie ein Teil dieser Welt und lies mit sich geschehen, was geschehen sollte. Selbst nachdem Laka ging, lag sie noch wach und weinte stumme Tränen in ihre karge Schlafstatt. Dieses Schicksal, um das sie schon seit etlichen Jahren wusste, geschah nun. Ihre innerliche, lang gezogene Anspannung zerfiel. Endlich fand ihre Ungewissheit ein Ende.

Am anderen Morgen lies sie sich von dem Adepten des Tempels versorgen. Hinterher ging Soreya in den Hof zu der Garküche, um von dort ihr Frühstück zu bekommen. Dort sah sie die anderen Tempeltänzerinnen anstehen. Schnell merkte sie, dass sie vom Alter her nur unwesentlich älter als sie waren. Auch ihre neuen Gefährtinnen musterten Soreya mit flüchtigen Blicken und fingen leise hinter vorgehaltenen Händen zu tuscheln an. Soreya verstand kein einziges Wort davon, was vielleicht daran lag, dass alle Tempeltänzerinnen nicht zwingend aus dem Jahantal stammten.

„Äh, Frischfleisch“, lachte die Letzte in der Reihe, hinter der sich Soreya anstellte. Sie war eine von den Tänzerinnen, die sich bereits für ihren Auftritt puderte und ihren Körper über und über mit Schmuck behängte. Ihr Gesicht schmickte sich gänzlich weiß und es starrte sie grinsend mit ihren großen Augen an.

„Nicht so schüchtern Schwester“, sagte sie lässig und packte sie unverkrampft an der Schulter. Berührungsängste bestanden unter den Tempertänzerzinnen aus gutem Grunde nicht. „Willkommen hier im Tempel der Fruchtbarkeit. Na, wies dich Laka gut in der letzten Nacht ein?“

Sie zwinkerte mit den Augen und Soreya war sofort klar, was sie mit der Einweisung meinte. Soreya nickte stumm. Ihr war gar nicht nach der Erfahrung zum Lachen zumute. Zu schwer wog ihre Erinnerung daran.

„Das ist jeder von uns hier so ergangen, als wir hier herkamen“, sagte die Tänzerin ungeniert und stellte sich kurz vor: „Ich bin Tiana und du bist die Tochter des Maharadschas. Oder vielmehr warst du es. Wir wissen, wer du bist. Können wir dich bei deinem Namen Soreya nennen, oder sollen wir dich bei deinem Titel Prinzessin nennen?“, fragte sie spöttisch.

„Nein, nennt mich ruhig bei meinen Namen“, antwortete Soreya ungebrochen. „Ich will keine Sonderbehandlung.“

„Die kriegst du hier auch nicht“, lachte Tiana laut auf, wie wenn sie nichts anderes erwartete und näherte sich rasch mit ihrem Gesicht. Sie presste ihren Mund an Soreyas Ohr und flüsterte: „Ich bin dazu da, dich auf deine Aufgabe als Tänzerin hier vorzubereiten. Eines hast du sicher schon festgestellt. Du hast hier ein ganz besonderes Privileg.“

„Ja und welches?“, fragte Soreya verunsichert, da Tianas Tonfall keine Annehmlichkeit dahinter vermuten lies.

Tiana kicherte hämisch und sagte sarkastisch: „Bis eine neue Tänzerin kommt, wird sich nur der Abt mit dir vergnügen.“

„Nein“, entfuhr es Soreya entsetzt. Noch einmal so eine Nacht stand sie nicht durch.

„Och, das ist nicht so schlimm. Ich tausche gerne mit dir. Denn nun bin ich freigegeben für die übrigen Novizen und die nehmen sich was sie kriegen. Die Jungs sind scharf auf frische Körper und du nimmst seit gestern meine Position ein“, antwortete Tiana. „Also, solange der Abt dich begattet, hast du vor den übrigen Männern deine Ruhe hier. Das ist in der Tat ein Privileg. Die anderen Tänzerinnen stellen jede Nacht einen anderen der Priester zufrieden. Du hast doch den Altar vor der Göttin bemerkt? Was glaubst du, für was der vorgesehen ist?“, fragte Tina mit den Augen zwinkernd. Soreya traute sich diese Anspielung nicht wirklich geistig auszumalen. Jetzt erinnerte sie sich mit einem Male wieder daran, an was sie die Aufbauten erinnerten. Der Unterricht der Lehrerin im Palast spielte darauf an.

Tiana fuhr unvermittelt fort:„Das ist so vorgesehen hier. Die Fruchtbarkeit wird hier nicht nur in Stein gemeißelt. Sie wird hier zelebriert. Manchmal vor aller Augen der Gläubigen. Die Adepten wissen von unseren Aufgaben und geben uns Medizin dafür. Wenn du also Probleme wegen der Blutung hast oder das sie ganz ausbleibt, dann wende dich an die Kräuterkundigen. Sie kennen gute Mittel, damit du wieder in Gang kommst.“

Soreya nahm mit Tiana das Frühstück ein und ihre Vorgängerin zeigte ihr die Räumlichkeiten, die zur Vorbereitung ihres Kulttanzes im Tempel dienten. Dort reinigten sich die Tempeltänzerinnen gründlich in einem tiefen Becken mit fließend warmen Wassern für ihren Auftritt im Kultraum. Sie schminken sich und rieben sich mit duftenden Essenzen ein. Man kleidete sie in leichte, fast durchsichte Kleider mit leuchtenden Farben. Sie bekam Tanzglöckchen um ihre Füße und Arme. Nachdem sich Beide für ihren Tanzauftritt bereit machten, gingen sie in den großen Tempelraum. Aufgrund breiter Durchbrüche in der Deckenwand erhellte das grelle Tageslicht den Innenraum. Die Sonne warf ihre Strahlen, wie tags zuvor, durch die Öffnung des Höhlendachs und brannte auf die Tänzerinnen hernieder. Vor den staunenden Gläubigen und zwischen dampfenden Weihrauchbecken vollzogen die beiden Mädchen ihre kultischen Tänze: Sie unterschieden sich kaum von denen, die Soreya bei ihrer Ausbildung im Palast erlernte. Hinter ihnen stand dabei die gigantische Statue der Fruchtbarkeitsgöttin, die sich durch den Feuerschein zu ihren Füßen mysteriös erleuchtete. Sie schien ihrem Götzendienst freudig zuzusehen, da ihre Augen im Feuerschein sich zu bewegen schienen. Die vielen Pilger verfolgten begeistert die Tänzerinnen bei ihrem exzessiven Ritus, bei dem es keine Berührungstabus gab. Sie erfreuten sich an ihren stilvollen Einlagen, sowie den freizügigen Tanzkombinationen, die sie mit Präzision und Einfühlung auszudrücken wussten. Das Gefühl für die Zeit ging Soreya und Tiana im Nebel des verbrennenden Harzes verloren. Später, nachdem sie sich wieder für ihren Tempelalltag anzogen, stärkten sie sich an der Garküche mit einem Mittagsessen, das sich nur unwesentlich vom Frühstück unterschied. Anschließend zeigte Tiana Soreya den Eingang zur Bibliothek, die neben dem Tempel in einen flachen Bau untergebracht war. Sie ging mehrere Stockwerke in die Tiefe und besaß in der Sohle einen breiten Innenhof. Dort befanden sich Arkaden, unter denen sich Pulte mit hölzernen Stühlen befanden. Tagsüber studierte man hier bei gutem Licht die Schriften der Sammlung, die einem die Bibliothekare brachten. Durch den direkten Lichteinfall bekamen auch alle anderen angeschlossenen Räume ausreichend Helligkeit, um darin zu arbeiten. Viele Studenten und Gelehrte tummelten sich hier. Galt doch die Sammlung des Tempels als eine der Vollständigsten der bekannten Welt. Auf diesen Moment freute sich die Fürstentochter am Meisten. Neugierig fragte sie den Bibliothekar nach den Werken ihres Großvaters. Er zeigte ihr die von ihm verfassten Schriften, die sie im Moment nicht zu deuten verstand. Naturwissenschaft lehrte man sie nie im Palast. Trotz allem bemühte sie sich die Dinge zu verstehen, was allerdings schon an den Begriffen scheiterte, die ihr Großvater bei seinen Ausführungen gebrauchte. Die Kunst des mit dem Lesen verbundenen Schreibens brachte sich Soreya selbst bei. Etwas, das sie nach dem Studium der Unzahl an Lektüren über die Liebeslehre schon bald recht gut beherrschte. Viel Zeit besaß sie nicht für ihre Studien. Zum Abendtanz musste sie rechtzeitig in den Haupttempel zurückkehren. Dort hatte sie sich wieder zu waschen, sich anzuziehen, zu schmücken und zu schminken. Während des Tanzes vor der Göttin vollzog sich auf dem Altar, was Tiana heute Morgen bei der Garküche anspielte. Wäre Soreya nicht von dem Räucherwerk des Tempels berauscht, ihre Ohren nicht von der betäubenden Musik der Trommler vereinnahmt und so mit ihren Tanzausführungen beschäftigt, dann bekäme sie vielleicht die Einzelheiten der Vorgänge am Altar mit. So überhörte und übersah sie lieber das Fruchtbarkeitsritual der Priester. Sie bemerkte es auch nicht, als der Priester ihre Tanzpartnerin auf den Altar zog, um auch sie rituell der Göttin zu opfern. Erst als das Trommeln der Musiker zu Ende ging, durfte sie den Ritualplatz verlassen. Ausgelaugt vom Tanz kam sie nach ihrem Götzendienst und dem Abschminken wieder in ihre Schlafzelle zurück, als dort auch schon Laka auf sie wartete und sie erfreut anlächelte. Was zu geschehen hatte und auch von ihr erwartet wurde, wusste Soreya nur zu gut. Wortlos lies Soreya wiederum das passieren, was sie tags zuvor schon erlebte.

Diese Prozedur wiederholte sich von nun an jeden Tag im Tempel. Morgens Toilette. Anziehen, Adepten aufsuchen, Garküche, Tanz im Tempel mit Waschen, Umkleiden, Schminken, Toilette, anschließend Garküche, dann zur Bibliothek. Dabei blieb ihr immer weniger Zeit für ihre Studien. Dann der abendliche Tanz im Tempel, mit Waschen, Umkleiden, Schminken, Garküche, Toilette, Laka beglücken, schlafen und am nächsten Tag begann der Rhythmus wieder von vorne. Sogar beim Inhalt ihrer Tempelration an der Garküche gab es in all dieser Zeit keinerlei Abwechslung. Immer bestand es aus dem gleichen Brei aus Hirse, Erbsen und etwas Weizen mit ein wenig Gewürzen abgeschmeckt. Es gab keine Feiertage im Tempel, da jeder Tag von Fruchtbarkeitsriten durchsetzt war. Auch gab es keine Ruhetage. Mit anderen Worten nichts Außergewöhnliches. Offenbar war es hier immer nur dann etwas Besonderes, wenn eine neue Tänzerin ankam oder ein Tod zu beklagen war. Die Tänzerinnen betraf eine Trauerzeremonie gar nicht, da die Tempeldiener sich darum kümmerten. Sie sollten, wie wenn nichts wäre, einfach weiter zu tanzen.

Zu tanzen und nochmals zu tanzen. Das war ihre alleinige Aufgabe. Zu tanzen. Solange, bis auch sie nicht mehr aufstand. Nur, um anschließend von den Tempeldienern in eine Grube vor dem Heiligtum geworfen zu werden. Alt wurden die Tempeltänzerinnen ohnehin nicht. Darum verhielten sich Soreyas Mittänzerinnen in ihrem Auftreten und Äußerungen sarkastisch, gleichgültig, gebrochen, boshaft und willenlos. Soreya wandelte bald wie sie ungezählte Tage lang stumpfsinnig, teilnahmslos und regelrecht traumatisiert durch ihr Leben. Ihren Studierentschluss in der Bibliothek nahm sie daher gar nicht mehr richtig wahr. Abgesehen davon, das ihr dafür die Kraft fehlte. Ihre Aufmerksamkeit lag da nieder. Alles schien ihr zu viel zu werden. So drehte sie sich beim Tanzen im Tempel um sich herum die Welt vergessen wollend. Wie ein willenloses Tier, wie eine Marionette bewegte sie sich im Takt des rhythmischen Geklatsches der Pilger. Ohne eigenen Willen, ohne eigenen Antrieb, ohne nichts mehr. Sie merkte dabei gar nicht, wie die Zeit nur so dahin flog. Nur eines bekam die Tempeltänzerin trotz ihrer geistigen Abwesenheit mit. Die Pilger, die vorher so zahlreich bei ihren Huldigungen beiwohnten, wurden immer weniger. Solange, bis sie ganz ausblieben. Auch die Studierenden, die vorher die Bibliothek regelrecht belagerten, verschwanden. Bald hielten sich nur die Tempeltänzerinnen, die Tempeldiener, die Novizen und die Priester mit dem Abt in der Anlage auf. Sonst niemand mehr. Soreya ging bereits da nur noch im Taumel durch ihr Sein. Sie brachte nicht die Kraft auf über die Ursachen des Verschwindens der Gläubigen einen Gedanken zu fassen. Sie fühlte nichts mehr, schmeckte nichts mehr, besaß keine eigenen Ziele und auch keine eigenen Wünsche mehr. Alles war in ihr gestorben, was ihrem Leben die Farbe gab. Laka störte sich nicht daran, dass Soreya teilnahmslos über sich alles Ergehen lies. Er vergnügte sich mit Soreya jede Nacht, wie wenn nichts wäre.

Bald machten Gerüchte unter den Tempeldienern die Runde, dass die Regenzeit schon wieder ausblieb. Der Jahan, so hieß es, habe seinen Wasserspiegel weiter gesenkt. Die Gelehrten des Landes waren ob dieser Katastrophe ratlos. Das Fürstentum am Fluss drohte vollends auszudorren. Überall herrschte Knappheit an dem lebensspendenden Nass. Es kam bereits zu Aufständen in den Dörfern entlang des Jahan, die der Fürst gewaltsam niederschlug. An den Wasserlöchern prügelten sich die Menschen um jeden Tropfen. Und niemand wusste, warum kein Regen fiel. Soreyas Vater glaubte felsenfest, dass der Zorn der Göttin dafür verantwortlich war. Für die Tempeltänzerinnen kam daher die Anweisung des Maharadschas, ihre Huldigungsbemühungen zu verdoppeln. Nun auch am Nachmittag. Ein jeder wurde aufgerufen zu fasten und zu beten. Trotz aller Bemühungen schien nicht einmal ein einziges Tröpfchen Regen über dem Land abzufallen. Egal, was sie auch taten. Nichts, so schien es, besänftigte den Grimm der höchsten Gottheit.

Kapitel 4

Mutu

Soreya verlor ihr Zeitgefühl im Tempel. Sie wusste den Tag nicht mehr, sie wusste die Nacht nicht mehr. Es gab keine Uhrzeit. Nur den Rhythmus ihres Tempeldienstes. Jegliches Gespür ging dahin. Das Einzige, was von ihren Talenten blieb, war die Tanzerei. In den dichten Nebelschwaden der berauschenden Düfte des verbrennenden Harzes verbrachte sie die meisten Stunden des Tages zusammen mit Tiana. Was dazwischen war, fühlte sie kaum noch. Nicht einmal die Liebesdienste, die sie Laka erwies, fühlte sie mehr. Es lief wie ferngesteuert. So als ob sie eine organische Maschine wäre. Nur in der Nacht, wenn der Mond aufging und sie vom Tempeldienst in ihre Unterkunft zurück trottete, fiel ihr Blick für einen Moment lang in den Himmel. Sie sah dort oben die wunderschöne weiße Scheibe des Erdtrabanten auf sie herableuchten. Mit seinen geheimnisvollen Kratern und rätselhaften Schluchten. Dann dämmerte ihr Herzenswunsch wieder hervor und Tränen liefen ihr leise über die Wangen. Frei zu sein wie der Mond. Das wünschte sie sich in diesem Augenblick. Kurz dieser Welt und ihrem Körper zu entschwinden, der ihren Geist an sich kettete und aus dem es kein Entrinnen gab. Aber die unbändigen Ängste zwangen sie dazu, ihr Tagesgeschäft wieder aufzunehmen und vor ihrer Nachtruhe den Dienst an den Abt zu erweisen.

An einem solchen Abend, als die Sterne über ihr zu Funkeln begannen und der Mond hell in die Nacht hineinleuchtete, schlurfte Soreya wie eh und je über den Hof der Tempelanlage. Kurz hielt sie, wie in jeder Nacht, inne und besah sich den majestätischen Mond. Sie dachte an Freiheit. Sie stellte sich vor, von diesem Ort wegzufliegen. Weit über die Feuerberge, weit weg über das Land. Sie träumte davon, nie mehr hierher zurückzukommen. Aber die Realität machte ihr schnell klar, dass sie nicht weg konnte. Sie schwor es, den Tempel nie zu verlassen. Schon als sie ein kleines Mädchen war, bereitete man sie auf diese Aufgabe vor. Bei ihren Ahnen schwor sie es. Zudem vergalt es ihr Vater schrecklich, wenn sie es dennoch wagte, diesen heiligen Eid zu brechen. Ihr Vater drohte, seinen treuen Diener Juschuh auf sie anzusetzen, versuchte sie es je, den Tempel eigenmächtig zu verlassen. Der Eunuch trennte ihr mit einem Hieb seines riesigen Säbels den Kopf ab. Dies jagte Soreya entsetzliche Angst ein. Niemals traute sie Juschuh das zu, der sie seit ihrer Kindheit freundlich grüßte. Aber er unterwarf sich gänzlich seinem Herren und war bereit, sein Leben für ihn einzusetzen. Immer wenn ihr Vater zur Jagd ging, nahm er Juschuh mit. Oftmals erlegte Juschuh eigenhändig mit seinem mächtigen

Krummsäbel wilde Tiger, welche die Jagdgesellschaft angriffen. Nur mit einem Hieb, so erzählte es ihr Vater, trennte er ihnen den Kopf ab. Soreya fürchtete sich seit dem und sie traute sich nicht, die Drohung ihres Vaters als belanglos abzustellen.

Vor vielen Jahren, als man Soreya mit sechs Jahren zum ersten Mal im Tanz unterwies, hatte sie noch einen Bruder. Er war zehn Jahre älter, als sie. Ihr Vater verfügte, dass sein Sohn nach Peresien gehen und dort auf der berühmten Universität studieren sollte. Der junge Mann nahm diese Chance wahr, um endlich der harten Hand des Fürsten zu entfliehen. Dort soll er das Leben in vollen Zügen genossen und sich haushoch verschuldet haben. Genaueres wusste Soreya nicht über ihren Zwist, der sich da abzeichnete, jedoch gipfelte der Streit zwischen Vater und Bruder in einem brutalen Mord. Der Maharadscha lies seinen ungehorsamen Sohn durch seine Diener hinrichten. Ihre Mutter kam nicht über den hässlichen Tod ihres einzigen Sohnes und Thronerben hinweg. Als sie von seiner Hinrichtung erfuhr, stürmte sie außer sich den langen schlanken Turm des Palastes hinauf und sprang in ihrer Verzweiflung in die Tiefe. Soreyas Vater trauerte lange, als er von dem Ende seiner Hauptfrau hörte und er lies ihr zu Ehren ein prächtiges Grabmahl errichten. Es war heute als „Der blaue Smaragd von Jahan“ weit bekannt. Seine mächtige Kuppel schimmerte tiefblau durch die gelbe Wüste und lud jeden Reisenden unter seinem umpflanzten Hain aus Olivenbäumen zum Rasten ein.

Am Ende blieb dem Fürsten nur seine einzige Tochter, die er als Pfand an die Götter für die Fruchtbarkeit gab. Soreya war das Opfer für seine Missetaten und sie hatte sich seinem Willen zu beugen. All diese schrecklichen Dinge kamen in dem Mädchen hoch. Es gab kein Entrinnen. Wohin konnte sie auch gehen? Der Arm ihres Vaters reichte weit. In alle bekannten Erdteile führten die Handelsruten der Karawanen. Wer wusste schon, selbst wenn sie es schaffte, bei einer anderen Zivilisation unterzukommen, ob man sie nicht doch fand. Vielleicht machte sie ihrem Leben selbst ein Ende. Aber nicht hier in diesem Tempel wollte sie sterben, den sie lernte, von Tag zu Tag immer mehr zu hassen. Niemals. Der Mut zur Flucht fehlte ihr. Sie war zu schwach dafür. Das eintönige Essen der Tempelküche, die stundenlangen Tanzeinlagen mit ihrer Partnerin Tiana. All das kostete Soreya zu viel Kraft, als dass sie ihre Fluchtgedanken in die Tat umsetzte. Also trottete sie wieder zurück zu ihrer Unterkunft. Vielleicht ließ sich Laka heute leichter beglücken als sonst. Der Abt nahm unter den immer schlechter werdenden Umständen im Tempel ebenfalls ab. Trotzdem war er noch immer bei besserer Gesundheit als die anderen Priester in der Kultstätte. Soreya vermutete, dass es an den Früchten lag, die er sich von außerhalb bringen lies. Außerhalb. Seit Soreya ankam, sah sie nicht mehr durch den Torbogen nach draußen, durch den einst die Ströme der Pilger ein und ausgingen. Auch die nähere Umgebung des Tempels änderte sich rapide. Wenn ihre Augen noch kräftig genug gewesen wären, um durch den breiten Eingang zu sehen, dann wäre ihr ein Bild des Grauens entgegengehalten worden. Der Bambuswald, durch den sie mit der Elefantenkarawane am Tag ihrer Ankunft zog, war bereits verdorrt und wirkte wie ein Hain aus verschmorten Stelzen. Die Tempelnovizen gaben die kleinen Gärten vor dem Heiligtum auf, da sie nicht mehr genügend Wasser heranschaffen konnten. Immerhin befüllten sie das Reinigungsbecken in der Umkleide des Tempels. Allerdings tauschten sie das Wasser darin immer seltener, weswegen Soreyas Blick schon lange nicht mehr bis auf den Boden des Beckens reichte.

Müde stemmte Soreya die Türe ihrer Kammer auf und suchte in der Dunkelheit ihres Schlafraumes nach der Öllampe. Sie stand auf dem kleinen Tisch in der Kammer. Soreya wunderte sich eigenartigerweise nicht darüber, dass kein Licht brannte. Laka zündete sonst immer ihre Öllampe an und nahm ihr diese Arbeit ab. Doch dieses Mal entzündete sie Soreya selbst. Als das spärliche Licht der Öllampe den Raum erhellte, sah sie die markante Robe von Laka auf ihren Nachtlager ausgebreitet liegen. Der Abt lag nackt darauf und atmete tief und fest. Es schien Soreya, als ob er eingeschlafen wäre. Panisch kamen der jungen Frau wiederum die Ängste vor den Konsequenzen hoch. Lies sie ihn etwa zu lange warten? Was stellte man mit ihr am Morgen an? Sie fing an zu erzittern. Tränen suchten ihre Augen zu verlassen und sie hätte am liebsten aufgeheult vor der drohenden Strafe. Aber da hielt ihr jemand den Mund zu.
„Still. Ganz leise und dir geschieht nichts“, sagte sie in einem Slang, den sie einst auf dem Marktplatz von Jahanapur von Händlern aus Atrafa hörte. Sie gehörte vom Klang her einer jungen Frau. Etwa ihres Alters. Die Hände, die sie ansatzweise erkannte, waren schwarz wie die Nacht. In dem Augenblick, als sie ihren Körper nach dem Gesicht drehte, blickte sie in ein ebenso schwarzes Gesicht mit perlweißen Augäpfeln.
„Schrei nicht los. Wenn wir zusammenarbeiten, dann helfe ich dir, hier rauszukommen. Ich weiß, dass du nicht freiwillig hier bist“, sagte das geschlechtsreife Mädchen mit ihren kurzen gekräuselten Locken auf dem Haupt. Sie war eindeutig einen ganzen Kopf größer wie Soreya. Ihre Gesichtszüge traten scharf und spitz hervor. Sie traten im fahlen Licht der Öllampe deutlich hervor.
„Ich bin Mutu“, stellte sie sich vor. „Vom Stamm der Hazga und du bist Soreya. Die Tochter des Maharadschas. Des hiesigen Fürsten.“
„Woher weist du das?“, fragte sie überrascht.
„Ich beobachte dich schon ziemlich lange. Ich kenne deinen Tagesablauf haargenau und auch das der Abt hier dich für seine Liebesbedürfnisse missbraucht.“
„Warum habe ich dich nie hier gesehen? Es sind schon lange keine Pilger mehr hier. Ich hätte dich doch …“

„Du nimmst doch nicht mal mehr einen Tiger vor dir wahr. Man schwächte dich absichtlich. Sie wollten verhindern, dass du je hier rauskommst. Dabei können du und ich die Tragödie verhindern, die sich hier abzeichnet. Du bist eine gute Tänzerin und hast die richtige Statur. Das ist genau das, was das Land jetzt braucht."
„Tragödie?"
„Ja, ich weiß, man setzte dir schwer zu. Du musst erst wieder zu Verstand kommen. Aber nichts desto trotz. Ich brauche jetzt deine Hilfe."

Soreyas Blick wandte sich schaudernd zu Laka, der noch immer tief und fest atmete. Was machte Mutu nur mit ihm?
„Keine Angst", beruhigte Mutu sie fast mütterlich, weil sie fühlte, wie die Bange merklich in Soreya anstieg. „Von Laka hast du heute Nacht genug. Der wird nicht vor dem Morgengrauen wach. Ich hab ihn mit meinem Schlafmittel ruhig gestellt. Per Spuckrohr."
„Was soll ich tun?", fragte Soreya benommen.
„Gehe in die Bibliothek und hole aus der dritten Sektion der vierten Reihe das Band: Die Tänze Zetropens von deinem Großvater Hamnid. Du wirst es ganz leicht erkennen. Es befindet sich in einem Bündel dünner Schriftsammlungen und ist ziemlich zerschlissen."
„Ein Buch von meinem Großvater?", fragte Soreya erstaunt. „Er schrieb ein Buch über Tänze?"
„Nur die Tölpel glauben das", sagte Mutu abwertend. „Ich erklär dir es hinterher. Beeil dich es zu holen. Wir Zwei müssen heute Nacht hier weg. Im Tempel können wir nicht bleiben. Wenn wir in Sicherheit sind, dann erzähl ich dir mehr darüber."
„Ich bin so müde …", wollte Soreya sagen, als sie auch schon einen Stich verspürte.
Offenbar bereitete sich Mutu für diesen Fall vor und braute ein Mittel, um Soreya wieder wach zu machen. Es dauerte nicht lange, da breitete sich in Soreyas Körper ein wohlig warmes Gefühl aus. Es schien ihren Leib wie eine Batterie aufzuladen. Ziemlich bald strotzte sie nur so vor Energie.
„Tut mir leid, wenn ich dir meine Wachsamkeitsdroge geben muss. Morgen früh wirst du eine schwere Birne haben, aber das Buch ist viel zu wichtig für uns. Hole es. Jetzt und sei schnell. Ich warte hier auf dich."

Soreya verlies hastig mit der Lampe in der Hand ihre Kammer und eilte zur Bibliothek hinüber. Zu dieser späten Stunde begegnete sie im Lesebereich keiner Menschenseele. Da das Bücherarchiv nicht abgeschlossen war, gelangte sie ungehindert bis zur Sektion Drei. Dort suchte sie in der vierten Reihe nach dem Werk ihres Großvaters. Nachts hielt sich gewöhnlich niemand im Archiv auf. Die Wahrscheinlichkeit gestört zu werden, war sehr gering. Dort fand sie nach kurzer Suche das ersehnte Bündel, in dem neben zahlreichen Einzelwerken, die Arbeit ihres Vorfahren steckte. So hielt Soreya eine speckige Mappe in den Händen, in der sich sieben lose Blätter befanden. Der Verfasser verband sie aber zur Sicherheit mit einem Faden aneinander. Alles in allem war es ein sehr verschlissenes Werk. Es schien, als erlebte es in seiner Geschichte eine Menge, da sich die einzelnen Seiten dreckig und eingerissen zeigten. Die Tempeltänzerin fasste es nicht, dass sich der Name ihres Großvaters auf der zweiten Seite als Verfasser wiederfand. Danach kamen anstatt einleitender Worte Zeichnungen von drei Tänzerinnen, die sich wie die Orgelpfeifen nebeneinander aufreihten und in bestimmten Haltungen posierten. Außerdem befanden sich unter jeder Tänzerin jeweils ein gelber, ein blauer und ein roter Farbbalken. Soreya erkannte sofort, dass die dargestellten Körperhaltungen die äußerste Gelenkigkeit der Tänzerin einforderte. Dazu brauchte es viel Übung und Ausdauer. Etwas, dass sie sich durch ihren Götzendienst mit Leichtigkeit antrainierte. Sie sah die Überschriften dieser Zeichnungen, dessen Bedeutungen schon alleine ihr ein Rätsel blieben. Über den drei Tänzerinnen stand entweder: Anhalten. Blase aufbauen. Blase vergrößern, Blase verkleinern. Verstärken, Abschwächen. Vorwärts und rückwärts."

„Großvater beschäftigte sich tatsächlich mit Tänzen?", fragte sich Soreya nachdenklich, als sie im Schein der Funzel die einzelnen Zettel betrachtete. Sie ordnete seine Aufzeichnung noch immer nicht in ihrem Geist ein. In welchem Zusammenhang standen die naturwissenschaftlichen Forschungen ihres Großvaters mit Tanzakrobatik? Sie verstand nicht im Entferntesten, wie das zusammenpasste.

„Noch wach?", erschallte es da durch ihre Ohren. Soreya erschrak. Die Stimme riss sie aus ihren Gedanken.

Aus dem Licht des Mondes trat zu ihr die bekannte Gestalt des Bibliothekars hinzu. Seine markante Stimme lies Soreyas Herz erschrecken. Einen kurzen Aufschrei konnte sie nicht unterdrücken.

„Du hast mich erschreckt", entfuhr es ihr überrascht.

„Hat Laka etwa genug von dir?", fragte der grauhaarige Bücherverwalter neugierig.

„Er hatte heute keine Lust", antwortete Soreya ausweichend.

„Ja, so wie der immer auf junges Fleisch fliegt. Der ist so ein, … ach ich weiß nicht. Niemand mag den hier besonders. Die Tänzerinnen sowieso nicht", sagte der alte Bibliothekar. „Was siehst du dir da an?"

„Ich hab ein Buch meines Großvaters gesucht."

„Oh, ja dein Großvater", sagte der Bibliothekar in der Vergangenheit schwelgend und seufzte. Er erinnerte sich wieder an ihn. „Wusstest du, dass er die Seitenkapelle neben dem Altar des Tempels entdeckt hat?"

„Seitenkapelle?"

„Du kennst sie nicht? Du läufst doch jedes Mal daran vorbei, wenn du zur Plattform gehst“, fragte der Bücherwurm erstaunt.
„Die Nische?“
„Dort ist ein versteckter Eingang zu einer Seitenkapelle. Dein Großvater entdeckte sie und verwehrte jedem den Zutritt. Er sagte, es dürfe niemand rein, da er den Raum gründlich untersuchte. Wir wussten nicht warum, da uns ebenfalls dieser Teil der Grotte sehr interessierte. Eines Tages schickte der Wesir der Feuerberge nach ihm. Ich fand das eigenartig damals. Seinerzeit war ich so jung wie du und ein Priesternovize. Ich verfolgte seine Forschungen dennoch gespannt. Zuerst holte er die drei größten Gelehrten seiner Zeit in den Tempel. Sie sind in der Kammer tagelang verschwunden und dann war das mit den drei Tänzerinnen. Drei Schwestern waren das. Er lies sie extra aus Chasin herkommen. Die drei waren wirklich gut. Ich meine die konnten tanzen. Eine wahre Pracht waren sie. Du siehst sie hier auf den Zeichnungen in der Mappe. Die sind mit ihm in der Kammer verschwunden und erst ein paar Wochen später wieder aufgetaucht. Keine Ahnung was die da drin so lange gemacht haben. Jedenfalls ist während ihrer Abwesenheit alles im Umkreis des Tempels verdorrt. Eigenartig war das schon. Früher umgab der Bambuswald den Tempelkomplex. Dann ist er aus seiner Nähe ganz verschwunden und seither nicht wieder nachgewachsen. Wer weiß warum.“
„Was haben die da gemacht? Fand er etwas?“
„Wie ich sagte, ich weiß es nicht. Der Wesir jenseits der Feuerberge rief nach deinem Großvater. Bei Nacht und Nebel verschwand er und reiste in die Kalahan. Mit samt den drei Tänzerinnen. Später kehrte er wieder zurück und lies diese Zeichnungen hier, die er während dieser Zeit machte. Er verband sie miteinander und deponierte sie hier in der Bibliothek. Mir trug er auf, dass niemand sie anrühren solle, bevor er stirbt. Wenn es jemand doch täte, müsse er sterben. Nun aber ist dein Großvater tot und seine Order gilt für mich nicht mehr.“
„Was wurde aus ihm?“
„Der Abt sagt, niemand weiß es, aber ich sage dir, dass ihn Dämonen holten. Dein Großvater war verflucht. Er lies sich mit Mächten ein, die er nicht hätte bedienen dürfen. Man vermutet, dass es etwas mit der Verwüstung hinter den Feuerbergen zu tun hat. Denn seit er zurückgekehrt ist, trocknet das Land dort unentwegt aus. Früher war es ein fruchtbares Land. Die Menschen dort waren reich und wohlhabend. Jetzt herrschen dort nur Tod und Verderben. Dein Vater wusste das. Er wusste es zu gut, aber er unternahm nichts. Er glaubte, das Unheil bliebe jenseits der Berge und nun weitet es sich trotz allem aus. Ich bin alt geworden, Soreya. Du bist jung. Mein Leben ist gelebt und die Sünden der Vergangenheit lassen sich nicht mehr ändern.“
„Ich muss die Schriften mitnehmen. Darf ich das?“
Der Alte sah sie müden Auges an.

„Was hast du damit vor? Willst du sie etwa tanzen?“
„Warum nicht?“
„Du bist mir ein eigenartiges Mädchen. Egal, sie wären ohnehin vergilbt und er, der Maharadscha, interessiert sich nicht für das Vermächtnis seines Vaters. Nimm sie mit in deine Kammer, aber behandle sie gut. Vielleicht will sie ja noch jemand sehen. Es ist schon ein wertvolles Dokument. Selbst wenn man die Bedeutung des Inhalts nicht kennt.“
„Danke, Meister.“
„Keine Ursache, aber bevor du gehst, könntest du …“
„Könnte ich was?“
„Nun, ich habe schon so lange nicht mehr …“
Soreya wusste, was er begehrte und kniete sich nieder. Es wäre auch dumm gewesen anzunehmen, dass diese Freizügigkeit des Bibliothekars ohne eine Gegenleistung auskam. Noch an Ort und Stelle schlief der Büchermeister nach ihrem Liebesdienst ein. Hinterher nahm sie wieder ihre Ölfunzel auf und lief mit den Zeichnungen zu Mutu in den Hof zurück.

Im Tempel sah Soreya das Licht der Feuerschalen brennen. Sie erleuchteten die drei mächtigen Gesichter der Göttin der Fruchtbarkeit in der Nacht. Mystisch und geheimnisvoll wirkten sie von der Distanz aus wie ein alles Überschattendes. Sie schienen jede Bewegung mit Argwohn zu verfolgen, die sich vor ihren Augen abspielte. Soreya hielt kurz inne, um diesen bedrohlichen Anblick im Schein der Fackeln zu erfassen.
„Da steckst du also“, hörte sie wiederum aus der Dunkelheit jemandem sagen.
„Tiana, du?“, fragte sie erstaunt, als sie ihre Tanzpartnerin aus dem schemenhaften Licht auftauchen sah. Sie kam aus der Richtung der Garderobe, dem Vorbereitungsraum der Tempeltänzerinnen.
„Ja, die Priester meinen, wir müssen um Mitternacht der Göttin mit einem Fruchtbarkeitstanz huldigen.“
„Schon wieder? Wir haben doch den ganzen Abend hindurch …“, sagte Soreya fassungslos und wurde jäh von der fanatisierten Tiana abgeschnitten.
„Wir müssen. Sonst wird die Göttin böse auf uns und unser Land wird weiter vertrocknen. Der Jahan soll jetzt ein kleines Rinnsal sein. Es herrscht große Not im Land. Die Menschen um uns sterben wegen dem fehlenden Wasser reihenweise weg. Wir müssen etwas unternehmen. Nur durch unseren Tanz erreichen wir die Gnade der Göttin.“
„Wir tanzten wochenlang. Aber es bewirkt nichts. Ich kann nicht mehr …“
„Soreya, du musst mit deinem ganzen Herzen bei der Göttin sein. Sie merkt es jeden an, der nicht völlig bei der Sache ist. Der geringste Zweifel an ihr und wir sind verloren. Du musst dich gehen lassen. Vertrau ganz auf ihr. Übrigens, was hast du da bei dir?“, fragte Tiana neugierig. Ihre Aufmerksamkeit richtete sich auf Soreyas Mappe.

„Äh, das ist ein Heft meines Großvaters."
„Du hast noch Zeit für so was? Wie kann das sein? Man hat dir doch …". Tiana hielt inne. Sie biss sich auf die Lippe.
„Tiana, was soll das? Das ist meine Familiengeschichte. Ich will etwas über meinen Großvater herausfinden. Ich will wissen, wer er war."
„Egal. Das kannst du hinterher. Komm jetzt mit …"
„Was spielt ihr hier für ein Spiel mit mir? Wieso isst du Früchte, während ich keine bekomme?", brach es plötzlich aus Soreya heraus.
„Wie? Was?", schreckte Tiana plötzlich auf. Das Wort Früchte schallte verräterisch durch ihren Kopf. In Soreya gab das Unterbewusstsein, dank der Droge, die Mutu ihr verpasste, die Erinnerungen der letzten Tage zurück. Ihr Gedächtnis wies sie sie auf Dinge hin, die ihrem Bewusstsein vollends entging. Vor wenigen Tagen sah sie Tiana mit einer Weintraube in den Händen. Ihre Tanzpartnerin bemerkte Soreya und steckte sie hastig in den Mund. So, als ob sie das nicht mitbekommen sollte. Diese kurze Handlung, nahm Soreya unterschwellig wahr, ohne darin einen Zusammenhang zur Dürre und der sonstigen Verpflegung im Tempel zu sehen. Doch jetzt trat dieser Widerspruch deutlich hervor und Soreya ging dem nun hartnäckig auf den Grund. Sie bekam im Tempel nur die eintönige Kost verabreicht, doch die Tempeldiener versorgten die anderen Tänzerinnen mit einem weit breiteren Nahrungsangebot als sie. In Soreya keimte ein böser Verdacht auf.
„Unsinn. Das war keine Traube", wiegelte Tiana verschreckt ab. Aber das nahm Soreya ihr nicht ab. Die Droge Mutus machte sie grundtief misstrauisch und aggressiv.
„Doch weiß es ganz genau. Ich kenne Weintrauben. Du hast den Kern ausgespuckt. Ich habe Früchte im Palast gegessen. Was macht ihr hier mit mir? Warum kriege ich kein Obst?"

Soreya bebte vor Zorn. Er überkam sie urplötzlich. Sie kannte sich nicht mehr vor Wut. Mutus Droge tat ihr Übriges dazu. Sie lies aufgestachelt ihre Mappe auf den staubigen Boden fallen und sprang wie eine Raubkatze Tiana an. Von der Wucht riss sie sie auf den Tempelvorplatz. Vor Schock über das plötzliche aggressive Verhalten Soreyas wusste ihre ehemalige Tanzpartnerin nicht darauf zu reagieren. Soreya fasste ihr an den Hals und drückte ihr beinahe die Luft mit beiden Händen ab.
„Spuck es aus, du falsche Schlange", fauchte Soreya vor Wut ergriffen. „Was bedeutet das mit dem Obst?"
„Ich darf nichts sagen", röchelte Tiana verzweifelt. „Sie werden mich töten. Ich darf nichts sagen. Bitte lass mich los. Lass uns in den Tempel gehen und so tun wie wenn nichts wäre", flehte sie ihrer zur Furie gewordenen Partnerin an. Die Verzweiflung, die aus ihren Worten klang, lies Soreya die große Angst erahnen, die man in Tiana entfachte. Soreya durfte keinen Verdacht schöpfen.

Dass sie die erste Tänzerin war, die sie am Tag ihrer Ankunft ansprach, war kein Zufall. Von Anfang an war alles vorbereitet. Nur Soreya hatte den Weg, den ihr Andere bereiteten, als williges Opferlamm zu gehen. Jetzt keimte in ihr der Drang nach der Wahrheit. Warum nahm man ihr jegliches Lebensgefühl weg? Warum verschwor sich ihr Umfeld gegen sie?
„Wenn ich etwas sage, dann …“, sagte Tiana am Boden röchelnd und verstummte.
Soreya hörte zuvor nur ein kurzes Zischen durch die Luft fliegen. Sogleich hörte sie die flüsternde Stimme von Mutu: „Ich erklär es dir, aber nun lass uns sofort von hier verschwinden. Wir werden genug Aufmerksamkeit auf uns ziehen und haben keine Zeit für ein Verhör.“

Sie hob die Mappe mit den Zeichnungen auf und spurtete leichtfüßig wie eine Gazelle zur Pforte des Tempels hinaus. Soreyas augenblicklich empfundener Drang die Wahrheit zu erfahren, ließ sie nicht zögern Mutu zu folgen. Wahrscheinlich schaltete die Droge ihre angeborene Vorsicht aus und machte sie risikofreudiger. Die in ihr eingehämmerten Drohungen von den schrecklichen Folgen den Tempel zu verlassen, wirkten nicht mehr. Nach ungezählten Wochen entkam Soreya mit Mutu durch das Hauptportal aus dem Heiligtum. Die Dunkelheit der Nacht verhinderte die Verwüstung außerhalb des Tempels zu erkennen, die sich seit ihrer Ankunft vollzog. Im Mondlicht zeigten sich lediglich die Schatten der Feuerberge in der Ferne auf die sie zueilten. Natürlich erkannte man das mit Feuerschalen beleuchtete Angesicht der Göttin über der Felsengrotte am besten. Mutu lief mit großen Schritten voran. Ihr zu folgen zehrte doch sehr an Soreyas verbliebenen Kräften.
„Nicht so schnell“, rief sie ihr nach, als sie schon außer Hörweite des Tempels waren. Mutu blieb nur hin und wieder stehen, damit Soreya sie im Mondlicht nicht verlor. Dass Soreya Mutu in der Dunkelheit wahrnahm gestaltete sich ohnehin schwierig, weil Mutus dunkle Hautfarbe der Nacht glich. Erst im Schatten der beginnenden Feuerberge, blieb sie stehen. Fast außer Atem kam Soreya zu ihr angehechelt.
„Hör zu. Wir müssen da hoch“, sagte sie zu ihrer Begleitung, welche die Pause dankbar annahm und deutete einen steilen Abhang hinauf. „Dort oben ruhst du dich aus, während ich dich gesund pflege. Sie haben dir Schreckliches angetan. Doch das ist jetzt vorbei. Du sollst nicht für die Sünden deines Großvaters büßen.“
„Du kanntest meinen Großvater?“, fragte sie schwer atmend.
„Ich nicht, aber mein Großvater Zetropen. Er war der berühmteste Schamane seiner Zeit. Es ist viel schief gelaufen damals. Seit mein Großvater verstarb, sind schon einige Monde vergangen. Alles erzählte er mir über diese Mappe und ihrer Geschichte. Er liebte mich sehr und zog mich wie einen Sohn groß. Obwohl mein Stamm ihn sehr dafür verachtete, lehrte er mich viele Dinge. Für

ein Mädchen meines Stammes ist das absolut unüblich. Ich wurde zu einer heiligen Frau ausgebildet."

„Eine heilige Frau?"

„Eine Schamanin, Soreya. Mein Großvater unterwies mich in der Lehre der Pflanzen und Tiere. Ich weiß, wie man Tränke macht und wie man ihre Substanzen einsetzt. Du musst zuerst gesund werden. Meinen Großvater plagte zeit seines Lebens ein schlechtes Gewissen. Er hielt sich gesund, bis er mir alles beibrachte, was ich wissen muss, um dich zu befreien und um dich vorzubereiten."

„Nicht schon wieder."

„Nein Soreya. Dieses Mal geht es um eine ganz andere Sache. Es geht darum, die Sünden unserer Großväter zu heilen. Die sind nämlich schuld an der schrecklichen Dürre, die unsere beiden Kontinente befällt. Wir Zwei können sie aufhalten. Dazu müssen wir die Tänze in der Mappe lernen. Ich und du haben genau die richtige Größe dafür."

„Wie wollen wir das anstellen? Wir sind nur zu zweit. Wir brauchen drei Tänzer, wenn wir das da fertig bringen wollen", wandte Soreya zurecht ein.

„Ich weiß, was du meinst. Keine Angst. Die Dritte ist schon da, wo wir sie brauchen und sie beherrscht bereits die Figuren. Sie war, wie ihre Schwestern, für ihre Zeit legendär. Aber nun ist sie gefangen und wir werden sie befreien, indem wir alles rückgängig machen, was sie angestellt haben. So können wir unser Land und unsere Völker vor ihrem Untergang retten."

Soreya blickte verdutzt Mutu an. „Das versteh ich nicht", sagte sie überfordert.

„Komm jetzt hoch. Morgen ist auch noch ein Tag und außerdem dürfte die Wirkung der Droge, die ich dir gab, bald nachlassen", sagte Mutu. Heute passierte schon genügend Aufregung und sie verlangte danach den vergangenen Tag endlich abzuschließen. Mutu schob Soreya die zerklüftete Felsformation hoch. Oben lag gut versteckt eine kleine Höhle. Dort legte Mutu mehrere Wasserschläuche bereit und richtete auch ein Schlaflager für Soreya ein.

„Leg dich hier hin und entkleide dich. Ich hab deine Befreiung von langer Hand geplant. Wir Zwei haben jetzt genügend Zeit. Wenn man nach dir sucht, werden sie dich hier nie finden. Nur zur Sicherheit muss ich etwas erledigen", sagte sie auffordernd. Kaum dass Soreya sich auszog, schnappte Mutu sich die Kleider Soreyas. Sie legte sich bereitwillig in ihr Schlaflager. Wozu brauchte Mutu ihre Kleider?

„Hey, wo willst du damit hin?", rief sie Mutu nach, bevor sie in der Dunkelheit entschwand.

„Foppen durch Locken", rief sie schäkernd zurück.

Mit den bunten Tüchern verschwand sie in der Nacht und kam erst im Morgengrauen wieder. Das bekam Soreya nicht mehr mit, denn die Müdigkeit übermannte sie. So schlief sie nach langer Zeit wieder einmal tief und fest durch, bis der Abend des nächsten Tages dämmerte. Das Tanzen machte sie fertig und raubte all ihre Kräfte. Ihr überstrapazierter Körper nahm die willkommene Ruhephase dankbar an. Nichts, so schien es, riss ihn aus dem Schlaf. Selbst wenn direkt neben Soreya ein gigantischer Gong ertönte, wäre sie bleiern liegen geblieben. Als sie die Augen aufschlug, saß Mutu neben ihr und hielt ihr grinsend eine aromatisierte Flüssigkeit in einer Schale unter die Nase. Davon erwachte sie schnell.
„Was ist das?“, fragte Soreya neugierig und hielt sich den Kopf. In ihrem Schädel hämmerte es wie bei einem Schmied in der Handwerkergasse. So, wie wenn er glühendes Eisen auf seinem Ambos bearbeitete.
„Das wird deine Kopfschmerzen etwas lindern. Leider musste ich dir vorgestern eine Droge geben, die zwar wachsam, aber aggressiv macht. Du musst erst wieder zu Kräften kommen.“

Soreya trank das würzige Gebräu und fiel sofort wieder in einen tiefen Schlaf, aus dem sie erst am nächsten Morgen erwachte. Ihr Kopf fühlte sich nun befreit und klar an. Wesentlich wohler erhob sie sich aus ihrem Nachtlager, während Mutu neben ihr saß und Kräuter in einem Mörser zerstieß.
„Gut geschlafen?“, fragte sie freundlich und lächelte sie mit ihren perlweißen Zähnen an.
„Ja“, murmelte Soreya und Mutu reichte ihr unversehens eine weitere Schale.
„Ist das wieder eine Medizin?“
„Eigentlich ja. Es ist Wasser“, sagte Mutu, „Du hast viel Flüssigkeit verloren. Du musst trinken. Ich besorgte für dich soviel Früchte, wie ich konnte. Feigen und Datteln. Leider gibt es keine Weintrauben oder Melonen, was im Moment besser für dich wäre. Alles ist vertrocknet hier und die Verwüstung schreitet unaufhaltsam fort.“
Soreya nahm dankbar das Obst an, dass Mutu auftrieb.
„Sie suchen bereits nach dir...“, erzählte sie schließlich gelassen, während sie aß „... aber sie werden dich nicht finden. Mit deinen Kleidern legte ich ihnen eine falsche Spur und sie schluckten tatsächlich den Köder. Jetzt suchen sie südlich von uns. In den zerklüfteten Feuerbergen vermuten sie uns Zwei nie“, lachte sie vergnügt. Mutu machte eine kurze Pause und musterte Soreya mit ihren perlweisen Augäpfeln.
„Du musst erst zur Ruhe kommen und das wird nicht leicht sein. Gewisserweise ist die Zeit gegen uns. Mit jedem Tag wird die Dürre schlimmer und wenn wir Beide nichts dagegen unternehmen, wird die ganze Welt bald eine einzige Wüste sein.“

„Wir?“, fragte Soreya erstaunt. „Wie können wir Beide etwas gegen die Dürre unternehmen? Wir sind doch keine Zauberer oder bist du etwa eine …“

„Nein, ich bin eine Schamanin und außerdem merk dir, es gibt keine Zauberer. Das ist nur alles ein Gespinst im Gehirn. Für alle Dinge auf dieser Welt gibt es eine Erklärung. Nur wir Menschen versuchen uns für Unerklärliches mit Übernatürlichen alles erklärbar zu machen. Unsere Großväter wussten genau, dass hinter der Dürre nicht ein Gott steckt, den man zu huldigen hat, bis Blut kommt. So wie es mein Volk probierte. Nein, es liegt auch an diesem Buch, das du uns besorgen solltest. Dein Großvater schrieb es. Er hätte es vernichtet, wenn nicht mein Großvater ihn davon abhielt. Niemals durfte es ein Anderer in die Hände bekommen, so sagte es dein Großvater Hamnid dem Bibliothekar im Tempel. Aber mein Großvater sagte, dass wenn nicht wir, dann wenigstens die Nachfahren ein Recht darauf haben, die Wahrheit zu über die Wüste zu erfahren. Bereits damals wussten sie, dass sich ihre Ausbreitung nicht aufhalten lässt. Die Wüste bleibt nicht ewig hinter den Feuerbergen.“

„Mein Großvater wollte das Buch vernichten? Aber der Bibliothekar erzählte mir etwas anderes. Er sagte, dass niemand dieses Buch anrühren solle. Etwas von Vernichten sprachen sie nicht.“

„Hamnid schämte sich. Das ist der wahre Grund, warum er es vernichten wollte. Er war ein Tölpel. Seine Aufzeichnungen über die Maschine brachte er nur deswegen in die Bibliothek, weil ihn mein Großvater ordentlich ins Gewissen redete. Erst als es zu spät war, merkte Hamnid, was er da anrichtete. Nun sitzt Shan Xi in der Zeitmaschine fest und nur wir können sie daraus befreien und den ganzen Spuk ein Ende setzen.“

„Was hast du da gesagt? Zeitmaschine?“

„Genau. Das habe ich gesagt. Eine Zeitmaschine. Die fand dein Großvater im Tempel. In der Nische neben dem Altar. Dadrin fand er Ritzzeichnungen an der Wand. Er fand schnell heraus, dass sie sehr alt sind. Vielleicht zur gleichen Zeit entstanden, wie die rätselhafte Botschaft der Göttin an ihre Gläubigen. Die Zeichnungen zeigen sternartige Wesen, die er für Götter hielt. Er vermutete, dass es ein Geschenk der Götter an die Menschen war und dass er es fertig brachte, sie zu nutzen. Aber die Maschine zieht alle Kraft aus ihrer Umwelt und droht nun durch ihren ungebändigten Energiehunger die Erde auszudorren. Nur Trottel glauben, dass das eine Strafe der Göttin ist. Nein, nur törichte Dummheit, Gier und Arroganz sind schuld an dieser schrecklichen Katastrophe. Nichts Übernatürliches. Reine menschliche Schwächen.“

„Was ist mit den Tänzen auf der Zeichnung?“, fragte Soreya fassungslos nach.

„Damit steuert man das Ding“, sagte Mutu. „Wir müssen die Befehle lernen und Shan Xi aus der Maschine holen. Das arme Ding fürchtet sich sicher zu Tode. Kein Wunder. Sie erlebte ebenso wie du Schreckliches.“

„Wer ist diese Shan Xi?“

„Die dritte Tänzerin. In der Mappe ist sie die über dem blauen Farbbalken. Sie ist noch in der Maschine und wird erst wieder rauskommen, wenn wir Zwei hineingehen und sie dazu überreden. Wir Beide haben die ideale Größe und Form, an die Stelle ihrer Schwestern zu treten. Nicht jeder kann einfach so in die Maschine hineingehen. Mein Großvater meinte, dass die Maschine eine eigene Art von Intelligenz besitzt. Sie erkennt, wer sie steuern kann und wer nicht. Die Tänzerinnen brauchen dazu verschiedene Größen und einen bestimmten Körperbau. Du bist die rote Tänzerin und ich die Gelbe.“

Soreya versuchte sich, die Dinge in ihrem Kopf begreiflich zu machen.
„Was passierte damals?“
„Dein Großvater …“, begann Mutu ernst und wiederholte sich, da sie den Eindruck gewann, dass Soreya ihr nicht so recht folgte. „… entdeckte die Maschine im Tempel. Dazu fand er Ritzzeichnungen von sechsarmigen Wesen. Er suchte nach passenden Tänzerinnen, die sich gemäß der Haltung der Zeichnungen verbiegen konnten. In Chasin fand er sie schließlich und holte sie zum Tempel. Durch seine Experimente fand er heraus, dass man mit der Maschine durch die Zeit reiste. Aber er fand nicht heraus, woher die Maschine ihre Energie bezog. Wenn er aber vor den Tempel geschaut hätte, dann wären ihm die verbrannte Erde und der verdorrte der Bambuswald nicht entgangen. Durch seine Forschungen mit der Maschine schwächten sich die Feuerberge in diesem Teil des Gebirges ab, bis die Eruptionen ganz ausblieben.“
Mutu machte eine kurze Pause und fuhr unvermittelt fort: „Es war ein mühevolles Unterfangen, ihre Funktionen zu enträtseln. Deinem Großvater ist das wirklich gelungen. Ob er alle Funktionen fand, die die Maschine ermöglicht, lasse ich mal dahin gestellt. Zur Hilfe holte er die drei größten Gelehrten seiner Zeit. Zetropen, mein Großvater, Cherek Mian aus Chasin und Funjap Nur, ein Gelehrter vom peresischen Königshof. Sehr schnell erkannten die klugen Köpfe, dass sie eine gefährliche, aber höchst nützliche Sache fanden. Für irgendetwas ist die Maschine sicher gut. Sie führten weitere Experimente mit ihr durch und hielten ihre Erfahrungen in Aufzeichnungen der Mappe fest. Es gelang ihnen eine Zeitblase zu machen, in der die Zeit anders ablief als drum herum. Nur um dir ein Beispiel zu nennen: Wenn in einer Zeitblase eine Sekunde verstreicht, vergeht außerhalb der Blase ein ganzes Jahr. Das geht natürlich auch umgekehrt.

Der Wesir, die rechte Hand des Königs der Kalahan, bekam offenbar etwas davon mit. Er bot deinem Großvater viel Geld, damit ihm dieser hilft, den König zu entmachten. Sein Einfall sah vor eine Zeitblase im Garten des Palastes aufzubauen, während der König darin herumspaziert. Die Idee ist wirklich raffiniert und heimtückisch zu gleich. Während der König in seinem Garten lustwandeln geht und glaubt, dass nur fünf Minuten dabei verstreichen, vergehen außerhalb des Palastes ganze Jahrzehnte. Da er aber den Ausgang erst erreichen wird, wenn für ihn zehn Minuten vergangen sind, ist außerhalb des Palastes der Wesir schon längst gestorben. Bis dahin hat er sich in der für uns normal verlaufenden Zeit vergnügt und das Land beherrscht. Das dachte er sich jedenfalls. Dein Großvater, dieser gierige Bastard, sagte zu seinem Putsch nicht nein und nahm die Maschine mit. Er baute sie tatsächlich im Garten auf und lies seine drei Tänzerinnen in die Maschine treten. Aber etwas lief da schief, denn er verließ fluchtartig den Palast."

„Störte ihn der König etwa?"

„Das weiß ich nicht genau", sagte Mutu. „Unwahrscheinlich wäre es nicht. Ich vermute jedenfalls auch, dass er ihn erwischte. Der König wollte, so vermute ich, wissen, was er hier suchte. Sicher sah er die Tänzerinnen, die in seinen Garten kamen. Der König lies in seinem Garten überall Spiegel installieren, um zu wissen, wo was gerade vor sich geht. Er wurde sofort misstrauisch. Mit einer Notlüge verließ Hamnid gerade rechtzeitig den Bereich mit der Zeitblase. So meine Vermutung. Seine Tänzerinnen bauten wahrscheinlich die Maschine auf, während er sich vom Wesir die Belohnung abholte. Nachdem er sein Geld nahm, floh er wie ein räudiger Hund. Hier, in dem Tempel versuchte er die Aufzeichnungen der Arbeiten zuerst vernichten. Ich glaube, dass er fürchtete, dass ihm die anderen Gelehrten auf die Schliche kommen. Mein Großvater fing ihn auf seiner Flucht ab und war ist mit ihm nicht zimperlich. Ich erspare dir zu sagen, was er mit ihm tat. Es endete damit, dass dein Großvater die Aufzeichnungen unter Aufsicht des Bibliothekars und meines Großvaters im Tempel deponierte. Später, so hörte ich, soll er dennoch versucht haben sie zu vernichten. Mein Großvater ahnte so etwas schon. Daher versteckte er das Buch in der Bibliothek an einem anderen Ort. In Sektion drei der vierten Reihe und in einem Bündel, das so unverdächtig aussieht. Tarnen und Täuschen, Soreya, das ist die beste Art von Sicherheit. Wenn du willst, dass niemand etwas Bestimmtes findet, dann tarne es und versteck es unter seinesgleichen."

„Versuchten die anderen Gelehrten nicht, die Maschine anzuhalten?", fragte Soreya entsetzt über die Offenbarung der Geschichte ihres Großvaters.

„Ja, das haben sie", antwortete Mutu zynisch. „Aber es hat wie es scheint nicht funktioniert. Sie versuchten die Tänzerinnen zu töten. Cherek und Funjap sind in die Zeitblase eingedrungen. Es ist ihnen tatsächlich gelungen, zwei er Tänzerinnen zu töten. Die Wachen, die in Alarmbereitschaft beim König standen, schnappten sie. Was da gerade vor sich geht, weiß ich nicht, denn sie sind, wenn man von der Zeitrechnung im Garten ausgeht, gerade einmal sechs Minuten drin. Weil sie Waffen unerlaubt bei sich tragen, wird der König sie köpfen lassen. So wird es passieren, denn sie sind bis jetzt nicht wieder rausgekommen. Ich vermute, dass der König sie gerade verhört. Aber ich bezweifle, dass sie damit das Problem lösten, denn anders erkläre ich mir die rasch fortschreitende Verwüstung nicht. Die Maschine rast viel schneller als jetzt durch die

Zeit. Die Zwei machten es prompt falsch. Wenn sie die Mädchen dazu gebracht hätten, sie einfach anzuhalten, käme es sicher nicht zu so einem Drama wie jetzt. Mein Großvater tobte am Sterbebett, als er feststellte, dass sich die Dürre noch immer ausweitet. Er ahnte, was seine Kameraden versuchten. Soreya, was bei uns 30 Jahre dauert, dauert in der Zeitblase nur drei Minuten an. Auf den Trittsteinen der Maschine, die die Tänzerinnen durch Bewegungen programmieren, bleibt die Zeit stehen. Sie verstreicht praktisch nicht."

„Und was sollen wir Zwei da tun?"

„Zwei der Tänzerinnen sind tot. Wir müssen ihre Plätze einnehmen und Shan Xi überreden die Maschine anzuhalten. Sie lebt, weil ich sie nicht sah. Das arme Ding da drin ist bestimmt mit den Nerven am Ende und steht unter Schock. Wir Zwei müssen die Maschine anhalten, was sicher nicht leicht sein dürfte."

„Dass sie da drin nicht verhungert ist. Ich meine, das ist doch schon so lange her."

Mutu lächelte. „Natürlich ist es nicht so, wie wir uns das ausmalen. Sie glaubt, seit sie eingestiegen ist, sind etwa sieben Sekunden vergangen. In der Zeitblase selbst dürften etwa sieben Minuten vergangen sein. Außerhalb etwa siebzig Jahre. Zeit ist immer eine Frage der Perspektive, Soreya. Das Zeitgefühl ist reine Wahrnehmung.", erklärte Mutu bereitwillig.

„Was machen wir jetzt?"

„Jetzt? Wir lernen die Tänze in der Mappe. Erst wenn wir sie beherrschen, sind wir bereit zu der dritten Tänzerin zu gehen. Wie ich dir bereits sagte, wir haben genügend Zeit. Auf einen Tag hin oder her kommt es jetzt wirklich nicht an. Wenn wir erfolgreich sind, dann wird das alles, was hier passiert, nie stattfinden."

„Wie meinst du das?"

„Wir polen die Maschine um, Soreya. Wir lassen sie rückwärts laufen und stellen sie ab. Dann ist alles wieder wie vorher und das Ganze ist nie passiert. So sieht mein Plan aus."

Soreya ging kurz in sich. Mutus Geschichte klang äußerst abenteuerlich, aber sie passte zu ihren wahrgenommenen Veränderungen. Was war da schon zu verlieren?

„Wir haben keine andere Wahl. Also gut. Dann los", sagte Soreya entschlossen und sprang auf. Sie bemerkte erst jetzt, dass ihr die Kleider fehlten.

„Ich bin nackt."

„Daran habe ich gedacht", sagte Mutu lächelnd und gab Soreya ein weites Gewand, das sie in einem Korb wohl verstaut behütete. Dieses Kleidungsstück eignete sich bestens für das trockene Wüstenklima, dem sie sich bald ausgesetzt sahen.

Kapitel 5

Durch die Kalahan

Nachdem Soreya wieder zu Kräften kam, verbrachte sie die Zeit in der Höhle mit den Studien der Tanzbewegungen des Manuskriptes. In der Tat erforderten die Figuren höchste Konzentration. Hierfür spielten die Tänzer ihr gesamtes Können an Gelenkigkeit aus, um die Posen genau wiederzugeben. Zu gerne hätte Soreya die Ritzzeichnungen im Original gesehen, doch ihr Dienst in dem Tempel machte jegliche Form von Erkundung ihrerseits unmöglich. Beide Mädchen verbrachten viele Stunden in dem Versteck und übten, bis die Haltungsabläufe ihrer Körper saßen. Dank Soreyas Talent für den Tanz und Mutus Gelenkigkeit, erlernten die Beiden recht schnell, was Hamnid aufzeichnete. Ab und zu verließ Mutu die Höhle, um sich nach ihren Verfolgern umzusehen. Während ihrer Erkundungstour beobachtete die Schamanin, die Aktivitäten der Suchtrupps rund um den Tempel. Soreyas Vater kam sogar persönlich. Die Atrafarin erkannte den Maharadscha deutlich an seinem prächtigen Elefanten. Offenbar schreckte das nächtliche Verschwinden Soreyas die Tempelbewohner derart auf, dass sie ihre Huldigungen unterbrachen. Von einer Ehrung der Göttin wollte gerade niemand etwas wissen, da alle ausnahmslos nach Soreya suchten. Die Finte mit ihren Kleidern schluckten die Suchenden tatsächlich anstandslos. So bewegten sich ihre Häscher südlich des Tempels und suchten den fast ausgetrockneten Jahanfluss nach der Fürstentochter ab. Aber wie lange noch? Mutu wusste, dass es nur eine Frage der Zeit war, bis sie auch das nördliche Umfeld des Tempels mit in ihre Suche einbezogen. Viel Zeit konnten sie sich nicht mehr lassen. So verließen sie etwa fünf Tagen nach Soreyas Flucht aus dem Tempel ihre versteckte Höhle und suchten sich zu Fuß ihren Weg durch die Feuerberge in die Kalahanwüste.

Die Bezeichnung der Feuerberge traf gegenwärtig nicht mehr zu. Vor gut fünfzig Jahren erfuhr das von ehemaligen aktiven Vulkanen beherrschte Hügelland seinen letzten erwähnenswerten Ausbruch. Damals riss sich die Erde wie an einer Perlenkette auf und dichter Ascheregen streute sich über die ohnehin schon karge Landschaft nieder. So lang man die Erschütterungen der feurigen Erhebungen aufzeichnete, gab es in den Feuerbergen fast täglich eine Eruption unter der Erdkruste. Dass die Ausbrüche des Erdinnern in einer, geologisch gesehen, sehr kurzen Zeit abflauten, schrieb ein jeder der Anwohner der Gnade der Fruchtbarkeitsgöttin zu. Stand ihr Heiligtum doch direkt am

Fuße des Gebirges. Niemand der Gläubigen kam im Entferntesten auf die Idee, diesem „Segen“ einer ganz anderen Ursache zuzuschreiben.

In diesen Tagen, als die große Dürre über dem Land des Jahan lag, erloschen alle feurigen Aktivitäten der Berge. Mutu erklärte, dass dieses ruckartige Phänomen mit der Zeitmaschine zusammenhing, die ihre Großväter vor etwa siebzig Jahren fanden. Diese Maschine entzog den Bergen jegliche Energie und setzte den vulkanischen Launen ein jähes Ende. Soreya fiel die Vorstellung von der immensen Macht eines solchen Apparates nicht leicht, dessen Herkunft für sich alleine ein Rätsel war. Die vier Gelehrten spekulierten damals mit den wüstesten Annahmen. Mian und Funjap sagten, sie sei ein Geschenk der Göttin. Hamnid glaubte sogar daran, dass sie der Menschheit gegeben wurde, um über die Zeit zu herrschen. Mutus Großvater sah die Existenz der Zeitmaschine skeptischer. An ein Geschenk glaubte er nicht. Zu Soreyas Zeit sah es eher danach aus, als sei ihre Aufgabe vielmehr für den Untergang ihrer Art gedacht als für ihre Weiterentwicklung. Überheblichkeit, Gier und Dummheit zeugten aus der zunächst erscheinenden fantastischen Möglichkeit der Zeitbeeinflussung ein mörderisches Verhängnis. Zetropen, Mutus Großvater warnte nach den ersten Experimenten vor den schrecklichen Folgen der gefährlichen Maschine. Er gewann zunehmend die Überzeugung, dass sie nicht von dieser Welt stammte. Etwas ließ sie hier zurück. Welchen Zweck sie diente, wusste der atrafanische Schamane zwar auch nicht, aber eines war ihm klar. Die Menschheit war für derartige Dinge noch viel zu unerfahren. Zu archaisch blieben ihre Verhaltensmuster. Zu rückständig ihre Mentalität. Dies endete nur in einer Katastrophe. Prophetisch sah er, was nun drohte.

Der Weg Soreyas und Mutus durch die Feuerberge führte an steilen Schluchten vorbei, dessen Wände schroff in ein gähnendes Nichts abfielen. Früher sah man an einigen Kratern und Spalten direkt in den feurigen Schlund der Erde hinab. Dort floss die Lava gleich einer glühenden Ader auf dem Grunde und gab durch ihre Glut genügend Licht nach oben ab. In der Nacht gab dies ein schauriges Bild ab. Heute erstarben die feurigen Ströme in der Tiefe und gaben sie der Erosion frei. Da es in dieser Gegend kaum regnete, besorgte der Wind die Schleifung des porösen Gesteins zu einem mineralstoffreichen Granulat. Kleine Kakteen mit wolligen Härchen und Flechten, die einzigen Pflanzen die sie auf ihrem Weg passierten, zogen ihr Wasser aus dem Morgennebel. Ansonsten beherrschte das vulkanische Gestein das Landschaftsbild, dessen Kanten scharf wie Rasiermesser waren. An einigen Stellen bauten Einheimische sogar etwas von dem vulkanischen Gestein ab, um damit ihre Äcker zu düngen. Nicht zuletzt deswegen gründete man am Fuße der Feuerberge das Heiligtum der Fruchtbarkeitsgöttin.

Während ihres Marsches durch die Kraterlandschaft brannte die Sonne unbarmherzig auf die Beiden hernieder. Es fiel Soreya schwer, ihre Sinne beisammen zu lassen. Die Hitze des Tages stieg ihr allmählich zu Kopf. Ihr ganz in Weiß gehaltenes, weites Gewand milderte immerhin die aggressive Strahlung der Sonne.

„Mutu, nicht so schnell", rief sie ihrer flinken Führerin hinterher, die gegen die unerträgliche Wärme offenbar bestens ankam. Mutu rannte trotz der vom Boden reflektierenden Wärme förmlich über das Geröll.

„Du bist nur nichts gewohnt", sagte Mutu und blieb stehen, um auf Soreya zu warten. „Bei mir zu Hause laufen wir alle den ganzen Tag ohne Pause durch."

„Ich hab nicht so lange Beine wie du", hechelte Soreya erschöpft. „Wie weit ist es noch?"

„Es ist schon noch ein gutes Stück, aber wir haben keine Eile."

„Warum rennen wir dann?", beschwerte sich Soreya tief durchatmend. Sie erreichte ihre Führerin.

„Och, das war doch nicht rennen", bewertete Mutu Ihr eigenes Laufpensum. „Jedenfalls für mich nicht. Bei uns läuft man stundenlang so. Du bist sehr geschwächt von deinem Leben im Tempel."

„Ich darf gar nicht dran denken, was die mit mir machen, wenn sie mich kriegen", erschauderte es Soreya. „Ich musste meinem Vater schwören, den Tempel nicht zu verlassen."

„Ha, das sieht dem ähnlich. Wenn wir erfolgreich sind, dann wird das alles hier nie passieren", sagte Mutu überzeugt.

„Glaubst du, dass es so einfach wird?", fragte Soreya zweifelnd. „Wir müssen erst einmal über die Berge, dann in die Wüste zum Palast des Königs. Abgesehen davon, dass ich nicht weiß, wo das ist."

„Keine Sorge. Ich weiß genau, wo er ist", sagte Mutu. „Ich war erst vor wenigen Wochen da und hab einen Blick reingeworfen. Daher konnte ich dir auch so genau erzählen, was da gerade so vor sich geht."

„Was???", stöhnte Soreya ungläubig.

„Merkst du das jetzt erst? Daran sieht man wie dein Auffassungsvermögen noch immer leidet. Ja, ich habe den ganzen Weg bereits ausgekundschaftet und für uns an einer Stelle sogar Wasservorräte zurück gelassen", antwortete Mutu mit einem breiten Grinsen. Es schien, als ahnte sie bereits, dass Soreya das sagte. „Du schaffst es sonst nicht. Die Sache ist viel zu wichtig, als dass unsere Mission daran scheitern darf. Deshalb habe ich für alles Wichtige gesorgt. Den Teil unseres Wegs kann man gut abschätzen. Richtig schwierig wird es erst, wenn wir in den Garten des Palastes betreten."

„Wie das den? Da drin wird es doch nicht so weit bis zur Zeitmaschine sein."

„Du hast Recht. Es ist nicht weit, aber wer weiß, wie der König reagiert, wenn wir plötzlich in seinen Garten eindringen. Seine Wachen könnten uns festnehmen ehe wir zu der Zeitmaschine gelangen und dann ergeht es uns wirklich schlecht. Aber das soll uns jetzt nicht kümmern. Erst wenn wir dort sind."

„Wie wollen wir überhaupt in die Zeitmaschine eindringen?"

„Tja, das ist gerade der kniffligste Teil an der ganzen Sache. Während wir nur wenige Sekunden durch den Garten eilen, vergehen außerhalb der Zeitblase mehrere Jahre. Unsere Mission könnte selbst bei einem Erfolg bereits das Ende der irdischen Zivilisation bedeuten. Aber das Risiko müssen wir eingehen. Auf die paar Tage die Berge zu überqueren kommt es wirklich nicht an. Das entspricht von dem Zeitablauf im Garten nicht einmal der Dauer eines Flügelschlages von einem Schmetterling. Wir müssen genau in die Mitte bei dem großen Brunnen des Parks gehen. Dort platzierte Hamnid die Zeitmaschine. Ich weiß es genau, weil mein Großvater es aus ihm herausbekam und ich Shan Xi dort sah. Die Maschine selbst sieht nicht spektakulär aus. Man vermutet dahinter nichts Großartiges. Sie besteht aus drei flachen Steinen. Sie sehen wie ein gewöhnliches Pflaster aus. Sie sollen nicht sehr schwer sein und die Form eines Halbkreises haben. Wie du vielleicht auf Grund der Zeichnungen in der Mappe erahnst, haben sie unterschiedliche Farben. Es gibt einen roten, einen gelben und einen blauen Stein. Wenn wir uns auf sie stellen, sind wir bereits in Sicherheit.

„Werden uns die Wachen im Garten nicht fangen wollen", fragte Soreya nachdenklich.

„Nein, das können sie nicht, denn wenn wir beide auf den Steinen stehen, dann steht die Zeit außerhalb der Steine still."

„Auf dem Pflaster steht die Zeit still?", fragte Soreya verwirrt. Ihr fehlte das Verständnis dafür.

„Sie verläuft dort eben anders. Wir selbst können uns auf den Steinen bewegen, ohne dass die draußen sich bewegen können, weil sie einfach keine Zeit dafür haben. Die merken nicht, was wir tun."

„Und Shan Xi? Wie sollen wir sie überreden, uns zu helfen? Können wir etwa mit ihr reden?"

„Natürlich", erklärte Mutu selbstsicher. „Wir tauchen in die Zeitmaschine ein. Sie hört uns, weil die Maschine, was den Zeitablauf betrifft, zusammengekoppelt ist. Wenn wir drin sind, reden wir mit ihr. Wenn wir sie überzeugen halten wir die Maschine an und der ganze Spuk ist vorbei."

„Was werden sie mit uns machen, wenn wir Erfolg haben?"

„Das will ich mir nicht ausdenken. Wir haben immerhin unsere Welt vor der vollständigen Austrocknung bewahrt. Vielleicht wird man uns laufen lassen. Der Herrscher der Kalahan soll zwar streng aber ein gerechter Monarch gewesen sein."

„Das glaube ich kaum“, antwortete Soreya bestürzt. „Wenn man unangekündigt in einen Herrscherpalast eindringt, wird man enthauptet. Das brachte mir Vater schon recht früh bei. In der Kalahan wird das nicht anders gewesen sein. Geschweige denn, dass er uns für unsere Tat belohnen wird. Der König wird merken, dass sein Reich nur noch eine Wüste ist …“
„Ruhig“, unterbrach Mutu nervös uns spitzte aufmerksam ihre Ohren. Ihr war, als habe sie in der Ferne einen Stein, in die engen Felsspalten fliegen hören. Die Tonlage des Geräusches ließ sie nicht an eine reine Willkür der Natur glauben.
„Versteck dich hinter dem Felsen an der nächsten Kurve. Der ist groß genug um dich zu verdecken. Und sei still. Ich bin gleich wieder da“, herrschte sie eilig Soreya an und spurtete hastig ihren Weg zurück.
Sie lies Soreya einfach in der kluftigen Schlucht stehen, welche ihr irritiert nachsah.
„Wo willst du denn hin“, rief sie ihr irritiert nach, doch Mutu hörte sie offenbar nicht mehr. Ihr Laufgeräusch verklang so schnell in der Einöde, dass nur wenige Sekunden später eine unheimliche Stille über ihr lag. Alsbald fühlte sie sich mutterseelenallein. Eingeengt von der rotbraunen Schlucht dessen abenteuerliche Formationen bizarre Schatten im Licht der Sonne erzeugten.
„Verstecken ist gut“, murmelte Soreya ratlos zu sich. Hier gab es nichts als nackten Fels. Sie lief daher, wie ihr Mutu anleitete, den Weg weiter.

Und tatsächlich. Sie sah nach der nächsten Wegbiegung, genauso wie es ihr Mutu beschrieb, einen kleinen Felsvorsprung unter dem ein klobiger Steinbrocken lag. Dank ihrer schlanken Figur besaß sie das perfekte Geschick sich dahinter zwängen. Soreya musste sich dazu allerdings mit dem Kopf voran kriechend durch einen schmalen Spalt bewegen. Aus dem Versteck heraus wiederum fehlte ihr jede Sicht auf den Weg. Von dort aus hörte man lediglich die Geräusche, die vom Pfad her kamen. Ohne Zeit zu verlieren, schob sie sich behände hinter den mächtigen Brocken und verharrte dort mucksmäuschenstill. Soreya spitzte ihre Ohren. Draußen hörte sie nur das Pfeifen des heißen Windes, der durch die kargen Berge brauste. Bis auf ihn blieb alles totenstill. Sie wartete zwei Minuten. Kauernd in hockender Stellung. Drei Minuten. Fünf Minuten. Innerlich wirbelte die Aufregung umher. Es fiel ihr schwer ruhig zu bleiben. Allmählich bildete sich vor Ungewissheit Schweiß auf ihrer Stirn. Dazu machte sich immer stärker der Durst nach Wasser bemerkbar. Er ließ ihre Kehle brennen. Mit der Gewissheit, dass Mutu ihren Weg bereits auskundschaftete und die erwähnten Wasservorräte zurückließ, glaubte sie sich in besten Händen. Das beruhigte sie in Gewisserweise. Weitere Minuten vergingen, ohne dass sie etwas hörte. Doch, was war, wenn das Geräusch, dass Mutu aufschnappte, von ihren Verfolgern stammte? Nahmen etwa die Handlanger ihres Vaters die Fährte auf? Brachen jene nicht wie zu

einer Hatz mit ihren Elefanten auf, um sie einzufangen? Benutzte ihr Vater nicht Hunde für die Jagd? Er setzte sie garantiert auf sie an. Von diesen Tieren wusste sie, dass sie über einen erstaunlich guten Geruchssinn verfügten. Sie witterten bestimmt schon ihre Spur. Sieben weitere Minuten verstrichen. Für Soreya war das ergebnislose Zuwarten eine Qual. Je länger sie sich in Geduld übte, umso mehr suchten sie ihre weiteren Zweifel heim. Ihr Gehirn spielte alle möglichen Szenarien des weiteren Verlaufs durch. Eine jede Spekulation endete mit einer Katastrophe. Immer mit ihrer beider Tod. Solange sie mit Mutu zum Palast ging und sie miteinander sprachen, war ihre Stimmung wesentlich zuversichtlicher. Aber nun untätig hinter einem Felsblock zu verharren, während sich ihr Schicksal entschied, kam einer Folter gleich.
Zehn weitere Minuten vergingen. Soreya überkam große Angst. Je mehr Minuten verstrichen und sich nichts regte, umso panischer ging es in ihrem Bewusstsein zu. Wurde Mutu etwa bereits getötet und jetzt war nur noch sie übrig? Soreya sah den toten Leichnam ihrer Führerin schon vor sich. Sie sah in ihrem Geiste, wie sie ihre Verfolger hinter dem Felsblock hervorzerren. Sie sah ihren verzweifelten Versuch, wie sie sich gegen die drohende Vergewaltigung wehrte. Zu Mutu würde man sie stoßen. Überlebte sie vielleicht ihr Martyrium? Brachte man sie trotzdem wieder zum Tempel zurück? Ließ man sie dort weiter tanzen? Nein. Bestimmt nicht. Umbringen würde man sie. Das drohte man ihr bereits am Tag ihrer Abreise aus dem Palast unterschwellig an. Daran zweifelte sie nicht, denn ihr Vater sprach nie leere Drohungen aus. Der Schreck fuhr ihr in die Glieder und machte sie bewegungsunfähig. Zwanzig Minuten weitere Minuten vergingen. Ihre Gedanken folterten sie. Was passierte, wenn Mutu gefangen wurde? Würde man sie foltern und töten? Mit Sicherheit. Ihr Vater kannte da kein Erbarmen. Er ließ sie sicher töten. Sie überlebte vielleicht, wenn sie sich freiwillig stellte. Wenn sie ihren Tempeldienst von selbst wieder aufnähme und vor der Göttin um Vergebung bat. Vielleicht kam sie so durch. In ihrem Geiste legte sich Soreya diesen Ausweg zurecht. Es blieb das versöhnlichste Ende, das ihr in ihren zahlreichen Gedankengängen einfiel. Dreißig weitere Minuten vergingen und von Mutu rührte sich kein Lebenszeichen. In Soreya wucherten weitere grässliche Ängste und schreckliche Gewissensbisse empor. Mutu begab sich in große Lebensgefahr, um ihr zu helfen. Sie nahm einen weiten Weg auf sich, verließ ihre Heimat, fuhr über das große Meer, um sie aus der Gefangenschaft zu befreien. Nur sie dachte dran, ihre eigene Haut zu retten und ließ ihr Schicksal vollkommen außer Acht. Aber hatte es überhaupt Sinn den übermächtigen Verfolgern zu trotzen? Auch ihr Vater überlies nichts dem Zufall. Darin glichen sich er und Mutu. Sie kannte die Brutalität ihres Vaters einfach zu gut. So, wie sie ihn einschätzte, setzte er alles in Bewegung, um seine Tochter wieder einzufangen. Sollte Mutu deswegen etwa sterben?

Vierzig Minuten weitere Minuten verstrichen. Die Warterei maß sich zur wahren Folter aus. Für Soreya verglich sich ihr tatenloses Verweilen mit dem Sitzen auf einer heißen Herdplatte. Sie hielt es nun nicht mehr länger aus. „Nein“, entfuhr es ihr murmelnd. Sie zitterte, als sie versuchte ihren Körper zur Aktion zu zwingen.

„Ich muss sie warnen. Ich …“, zischte sie entschlossen, als sie das Traben mehrerer Hufe vernahm. Sie kamen den Weg entlang. Soreya brach ihr Vorhaben sofort ab. Vom Ton her gehörten die Hufe zu einem Pferd, das den Felsen im schnellen Galopp passierte. Pferde benutzten oft die Treiber oder die Ritter des Fürsten. Elefanten blieben dem Herrscher vorbehalten. Was ging da nur vor sich? Kaum war das Geräusch verklungen, versuchte sich Soreya wieder Mut zu machen.

„Nein“, bibberte Soreya. „Ich lasse nicht zu, das Mutu etwas geschieht“, sagte sie zu sich leise und zwängte sich wieder aus ihrem Versteck. Doch schon galoppierten weitere Hufe den Weg entlang. Die Geräuschkulisse zwang sie erneut, ihr Vorhaben abzubrechen. Ängstlich zog sie sich zu einer Kugel zusammen.

„Bloß keinen Krach machen“, dachte sie zitternd. Dieses Mal hörte sie sogar mehrere Pferde. Doch da war noch ein anderes Geräusch, das sich zwischen das Getrappel einschlich. Es klang, als ob sie da etwas hinter sich herzogen. Soreya vernahm ein schmerzvolles Stöhnen und Ächzen hinter den donnernden Pferden, die alsbald aus ihrer Hörweite verschwanden. Nun hielt es die Tempeltänzerin nicht mehr länger hinter ihrem Stein aus. Sie schob sich verstört aus ihrem Versteck hervor. Gerade als sie sich aufrichtete und die feinen Kiesel aus ihrem Gewand klopfte, stand Mutu direkt hinter ihr. Von ihrem plötzlichen Auftauchen wie aus dem Nichts schreckte sie auf. Mutu spitzte still ihre Lippen und legte ihren Zeigefinger darauf. Sofort wusste Soreya, das sie ruhig sein sollte. Unglaubliche Erleichterung durchfuhr sie, dass ihre Führerin unversehrt wieder da war. In Mutus Mine aber zeigte sich deutlich, dass sich die Gefahr noch nicht bannte. Mit einem Zeig auf den Felsen gab sie ihr zu verstehen, dass sie sofort wieder hinter den Steinbrocken kriechen sollte.

„Bleib da, ich hab alles im Griff“, wisperte sie leise für Soreya hörbar. Die Fürstentochter zwängte sich gerade rechtzeitig hinter ihr Versteck, denn schon hörte sie ein neues Getrappel den Weg entlang kommen. Es war vom Klang her das vereinzelte Pferd. Soreya erkannte das deutlich an den Tonfall des Hufschlags. Das Pferd hielt direkt vor Mutu an, die vor dem Felsvorsprung stehen blieb. Soreya hörte nur ein kurzes, aber leises Surren. Wenig später fühlte sie, wie etwas auf den Boden aufschlug. Es vibrierte von dem Gewicht bis zu ihr hin. Deutlich folgte dem das Klirren eines schweren Gegenstandes. Vermutlich eine große Waffe. Der Ton setzte sich bis in eine tiefe Felsspalte unweit des Felsens fort.

„Komm jetzt raus“, rief Mutu gut hörbar zu Soreya hinter dem Felsen. „Er soll dich noch einmal sehen.“

Soreya zwängte sich wiederum hinter dem Fels hervor. Ihre Beine taten weh. Die scharfkantigen Steine des Vulkanberges kratzten zudem ihre Knie auf.
„Autsch“, stöhnte Soreya auf, als sie sich aufrichtete und das Brennen ihrer Schürfungen spürte. Am liebsten ginge sie jetzt zu dem Medikus im Tempel, der immer ein Mittel für solche Sachen ausgab. Ihr Blick fiel auf Mutu, die auf ihren Knien den Kopf eines kräftigen Mannes hielt. An seiner Seite stand ein Araberhengst, der mit seinen Hufen scharrte.
„Nimm das“, sagte Mutu zu ihrem Verfolger und klemmte dem Mann mit dem mächtigen Schnauzbart etwas aus ihrer rätselvollen Tasche in den Mund.
„Sieh ihn dir an“, sagte Mutu ohne jedes weitere Mitgefühl für den gefallenen Hünen. „Ein gewissenloser Handlanger durch und durch. Hinterfragt nichts, führt einfach nur aus. Das Rückrad einer jeden Ideologie. Er hat ein Recht darauf, dich zu sehen.“
„Juschuh? Du?“, sagte sie ungläubig und sah in seine dunklen Augen, die offensichtlich mit dem Tode rangen. Entsetzliche Schmerzen jagten durch seinen Körper.
„Was hast du getan?“, fragte Soreya entsetzt.
„Die Frage lautet eher, was haben sie getan“, antwortete Mutu ohne mit der Wimper zu zucken. „Sie folgten uns und das hätten sie nicht tun dürfen. Jeder, der es wagt, uns zu folgen, darf mit keiner Gnade von mir rechnen. Aber das spielt keine Rolle jetzt. Wenn unsere Mission erfolgreich ist, wird das alles nicht passieren und sie werden nicht sterben. Kein Einziger von denen müsste dann sterben.“
„Was hast du getan?“, fragte Soreya wieder und kniete zu Juschuh nieder dem die Luft ausging. Mit heraus gequollenen Augen starrte er auf Soreya, die neben ihn kniete und ihm die Hand hielt. Sie beugte sich über ihn und sah an seinem Hals die Einstichstelle des Blaspfeils, welchen Mutu ihm gut gezielt verpasste.
„Du … du hast ihn getötet?“, entfuhr es ihr entsetzt.
„Das, was er auch mit dir getan hätte. Nicht wahr Juschuh“, sagte Mutu erbarmungslos. „Du hast Soreya von Anfang an beschattet und darauf geachtet, dass sie den Tempel nie verlässt. Törichter Juschuh folgt treu wie ein Paladin seinem sterbenden König. Er wollte nicht wirklich hören und sehen, dass jener die Mitschuld an diesem Desaster trägt. Du hast nur durch mein Schlafmittel einmal nicht aufgepasst. Da ist sie dir aus dem Tempel entkommen und du hast sie die ganzen letzten Tage über gesucht, um sie zu töten.“
„Was???“, schluckte Soreya entsetzt.

„Stimmt es nicht?“, stieß Mutu erbost Juschuh an, der röchelnd auf den Knien der Schamanin lag. „So lautete der Befehl deines Vaters. Wenn du es je wagst, den Tempel zu verlassen, dann sollte Juschuh dich mit seinem Säbel enthaupten.“

„Stimmt das, Juschuh. Solltest du mich töten?“, fragte Soreya entsetzt.

Juschuh blieb regungslos, obwohl er die Worte sicherlich hörte.

„Er wird es dir nicht bestätigen“, sagte Mutu. „Jedenfalls von sich aus nicht. Daher habe ich ihm das Mittel gegeben“, ergänzte sie. „Eine Wahrheitsdroge. Frag ihn noch mal. Es dürfte jetzt wirken.“

„Solltest du mich töten?“, fragte Soreya wie aufgelöst.

Juschuh nickte zittrig seinen großen Kopf, ehe er zurückfiel und starb.

Aus Soreyas Augen entwichen Tränen, wie wenn es der Rinnsaal eines Baches gewesen wäre. Sie schluchzte schwer und legte ihren Kopf auf Juschuhs dicken Bauch.

„Das darf nicht sein. Das darf nicht sein“, jammerte sie immer wieder.

„Soreya“, sagte Mutu mitfühlend und strich ihr tröstend über die Haare.

„Ich musste alle töten, die uns gefolgt sind. Wir kommen sonst nicht durch. Ich hatte keine andere Wahl. Hier geht es nicht nur um uns oder um sie. Wenn sie uns Zwei einfangen, dann sind alle tot. Jetzt dürften wir es schaffen, ohne unsere lästigen Verfolger zum Palast zu kommen. Es sei denn, dein Vater ist uns auf den Fersen. Aber je schneller wir dort sind, umso weniger passiert von alledem. Wenn wir die Zeit zurückdrehen, dann geschieht dies alles nicht.“

Soreya blieb weinend liegen, während Mutu aufstand und das Pferd von Juschuh wegfuhrte.

„Jetzt sind wir sogar schneller“, sagte sie zufrieden und musterte ihr neues Fortbewegungsmittel.

„Stört dich das alles etwa gar nicht“, schrie Soreya sie wütend an. „Warum bist du nur so kaltherzig?“

Mutu sah sie nur kurz an und meinte: „Ich käme nie bis zu dir, wenn ich mir des Ernstes der Lage nicht bewusst wäre. Wenn du es nicht verstanden hast, Soreya, unsere Welt steht kurz vor der Vernichtung durch die Zeitmaschine. Wir haben nicht die Zeit für Diplomatie. Jedes Handeln muss auf das Ziel ausgerichtet sein, die Maschine aufzuhalten. Die da versuchten unsere Mission zu verhindern. Also sind sie unsere Feinde. Auch wenn ich mich wiederhole, dies wird nie passieren, wenn wir erfolgreich sind.“

„Was macht dich da so sicher? Es ist passiert“, schnaubte Soreya sie wütend an.

„Warum glaubst du das?“, entgegnete Mutu trocken. „Juschuh ist Tod. Er liegt hier und du …“

„Was du siehst, Soreya ist nichts anderes als eine Illusion. Zeit ist nichts anderes als eine Form von Raum. Was wir tun und machen ist nicht wirklich“, antwortete sie bestimmt.
„Das ist nicht möglich. Ich kann Juschuh anfassen, er war vor kurzem am Leben.“
„Na und? Was glaubst du, was passiert, wenn man die Zeit zurückdreht? War dies, was gerade passiert ist, wirklich? Ist etwas wirklich, was nie stattfindet?“
„Nein es ist passiert.“
„Nein, Soreya. Was wäre wenn. Das Schicksal gleicht einem Würfelspiel. Es passiert viel, doch es passiert nur zu einem Zeitpunkt an einem Ort. Es ist nur eines von vielen Möglichkeiten. Nehmen wir einmal an, dass Juschuh einen Zwilling hat. Alle Beide sollten auf dich acht geben und alle Beide wären jetzt umgekommen. Ist das dann auch Wirklichkeit?“, fragte Mutu selbstsicher lachend.
„Aber das gab es nicht.“
„Genau, wie es auch das da nicht gab.“
„Es ist doch passiert“, wiederholte Soreya trotzig.
„Was ist eigentlich passiert? Eine von vielen Möglichkeiten, aber wenn man die Zeit anhält und zurückdreht, löst sich alles wieder auf, als wie wenn nie etwas geschehen wäre. Dazu müssen wir die Zeitmaschine umprogrammieren.“
„Aber wir, wir programmieren die Zeitmaschine um. Das wird passieren. Also ist das auch mit Juschuh passiert.“
„Nein, wir werden an einem Punkt herauskommen, an dem du und ich noch nicht einmal geboren sind. Wir sind nicht wirklich, wenn wir Erfolg haben“, entgegnete Mutu schroff.
„Was sind wir dann, wenn wir nicht wirklich sind?“
„Eine Illusion. All unser Handeln in der Zeit ist eine Illusion. Das musst du endlich begreifen. Denn es ist nur ein Zweig von vielen Möglichkeiten in der Raumzeit. Egal was wir tun und auch entscheiden. In dem wir mit der Zeitmaschine in die Vergangenheit zurückreisen, heben nicht nur wir alle unsere Entscheidungen der Gegenwart wieder auf. Alle anderen Beteiligten tun dies auch. Einschließlich unserer Widersacher, die uns daran hindern wollen.“
„Das ist zu viel für mich“, stöhnte Soreya. Es überforderte ihren Geist. Sie setzte sich erst einmal.
„Juschuh ist nicht Tod, wenn wir erfolgreich sind?“, fragte sie nach.
„Nein, er ist noch nicht einmal geboren. Also ist auch sein Leben eine Illusion, genauso wie es das Unsrige ist. Die Zeit ist mit dem Raum, in dem wir leben, so stark verwoben, dass sie nicht trennbar ist“, erklärte Mutu. „Ich besaß genug Zeit darüber nachdenken, während ich zu dir unterwegs war. Egal ob wir Erfolg haben oder nicht, dass wir im Laufe unseres Lebens nur mit Illusionen bombardiert werden, zeigt, dass auch wir letztlich selbst eine sind.

Setz dich auf das Pferd. Von hier aus ist es nicht mehr weit bis zu meinem Wasserversteck."

Soreya ging den Schmerz ihrer aufgescheuerten Knie unterdrückend zu dem Pferd. Das anregende Gespräch über Mutus Erfahrung mit der Wirklichkeit lies ihr peinvolles Gefühl ignorieren.

„Warte", sagte Mutu Soreya musternd und holte etwas aus ihrer Tasche. Sie bückte sich und schmierte es auf Soreyas Kniescheibe. Alsbald brannte die Stelle kurz aber heftig auf. Nach nur wenigen Sekunden war das unangenehme Gefühl weg und Soreya fühlte ihren Schmerz nicht mehr.

„Jetzt besser?", fragte Mutu und sah sie durchdringend an.

„Ja", meinte Soreya wie entgeistert.

„Setz dich drauf", sagte sie und half ihr beim Aufsteigen auf den Hengst.

Kaum das Soreya im Sattel saß, führte Mutu sie den Pfad weiter entlang. Nach nur wenigen Metern fing Mutu von sich und ihrem Volk zu erzählen an.

„Ich stamme aus einem Dorf in der großen Steppe auf Atrafa. Bei uns wachsen nur wenige Bäume. Regenzeit ist einmal im Jahr und versorgt unsere Viehherden mit ausreichend Wasser. Mein Stamm lebt in einfachen Hütten, die wir aus den Stämmen der wenigen Bäume in der Savanne gebaut haben. Auf einem Hügel. Entfernt genug vom Wasser, damit uns die Mücken nicht heimsuchen. Mein Vater war ein Schamane. Mein Großvater war ein Schamane. Die ganze männliche Linie meiner Familie vor mir waren Heilige, die mit den Göttern durch Trance in Kontakt treten", berichtete sie und lachte kurz auf.

„Löwen fielen meine Eltern auf der Jagd an. Sie starben an ihren Verletzungen. Damals war ich ein kleines Mädchen. Mein Großvater kümmerte sich von da an um mich und zog mich wie einen Sohn groß. Er brachte mir alles bei, was er wusste. Von den Tieren der Steppe angefangen, bis zu den Wirkungsweisen der Pflanzen und ihren Säften. Er erzählte mir fantastische Geschichten. Von Orten, die weit jenseits meines Dorfes lagen. Er war selbst dort, sagte er mir. Und dann beschrieb er mir, wie es dort war. Von Jahanapur, von Peresien und dem mächtigen Reich in der heutigen Kalahanwüste handelten seine Geschichten. Ich konnte mir das nie richtig vorstellen. Selbst wenn er es noch so Detailversessen erklärte. Vor allem erzählte er mir viel über die Zeit und ihrer Bedeutung für die Lebenden. Es war ihm ein wichtiges Anliegen. Ich verstand damals nicht, in welchem Zusammenhang seine Erfahrungen standen. Auch wusste ich nicht, dass dies alles mit seinen Reisen in diese Länder zusammenhing. Einmal fragte ich ihn, weshalb er mir so viel über das Zeitphänomen berichtet. Er sagte mir, dass dies uns alle angehe. Wir, die in einer Illusion leben, messen der Welt einen anderen Wert bei, wenn wir von der Existenz einer Zeitmaschine wüssten. Es hieße dann nämlich, dass die Vergangenheit nicht Vergangenheit ist, sondern noch immer existiert. Sie ist nicht vergangen, weil sich mit jedem Augenblick ein anderes Universum auftut. Sähen wir uns aus der Vogelperspektive und nähmen den Zeitablauf in den Moment mit hinein, dann zeigt sich alles wie ein Faden. Mit einer Zeitmaschine könnte man rückwärts reisen. Dann verändern wir unsere Zukunft, wie wir es für richtig halten. Aber auch von ihren Gefahren erzählte er mir. Despoten würden sie missbrauchen. Sie würden in die Vergangenheit reisen, um ihre Widersacher zu töten, die dort noch ein kleines Licht wären. Aber sie vergessen, dass auch ihre Geschichte vielleicht dann eine andere ist. Also ist unser aller Leben und unser Gefühl von Wirklichkeit eine Illusion und nur eine von vielen Möglichkeiten."

„Hast du nie geheiratet oder so?", fragte Soreya neugierig geworden.

„Oh, einen Mann meinst du? Nein, soweit bin ich noch nicht", sagte Mutu lachend. „Bei uns ist das mit der Heirat nicht so wie bei euch in Jahan. Ein Mann kann bei euch viele Frauen haben, aber bei uns können viele Männer nur eine Frau haben. Je nach dem", schmunzelte Mutu zufrieden. „Sie tun alles für uns. Gehen für uns auf die Jagd und wir bereiten ihnen das Essen zu. Wir machen uns schön für unsere Männer, während bei euch alles bereitgestellt werden muss. Ja ihr habt sogar diese Lehre von der Liebe. Ihr habt verschiedene Schichten in eurer Kultur, wir aber haben eine Gemeinschaft, in der jeder das tut, was er am Besten kann. Ich habe mich auf die Heilkunde festgelegt. Wir brauchen so eine Gefälligkeitsverköstigung wie bei euch nicht. Wenn wir uns nach einem Mann sehnen, dann nehmen wir ihn uns einfach, da bei uns jeder für jeden das tut, was die Gemeinschaft zusammenhält. Das ist auch mit der Lust so."

„So schlecht ist die Lehre von der Liebe nicht", verteidigte Soreya ihre Erfahrungen wie aus dem Lehrbuch. „Es ist immer gut, wenn man etwas darüber weiß, wie man die Luststeigerung für ein besseres Leben nutzt."

„Das will ich nicht bestreiten. Was ich meine, ist, dass wir nicht auf Besitztümer gaffen, um uns versorgt zu wissen. Die jungen Frauen aus meinem Stamm sorgen für sich selbst", antwortete Mutu. „Aber nachdem der Regen aussetzte, glaubten unsere Stammeshäuptlinge an böse Geister, die über dem Land lägen. Sie befragten meinen Großvater, doch der wiegelte ab, dass es sich um böse Geister handelt. Er sagte ihnen, er müsse den ausbleibenden Regen untersuchen und ist aus dem Dorf weggegangen. Mir trug er auf, dass ich mich solange um den Stamm kümmern und seinen Platz einnehmen soll, während er weg ist. Ich gehorchte ihm. Er blieb viele Monde weg. Als die nächste Regenzeit sein sollte, kehrte er immer noch nicht zurück. Der Regen blieb erneut aus. In unserem Land herrschte da bereits eine schreckliche Dürre. Sogar die Stammesältesten erinnerten sich nicht an eine vergleichbare Lage. Die Gräser wichen zurück und trockener Staub trat an ihre Stelle. Der Boden riss auf und blätterte ab. Die Häuptlinge der Region fühlten sich hilflos und glaubten weiterhin an böse Kräfte. Sie baten mich, diese bösen Geister zu vertreiben und ich führte zu ihrer Beruhigung ein Ritual durch. Diesen Trick lehrte mir mein Großvater, falls die Clanführer ungeduldig werden. Das funktioniert immer. Sie glaubten, ich besänftige die Götter. In Wirklichkeit aber, hielt ich nur mein nervöses Volk hin. Schließlich zog ich selbst los und lies meinen Stamm zurück. Das Ganze war mir viel zu wichtig. Auf meinem Weg nach Norden kam ich an ein Fischerdorf an der Küste. Dort fand ich meinen Großvater. Er lag da bereits im Sterben. Für mich war es wie ein Wunder, dass ich ihn rechtzeitig fand. Doch ich bemerkte bald, dass es eigentlich kein richtiges Wunder war. Großvater ahnte, dass ich nach ihm suchte und er schleppte sich genau zu dem Ort, zu dem ich am Wahrscheinlichsten ging. Alleine schaffte er es nie durch die Steppe zu unserem Dorf. Mein Großvater war schwer krank. Nur dank seiner Medizin überlebte er mehrere Wochen und hoffte, dass ich ihn fand, bevor es der Tod tat. Wenn er zu meinem Gral gegangen wäre, hätten ihn die ausgehungerten Löwen oder die Hyänen gefressen. Sie merken, wenn ein geschwächtes Lebewesen unterwegs ist und gerade in diesen Tagen, ist eine Reise durch die Einöde sehr gefährlich. Auf seinem Sterbebett erzählte mir eine schauerliche Geschichte. Dabei erwähnte er den Grund seiner Reise und auch die Zeitmaschine, zu der wir jetzt unterwegs sind. Jene die für das langsame Sterben verantwortlich ist. Mein Großvater reiste nach Peresien und bat dort bei dem jungen König um eine Audienz. Aber der weigerte sich, ihn zu empfangen. Auch dann, als mein Großvater erwähnte, dass er seinen Großvater persönlich kannte, wollte er nichts von einem Treffen wissen. Im Gegenteil. Sie peitschten ihn aus, verhöhnten ihn und warfen ihn in die Wüste. In der Hoffnung, dass die Hyänen in dort fressen. Aber Großvater war zäh. Er überlebte dank seines Wissens und gelangte an die Küste. Er fand einen Händler, der sich seiner erbarmte und ihn über den Ozean zu diesem Fischerdorf mitnahm, wo ich ihn schließlich fand. Dort wartete er auf mich, um mir alles zu erzählen. Dann berichtete er mir von der Tochter des Maharadschas, die dazu bestimmt wurde, durch ihr Fleisch Buße für die Sünden vom Hamnid zu tun. Sie sollte die Fruchtbarkeitsgöttin erfreuen und durch ihren Tanz den Regen wiederkommen lassen. Reine Zeitverschwendung, wie mein Großvater meinte. Er sagte mir auch, dass wir beide genau die richtige Statur besäßen, in der Maschine Platz zu nehmen. Wir Beide ersetzen die zwei getöteten Tänzerinnen."

„Ich verstehe", sagte Soreya, nachdem sie ihr aufmerksam zuhörte. „Dann ist das was wir hier erleben eine von vielen Möglichkeiten."

„Genau. Nur mit dem Unterschied, dass die Dürre nicht von der Göttin kommt, der du fleißig bis zum Freitod gehuldigt hast. Die Zeitmaschine, die noch immer in die Zukunft läuft, ist dafür verantwortlich", sagte Mutu und führte Soreya auf dem Pferd durch die Schlucht.

Bei einer versteckten Höhle hielten sie an. Die Atrafarin legte trinkbares Wasser in einem Schlauch dort gut versteckt für sie bereit. Ohne Sorgen erfrischten sie sich nun. Die Hitze machte Soreya nach dem schweren Tag zu schaffen. Die Sonne brannte erbarmungslos auf ihre zarte Haut. Trotz ihrer weiten Kleider drang sie zu ihrer Haut durch. Mutu rechnete mit Ähnlichem und rieb sie vorsorglich mit einem kühlenden Öl ein. Ihr Sonnenbrand hielt sich in Grenzen. Vollständigeren Schutz bot ihre Medizin nicht.

„Was mache ich nur ohne dich", sagte sie, als die Nacht hereinbrach. Mutu versorgte Soreyas Füße mit feuchtigkeitsspendendem Öl. Die einfließende Kühle, die langsam einwirkte, tat ihr gut. Die Schamanin massierte im Anschluss ihren Rücken, was die Fürstentochter sichtlich genoss.

„Meine Haut kann das gut gebrauchen. Sie sähe viel schlimmer aus, wenn du mir nicht dieses Öl gibst. Die Sonne ist so aggressiv."

„Das wundert mich nicht", antwortete Mutu gelassen. „Mir macht die Sonne nichts, weil meine Familie seit Generationen in der Savanne lebt. Aber du hast Recht. Die Sonne ist schlimm. Die Dürre breitete sich rasend schnell aus. Mir kam zu Ohren, dass sogar in einem Land weit jenseits unserer Grenzen, die Dürre wütet. Im hohen Norden ist die Trockenheit so schlimm, dass ein ganzes Meer verdunstet sein soll. Die Menschen dort hungern schrecklich."

„Kommt das alles von der Maschine?", fragte Soreya unglücklich, als sie erneut davon hörte. „Die hat ein Dämon erbaut."

„Nein, das glaub ich nicht", entgegnete Mutu. „Mein Großvater war der Meinung, dass sie von einer hohen Intelligenz stammt, die wir nicht im Leisesten verstehen. Ganz zu schweigen davon, dass wir sie je begreifen können. Wir mit unseren primitiven Gehirnen und unterbelichteten Anschauungen. Solange wir auf einem geistigen Niveau sind, das der Steinzeit gleicht, haben wir nicht den Hauch einer Chance mit ihr fertig zu werden. Die menschliche Gier brachte das Unheil über uns. Nicht die Maschine, Soreya. Vielleicht wollte diese Intelligenz auch gar nicht, dass sie in die Hände von solchen Primitivlingen wie uns gelangt."

„Aber sie ist in die Hände meines Großvaters gefallen."

„Das stimmt und genau darin liegt das Problem. Dein Großvater bat alle großen Gelehrten seiner Zeit um Hilfe. Er hätte besser Stillschweigen darüber gehalten, als er sie enträtselte. Aber Nein. Er widerstand ja nicht dem vielen Geld, das der Wesir ihm bot, um den König jenseits der Feuerberge zu stürzen."

„Ich schäme mich so. Mein eigener Großvater …", jammerte Soreya wie wenn sie selbst dafür verantwortlich wäre, „… vernichtet uns."

„Nein, du musst dich nicht schämen", tröstete Mutu. „Du bist nicht dein Großvater. Du bist immer noch Soreya. Egal ob dein Vater der Maharadscha ist oder nicht. Du bist, was du bist und du hast ganz eigene Fähigkeiten. Du steckst nicht in der Haut deiner Vorväter und Mütter. Nur, weil du glaubst, deinen Vorfahren etwas schuldig zu sein, heißt das nicht ihre Ansichten als die einzige Wahrheit zu betrachten.“

„Ich hab nur das Tanzen gelernt. Das Lesen und Schreiben und wie man … nun ja … Lust stillt.“

„Das ist doch auch etwas“, antwortete Mutu aufmunternd. „Für irgendetwas wirst du es sicher brauchen. Ich lernte nicht Lesen und Schreiben.“

„Nicht?“

„Nein. Unser Stamm kennt nicht einmal eine Schriftsprache. Wir haben nicht einmal Felsen, um Graffiti einzuritzen. Bei uns wird alles von Generation zu Generation mündlich weitergegeben. Mein Wissen steht nicht auf dem Papier.“

„Du kennst dich mit den Pflanzen aus und du bist so schnell. Ich wünschte, ich wäre auch so wie du“, sagte Soreya bewundernd zu ihrer Führerin.

„Nun mach mal einen Punkt“, antwortete Mutu um Soreya zu Recht rücken. „Niemand soll sich selbst schlechter machen, als er ist. Wenn du etwas über die Heilkunst erfahren willst, musst du ebenso viel lesen und von den Heilern lernen. Mir brachte mein Großvater alles bei. Dass ich flink bin, liegt einfach daran, weil ich bei mir zu Hause alle Wege zu Fuß zurücklege. Die Schnelligkeit und Beweglichkeit liegt unserem Stamm im Blut. Ich bin viel unterwegs in der Savanne. Da sammle ich Kräuter und lernte so, mich selbst zu versorgen. Dort ist die Vegetation nicht so üppig wie bei euch im Jahantal. Dafür kann ich nicht mit Geld umgehen, weil wir so was nicht haben. Ich hab kein Gefühl für den Markt.“

„Das ist jetzt sowieso nicht wichtig“, meinte Soreya abwiegelnd. „Wo will man hier in dieser Einöde etwas kaufen? Hier gibt es weit und breit nichts.“

„Sag das nicht“, antwortete Mutu vorsichtig. „Kennst du Kranakatau?“

„Krana… was?“

„Kranakatau“, wiederholte Mutu engstirnig. „Das ist die Oase, an der wir vorbei müssen.“

„Von der Oase hörte ich. Dort halten die Karawanen an, wenn sie ihren Weg durch die Kalahanwüste nehmen. Von dort gibt es einen weiteren Pfad nach Chasin “, erinnerte sich Soreya. Die Händler auf dem Markt erzählten von dieser Wegkreuzung im Norden.

„Genau. Dort müssen wir uns Vorräte kaufen.“

„Kaufen? Ich dachte du dachtest an alles.“

„Nein“, sagte Mutu schroff. „An alles nicht. Wir haben keinen Proviant. Hier gibt es nichts mehr. In der Oase aber gibt es etwas zu Essen. Vorausgesetzt sie sind nicht alle wegen der Dürre verschwunden und nahmen alles mit. Die wollen sicher Geld sehen. Etwas, das ich nicht habe.“

„Warum glaubst du, dass da jemand ist, wenn es so schrecklich mit dem Wasser hier aussieht? Abgesehen davon, dass Geld nicht essenbar ist.“

„Kranakatau besitzt eine riesige Zisterne, die von einem unterirdischen See gespeist wird. Das Wasser der Oase geht auch in tausend Jahren nicht aus. Die Menschen dort bestellen einige Felder, aber sie reichen nicht aus, um genügend Nahrung zu produzieren."
„Wegen der Dürre?", fragte Soreya wie wenn sie es bereits ahnte. „Ganz recht. Sie kriegen nie so viel Wasser nach oben, wie sie brauchen. Aber etwas ernten sie trotzdem und davon müssen wir unseren Proviant holen."
„Uff. Das ist nicht so gut. Wir haben doch praktisch nichts."
„Das glaubst nur du", lachte Mutu schelmisch. „Schau, was dein lieber Juschuh bei sich trug."

Mutu holte aus ihrem Beutel den Siegelring des Maharadschas hervor. Dieses Herrschersymbol blieb ausnahmslos dem aktuellen Machthaber vorbehalten.
„Woher hast du das?", rief Soreya erschaudert, als sie den Ring sah, der die Fürstenwürde repräsentierte. „Den soll Juschuh bei sich getragen haben?"
In ihr schwante ein böser Verdacht. Erzählte Mutu ihr nicht alles? Die Pferde, die sie hinter ihrem Versteck trappeln hörte. War ihr Vater da etwa dabei?
„Mein Vater gibt den nie freiwillig her", schrie sie zornig. Mutu blickte erstaunt auf Soreya. „Wenn du es noch nicht begreifst, deine Familie lies dich im Tempel verrotten. Dein werter Juschuh bekam den Befehl dich umbringen. Du hast eine saubere Familie. Diesen Ring habe ich von Juschuh. Er trug ihn bei sich. Du musst mir helfen, ihn zu verkaufen. Normalerweise nimmt niemand Gold in diesen schweren Zeiten. Aber damit haben wir etwas von unschätzbarem Wert."
„Was hast du vor?"
„Nun …", sagte Mutu und erzählte Soreya ihren Plan.
Soreya riss dabei fragwürdig die Augen auf. Noch nie in ihrem Leben beging sie eine derartige Unverfrorenheit. Der Ring ihres Vaters. Verkauft durch ihre eigene Hand. Etwas Schändlicheres stellte sie sich nicht mehr vor und trotzdem blieb den beiden Mädchen in ihrer Lage nichts anderes übrig.
„Die Not hat ihre eigenen Gesetze", erklärte Mutu ihr gelassen. „Da werden laufend Tabus gebrochen. Außerdem, wenn wir Erfolg haben, wird das nicht mehr von Belang sein."

Am nächsten Morgen erreichten sie den Ausgang des Pfades. Das letzte Wegstück ging direkt auf einen erkalteten Lavastrom über, welcher sich im Lauf der Zeit von Wind und Wetter zersetzte. Dort am Fuße des zerbröselten Gesteins lag vor hohen schwarzen Sanddünen ein kleiner Ort mit niedrigen Ziegelhäusern. Neben den Hütten befanden sich Mulden, in denen die Oasenbewohner mit Hilfe des fruchtbaren Vulkanbodens ihre Nahrungsmittel anbauten. Die meisten Güter allerdings tauschten sie bei den fahrenden Händlern ein, die dafür ihre Karawanentiere mit dem kostbaren Wasser aus der Zisterne tränkten. Als Soreya auf dem Pferd mit Mutu dort ankam, wirkte der Ort wie ausgestorben. Die wenigen Häuser der Siedlung reihten sich wie ein Spalier aneinander, so dass sich in der Mitte eine breite Durchgangsstraße bildete. Im Zentrum stand eine riesige Tränke für die Reisenden und ihren Tieren. Von dem Ort Kranakatau selbst hörte Soreya wenig. Sie wusste, dass dieser Platz früher dem großen König der Kalahan gehörte. Während die Kalahan allmählich austrocknete, ließen sich hier zuerst Schmuckhandwerker nieder, da dieser Ort auf Grund der unterirdischen Zisterne über ausreichend Wasser verfügte. Doch als die Dürre zunahm, gaben sie so nach und ihre Werkstätten auf und zogen in das Jahantal. Ihre Behausungen zersetzten sich seither im scharfen Wind, der den Ort wie eh und je umwehte. Neben den wenigen intakten Häusern erinnerten einige Mauerreste daran, dass dieser Ort einmal viel mehr Einwohner beherbergte als jetzt. In diesen Tagen erhob ihr Vater Anspruch auf diesen Außenposten in der Wüste. Steuern trieb er aber nie hier ein. Weder stellte er hier eine Wache oder sonst irgendjemanden ab, der seine Anspruche geltend machte. Die Leute der Oase kämpften ohnehin ums nackte Überleben. Da blieb für die Steuern nicht mehr viel übrig.

„Wohnt hier überhaupt jemand? Die Häuser sehen versengt aus“, fragte Soreya nach dem ersten Eindruck. Ihre Augen suchten vergeblich eine ergrünte Pflanze. Anstatt dessen erblickte sie verbrannte Stumpen, die nur entfernt an Palmen erinnerten.

„Natürlich“, sagte Mutu überzeugt. „Die sind sicher alle in ihre Keller gegangen. Dort ist es auch wesentlich angenehmer als hier draußen.“

„Und wer gießt die Pflanzen? Sie sehen eher aus, als wären sie verbrannt.“

„Das machen sie sicher am frühen Morgen oder wenn es Dunkel wird. Tagsüber halten sie sich nicht mehr hier auf. Außer, es kommt eine Karawane. Als ich hier vorbei zog, war gerade eine da. Sie kam auch aus Chasin. Sie berichtete Schlimmes. Dort soll der Fluss Zihau wie bei euch der Jahan fast ausgetrocknet sein. Schreckliche Sache. Ich tauschte hier ein paar Datteln ein. Meine Güte, was haben die mich übers Ohr gehauen. Ich musste meinen Dolch für eine Hand voll Datteln hergeben. Sie hatten mich in der Hand.“

„Und du glaubst, dass wir mehr Erfolg mit deinem Plan haben?“, murmelte Soreya leise.

„Schtt“, schnitt Mutu ihre Rede ab und führte ihr Pferd an die Tränke.

Das Tier scharrte mit den Hufen und senkte seinen Hals. Sehnlichst trank es das Wasser aus dem Brunnen, während Soreya abstieg und es dem Pferd gleich tat. Mutu sah sich neugierig um. Der Ort wirkte ausgestorbener als sie das letzte Mal hier war.

„Das wirklich komisch, dass niemand zu uns kommt“, sagte sie ratlos nach einer Weile. Schnell kniete sie sich nieder und trank ebenso aus dem Brunnen. Das kühle Wasser tat ihrer trockenen Kehle gut. Dieses lebenswichtige Element schätzte man in dieser Gegend nicht hoch genug ein. Soreya stand erfrischt auf und blickte über die kurze Hauptstraße. Sie fühlte bereits die beginnende Hitze des Tages, die aus der Wüste kam. Ihr war es, als wäre sie wie ein todbringender Schleier, der sich über den Ort legte. Ihr Pferd schien ihr Gefühl zu teilen. Das Tier wurde mit einem Male sehr unruhig wieherte unentwegt. Am Liebsten wäre es davongelaufen, wenn Mutu es nicht instinktiv am Zügel festhielt.
„Mutu“, wandte sich Soreya besorgt an Mutu. „Was ist mit dem Tier los? Hier ist doch weit und breit nichts, wovor es sich fürchten müsste“, bemerkte sie rätselnd und ging auf das Tier zu. Über den Kopf streichelnd nahm sie ihrer Begleiterin die Zügel ab.
„Ruhig, mein Junge. Ganz ruhig. Hier ist doch nichts“, wirkte sie beschwichtigend auf den Hengst ein.

Über Pferde wusste Soreya immerhin, dass sie einen sechsten Sinn für Gefahren in sich trugen. Der Reiterbursche, der die wenigen Pferde im Gestüt ihres Vaters versorgte, erzählte ihr einmal von den sensiblen Eigenschaften seiner Schützlinge.
„Sie riechen Bedrängnisse noch ehe du sie wahrnimmst“, erklärte er ihr. „Wenn du ihre Warnungen ernst nimmst und es ihnen gleichtust, bleibt dir viel Leid erspart.“
„Wann warst du zum letzten Mal hier?“, fragte sie Mutu mit einem unguten Gefühl im Bauch. Dabei starrte sie wie gebannt die große schwarze Sanddüne am Ende der Siedlung hoch, hinter der sie den Beginn der Kalahan vermutete. Warum war die Düne so dunkel? Sie versperrte die Sicht auf die Wüste.
„Ich weiß nicht. Einige Monde dürften es schon her sein. Warum?“
Soreya wusste nicht was ihr den Impuls gab. Ihr war es, als ob der sechste Sinn des Pferdes auf sie übergriff. Eine Ader in ihr befahl, sofort alles liegen und stehen zu lassen. Nicht einmal nach dem warum zu fragen, sondern einfach nur zu handeln.
„Schnell“, stieß Soreya noch zu Mutu aus. Sie ließ die Zügel des Pferdes los und hüpfte mit einem Satz in den Brunnen hinein. Dabei spritzte sie Mutu nass.
„Was soll das?“, fragte sie erstaunt. Anstatt zu Antworten, zog Soreya Mutu zu sich in den Brunnen hinein.

Gerade rechtzeitig. Eine sengende Hitzewalze fegte über den Wüstenort hinweg und verkokelte alles, was ihr in die Quere kam. Ihr Pferd, galoppierte laut wiehernd vor der Feuerwalze davon. Ob es der feurigen Welle entkam, entging Soreya und Mutu. Sein panischer Laut verklang in den Feuerbergen, als die Welle über den Ort brauste. Unter Wasser bemerkten sie einen starken roten Schimmer. Erst als sich der klare blaue Morgenhimmel wieder zeigte, tauchten die jungen Frauen wieder auf.

Zitternd vor Angst schnappten sie nach Luft. Erst da trat ein betagter Mann aus einem der verfallenden Häuser hinaus ins Freie. Er hüllte sich in ein langes weites Gewand, das sich hervorragend für das Leben in der Wüste eignete.

„Ich konnte euch leider nicht warnen", sagte der alte Mann verzweifelt mit seiner rauen Stimme. Sie klang sehr mitgenommen. „Ich wusste nicht, wann sie kommt. Ich bin nicht mehr so schnell auf den Beinen", wisperte er leise aus seiner trockenen Kehle. „Ich kann leider nicht laut sprechen."

„Was war das?", fragte Soreya schlotternd und stieg tropfnass aus dem Brunnen.

„Ich weiß es nicht", sagte der Greis wieder. „Seit einigen Tagen holt mich der Schrecken aus der Wüste heim. Am Anfang war es nur eine schwache Hitzewelle. Sie kommt jeden Morgen und wird immer stärker. So stark, dass sie sogar die Palmen hier verbrannte. Alle sind gegangen. Wohin weiß ich nicht."

„Habt ihr etwas zu essen hier?", fragte Soreya wenig hoffnungsvoll.

„Es sind genügend getrocknete Datteln da, aber es gibt keinen mehr, der es isst. Ich bin alt und meine Zähne sind nicht mehr so gut. Ich blieb freiwillig zurück. Ich sterbe sowieso unterwegs. Da bleibe ich gleich hier", antwortete er ihr. „Ich harre hier aus. Vielleicht hört es ja doch wieder auf."

„Verdammt", schimpfte Mutu zornig, als sie über die geänderte Lage nachdachte.

„Fluchen ist nicht gut. Das erzürnt nur die Göttin.", maßregelte der Alte das Mädchen streng.

„Nein. Das ist schrecklich", sagte sie gemäßigter. „Das bringt unseren ganzen Plan durcheinander."

„Plan?", fragte der Alte. Er war zwar körperlich eingeschränkt aber geistig noch immer auf der Höhe. „Was wollt ihr hier?"

„Das verstehen sie nicht. Wir haben keine Zeit mehr das zu erklären."

„Wir haben keine Zeit mehr?", fragte Soreya irritiert. Sie glaubte, bis jetzt keinen Wettlauf mit der Uhr zu bestreiten.

„Nein, wir müssen sofort hin. Und zwar schnell", sagte Mutu entschlossen und stieg hastig aus dem Brunnen.

„Kommt die Welle jeden Morgen um diese Zeit?", fragte sie den alten Mann wieder.

„Ja" sagte der Alte irritiert. „Wieso? Was wollt ihr hier? Hier gibt es nichts mehr, was wertvoll ist. Außer dem Wasser."

„Nein, wir müssen zum Palast des …", wollte Soreya ihm erklärend sagen, als Mutu ihr auch schon ihre Hand auf den Mund klatschte.

„Zum Palast?“, fragte der Alte. „Zum verfluchten Palast des Königs wollt ihr also? Nein, da darf niemand hin.“
Seine faltige Mine verfinsterte sich zusehends. In ihm schien er die letzten Kräfte zu mobilisieren, die sein Körper hergab. Plötzlich griff der Mann eisern nach Soreyas Hals und versuchte zudrücken als Mutu ihn mit einem blitzschnellen Handkantenschlag niederstreckte. Schlagartig sank er ohne einen Laut in den schwarzen Staub. Soreya atmete geschockt vor Schreck. In ihrem Geist dämmerte es allmählich, was ihr da gerade widerfahren sollte.
„Erzähle niemandem von der Zeitmaschine. Sie richtet schon genug Unheil an. Wir müssen sie anhalten und zwar so schnell wie möglich. Wir brauchen etwas, mit dem wir uns in der Wüste eingraben können, wenn die nächste Feuerwalze kommt“, sagte Mutu entschlossen. Sie schimpfte über ihre veränderte Situation: „Meine versteckten Wasservorräte sind wahrscheinlich auch von dem Feuer zerstört worden. So ein Mist.“

Zum ersten Mal erlebte Soreya ihre Begleiterin richtig wütend. War sie vorher gelassen und entspannt, stand ihr nun die drohende Enttäuschung tief ins Gesicht geschrieben.
„Und das Buch ist vernichtet“, schrie sie vor Groll in die Wüste hinein. „Hörst du, wir kommen schon zu dir. Du verfluchtes Ding.“ Kraftlos sank sie auf die Knie und drückte sie in den schwarzen Sand.
„Mutu beruhige dich“, versuchte Soreya Mutu zu trösten. Fürsorglich nahm sie sie in die Arme, um ihr Halt zu geben.
Tränen drangen aus ihren Augen. „Sie tötete so viel. Mein ganzer Stamm. Dein Stamm. Der ist sicher verdurstet. Wenn wir versagen, wird es hier kein Leben mehr geben.“
„Mutu“, versuchte Soreya Mutu aufzurichten. „Wir werden es bestimmt schaffen.“
„Dann trödeln wir nicht länger rum“, sagte Mutu schroff und drängte schnell ihren verzweifelten Gefühlsausbruch zur Seite. Im Nu war sie wieder in ihrer alten Form: „Lauf in die Hütten und sieh nach, ob du eine Wasserflasche oder so was findest. Wir brauchen zu Fuß etwa drei Tage bis zum Palast. Ich suche eine Schaufel. Jeden Morgen graben wir uns von nun an ein, denn sonst verbrennen wir in der Feuerwalze. Am besten wir laufen die Nacht hindurch und rasten bei Tag. Es gibt ein paar Stellen unterwegs, die vor der Sonne halbwegs geschützt sind.“

Soreya nickte nur. Sie suchte akribisch die Behausungen der Oase ab und fand dabei eine Wasserflasche, einen Sack mit Datteln und eine Umhängetasche, die sie mitnahm. Am Brunnen befüllte sie die Wasserflasche und legte sie zu den Palmenfrüchten in die Tasche. Mutu befüllte ihren Wasserschlauch und nahm eine kurze Schaufel mit, die sie in den Ruinen fand. Bevor Beide der sterbenden Oase den Rücken kehrten, sagte Mutu zu Soreya: „Pass jetzt gut auf. Wir reden nicht, während wir unterwegs sind. Das kostet nur Energie. Trink noch einmal vom Brunnen. Es wird auf den Weg zum Palast kein frisches Wasser mehr geben. Wir laufen für heute bis in die Nacht hinein. Dann rasten wir ein paar Stunden und graben uns am Morgen ein. Ich gebe dir ein Zeichen, wenn der Feuersturm vorbei ist. Im gleichen Takt gehen wir jeden Tag weiter bis zum Palast."

„Wie erkennen wir ihn?"

„Du wirst den Palast sehr wohl sehen, wo er ist. Das ist das Verrückte daran. Während wir uns hier draußen abmühen, sind im Palast des Königs nur etwa sieben Minuten vergangen, seit Hamnid die Zeitmaschine aktivierte. Der König nimmt die Nächte über ihn nicht wirklich wahr. Er wird sich nur darüber wundern, dass das Tageslicht so seltsam flackert."

„Was wird uns erwarten?"

„Ich hab keine Ahnung, aber ich kenne einen Geheimgang, der uns direkt in den Palastgarten hineinbringt. Aber ich warne dich. Wenn wir im Palastgarten sind, werden wir von der Zeitmaschine erfasst. Für uns läuft dann eine andere Zeit, als die, wie wir sie hier erleben."

„Meinst du etwa, dass wir zu spät auf die Trittsteine gelangen und alles Leben vorher Tod ist?"

„Genau das meine ich. Keinesfalls dürfen wir die Maschine verlassen, wenn wir sie angehalten haben. Wir müssen sie zu erst zurücklaufen lassen."

Soreya nickte nur und Beide tranken einen letzten Schluck vom Brunnen. Alsbald wandte sich das Duo von dem verfallenden Dorf ab und ging in die schwarzkörnige Sandwüste der Kalahan hinein. Kaum das Mutu und Soreya die große schwarze Düne erklommen, tat sich vor ihnen der Blick in die schier endlose Wüste der Kalahan auf. Ihr feiner schwarzer Sand, der sich weiter im Inneren der Wüste mit dem ockerfarbenen Sand mischte, verbarg das einst fruchtbare Land. Nichts erinnerte mehr an die feuchten Flussauen, die den Reichtum des Landes legendär machten. Jetzt herrschte dort erbarmungslose Trockenheit. Wo vor gut siebzig Jahren wild laufende Bäche ihr kostbares Nass verteilten, fegte nun der scharfkantige Sand wie ein loser Schmirgel über die Lande. Er türmte sich zu feinkörnigen Wogen auf, welche der Wind wie die Wellen eines Meeres vorantrieb. Ein Dünenmeer schloss sich an das Andere an. Die mächtigen Berge aus Sand errichten schwindelerregende Höhen, dass sie in der Abendsonne riesige Schatten warfen. Sie ragten weit in das Land hinein. Von oben brannte die Sonne gnadenlos auf die beiden Mädchen herab und es schien vor allem Soreya so, als wollte sie ihre Mission vereiteln. Der heiße Sand schmerzte bald auf ihren Sohlen. Die Fürstentochter war es zwar gewohnt zu tanzen, bis ihr die Füße glühten, aber der heiße Sand hier, kam ihr vor wie eine Bratpfanne.

Wie Mutu es riet, sprachen Beide kein Wort miteinander, während sie sich durch die Einöde kämpften. Kein Anzeichen von Leben, keine einzige Pflanze oder Flechte machten sie auf ihrem Weg aus, die diesem wüstenhaften Klima trotzte. Nur endloser Sand, der sich bis zum Horizont erstreckte. Soreya hoffte, dass Mutus Orientierungssinn sie nicht im Stich lies. Als die Sonne hoch am Himmel stand und Beide die Kuppe einer weiteren großen Düne erreichten, bekamen sie einen guten Ausblick über das endlos erscheinende Sandmeer. Mutu deutete auf einen Punkt an der Nahtstelle zwischen dem rötlichen Sand und des azurblauen Horizonts. Soreya wusste, dass sie in die Richtung zeigte, in der sie gehen mussten. Ihr Erlebnis vor und in der Oase ging Soreya auf ihrem Marsch durch das Dünenmeer nach. Sagte Mutu ihr die Wahrheit? Fand Mutu den Ring, mit dem sie Sachen eintauschen sollte, tatsächlich bei Juschuh? Was geschah mit seinen Begleitern? Sie stellte sich nicht vor, dass ihr Aufpasser alleine nach ihr suchte. Ihr überkam ein böser Verdacht. Brachte etwa Mutu auch ihren Vater um? Sie weigerte sich, es zu glauben. Es klang zu abstrakt. Vielleicht war es wirklich so, dass ihr Vater auf der Suche nach ihr war. Zurück konnte sie jetzt nicht mehr und erst recht nicht mit Mutu. Sie wagte, nicht daran zu denken. Voller Ehrgeiz verfolgte die Atrafarin ihr Ziel, zu dem Palast des Königs der Kalahan zu gelangen. Was für einen Sinn besaß ihre Mission überhaupt noch? Was geschah mit ihnen, wenn sie sich bis zur Maschine durchgekämpft, sie angehalten und die Zeit zurückdrehten? Mutu tat diese Opfer für ihr Volk. Und Soreya? Sie wusste es nicht, für wen sie es eigentlich tat. Vielleicht für ihre Familie, die so viel Unheil über ihr eigenes Volk brachte? Sie selbst konnte doch überhaupt nichts dafür. Warum fühlte sie sich für etwas verantwortlich und musste etwas in Ordnung bringen, was ihre Verwandten einst vor langer Zeit taten? Ihr Herz hatte doch mit all jenen Begebenheiten der vergangenen Zeiten nichts zu schaffen. Soreya wusste es nicht, warum sie es tat. Sie wollte nur in Freiheit Leben. Nicht mehr und nicht weniger. Vielleicht tat sie es genau deswegen, für die Freiheit zu Leben.

Der Weg durch die glimmende Wüste, über dem die grässliche Hitze des Sandes in der Luft flimmerte, war für Soreya mörderisch. Der feinkörnige Staub setzte sich in jeder ihrer Hautritzen fest, wo er unerträglich rieb. In den Haaren, unter ihren Achseln, in ihrem Geschlecht. Oftmals brach sie unterwegs zusammen. Mutu hievte sie aber immer wieder hoch. Ihre Begleiterin hatte immer ein wachsames Auge auf sie, wusste sie doch, dass Soreya nicht über die Erfahrung verfügte, Wüsten zu durchqueren.

„Ein kurzes Stück noch, dann wird es einfacher für uns“, wisperte Mutu zu ihr ins Ohr. Als Soreya diesen Satz hörte, standen sie erneut auf einer großen Düne aus dichtem feinkörnigen Sand. Von dort oben sah Soreya, was Mutu mit der Erleichterung meinte. Eine gepflasterte Straße begann an ihrem Fuße. Vielmehr verschüttete sie die große Sanddüne, auf der sie geradestanden.

Soreya nahm einen Schluck aus ihrer Wasserflasche und stolperte mehr schlecht als Recht mit Mutu die große Düne zu dem befestigten Pfad hinunter. Immer ihrer Führerin nach, der offenbar diese drückende Hitze nicht das Geringste antat. „Von hier …“, keuchte Mutu leise. „… ein kurzes Stück, dann kommen wir zu einer steinernen Brücke. Früher ging ein ganzer Fluss unter ihr durch. Jetzt ist er natürlich ausgetrocknet. Dort können wir uns ausruhen.“

Beide wanderten auf der Pflasterstraße durch das unwirtliche Land. Das Flussbett, von dem Mutu sprach, fiel ihr gleich ins Auge. Von der Form glich es einer breiten Furche, in denen zwei Wagengespanne nebeneinander gut Platz fanden. Dennoch, so kam es Soreya vor, stimmte etwas mit dem ausgetrockneten Flussbett nicht. Sie kam im Moment nicht drauf. So wie der Jahan, in Soreyas Heimat, fungierten die Flüsse der Kalahan als Kanal für die Schifffahrt. Umsäumt von Hainen und Feldern mit einem ausgeklügelten Bewässerungssystem. Jetzt standen dort die Stümpfe verkohlter Baumleichen, welche nie mehr austrieben. Verdammt zum Sterben. Alsbald überkam ihr ein unheimliches Gefühl der Angst. Sie entkamen ebenso nicht mehr. Wie die toten Bäume an ihrem Weg, wuchsen auch sie fest. Die unerträgliche Wärme lies Soreya zudem am ganzen Körper schwitzen. Ihre Kleider durchtränkten sich alsbald vor Schweiß, der allmählich stank. Es war schlimm genug, dass kaum ein Wind ging. Er versprach wenigstens ein wenig Kühle. Dass ihre Kleider vor Schweiß trieften, lag allein an der Hitze, die alles Feuchte binnen weniger Minuten verdunstete.
„Dort“, stöhnte Mutu leise.
Die Hitze machte ihr auch zu schaffen, was Soreya unschwer erkannte. Doch sie sah auch, dass Mutu es gewohnt war, in glutheißer Wärme zu laufen. Ihre Bewegungen liefen regelmäßig und gleich schnell ab. Bewegte sich Soreya zu Beginn ihres Marsches dicht hinter ihr, so vergrößerte sich der Abstand bis zur Steinbrücke über das ausgetrocknete Flussbett deutlich. Der Übergang führte über einen der ehemaligen Flussarme. Er war an dieser Stelle früher gut vier Meter breit. Wegen seiner geringen Tiefe, sprang Mutu in seine Mulde und legte sich geschafft unter den Schatten spendenden Brückenbogen. Soreya schleppte sich mehr schlecht als recht zu ihr unter die Brücke und legte sich mit den Kräften am Ende daneben. Die segensreiche Kühle nahm sie dankbar an, welche dieser Ort versprach. Ihr Augenmerk wanderte Luft hechelnd auf Mutu, die sich ebenso wie sie sichtlich über diese Wohltat freute. Beide schliefen alsbald unter dem steinernen Sonnenschutz ein. Sie brachten kein Wort in den nächsten Stunden über ihre Lippen, welche wie im Halbschlaf abliefen. Wäre die Sonne nicht am Himmel, driftete sich ihr Gefühl für die Zeit vollends ab. So aber wussten sie, dass sie sich am späten Nachmittag zum Ausruhen hinlegten. Erst als die Sonne fast hinter dem Horizont verschwand, erholten sich Soreya und Mutu soweit, dass Mutu Soreya gegen den

Sonnenbrand behandelte. Dank Mutus Pflege der letzten Tage klang er sogar wieder am ab.
„Du bist wirklich ein Genie“, lobte Soreya Mutus Kunstfertigkeit, als sie sich den Heilerfolg ihrer Haut besah.
„Danke, aber ich bin ebenso beeindruckt, wie gut du durchgehalten hast“, bemerkte Mutu Soreyas Ausdauer in der Wüste. „Na ja, ich hatte ja auch im Tempel genügend Übung. Viel getanzt“, kicherte Soreya gelöst.
„Siehst du, das Ganze war doch zu etwas nütze. Du bist wirklich gut für diese Aufgabe geeignet“, schob Mutu hinterher.
„Wie lange müssen wir noch Laufen?“
„Weiß nicht. So etwa zwei Tage, wird es bei dem Tempo dauern. Mit einem Pferd, könnten wir die ganze Strecke in einem Stück zurücklegen. Aber du weißt ja, die Hitze und das alles. Ich mute diesen Weg nicht einmal einem Pferd zu.“
„Stimmt, der arme Gaul“, raunte Soreya mitgenommen, als sie an ihr Pferd dachte, das verzweifelt versuchte, vor der Hitzewelle aus der Wüste zu fliehen.
„Wir wissen nicht einmal, ob wir vor der Feuerwalze hier sicher sind“, sagte Mutu traurig. „Ich kenne auch keine bessere Stelle, als hier auf sie zu warten. Wir nutzen die Zeit und graben uns ein.“

Die Blicke der Beiden wanderten über den Horizont. Dort in der Ferne leuchtete unübersehbar das satte Licht der Abendsonne, dass sich an den Hängen der mächtigen Dünen zurückwarf. Dadurch erstrahlten diese Sandkolosse in den verschiedensten Orangetönen und verliehen diesem Platz eine verlorene Stimmung. Im Schatten der sandigen Berge breitete sich in der Seele eine erdrückende Leere und Einsamkeit aus. Dieses fulminante Lichterspiel und dazu die beklemmende Dunkelheit des Schattenwurfs der Dünen, zauberte eine mystische Harmonie in die Herzen ihrer Betrachter. Hinzu kam das Brausen des starken Windes, der eine Unzahl von Sandkörnern durch die Lüfte trieb und so ganze Vorhänge aus ihnen webte. Sie zogen wie eine Nebelbank durch die geisterhaft wirkenden Schluchten ihres Selbst.
„Ich ahnte nie ... “, sagte Soreya, im Angesicht dieser geheimnisvollen Atmosphäre, „ ... dass ich einmal hier her komme. Die Kalahan war so weit weg für mich.“
„Das könnte ich genauso sagen“, antwortete Mutu andächtig.
„Ich hätte am liebsten mein Dorf nie verlassen. Aber ich lernte, dass ich akzeptieren muss, wenn sich die Dinge ändern. Klammere dich nicht an lieb gewonnene Gewohnheiten fest. Handel, wenn du überleben willst. Um zu überleben, ergreife selbst die Initiative. Warte auf niemanden. Im Leben nimmt man ohnehin nichts mit. Wir lassen alles hier zurück. Also fehlt es

nicht an Mut, auch einmal ungewohnte Entscheidungen zu treffen. Selbst wenn sie an Tabus rühren."
„Aber was bleibt dann von uns zurück, wenn wir ohnehin im Nichts vergehen?", fragte Soreya nachdenklich.
„Nur die Erinnerung", antwortete Mutu schwermütig und seufzte. „Nur die Erinnerung daran."

Kaum sagte sie das, glaubten Beide eine leichte Erschütterung zu spüren, die in weiter Entfernung ihren Ursprung hatte. Sie fühlten sich, als ruckelte sie jemand hin und her wie in einer Wiege. Vor Angst umklammerten sie sich. Nach nur wenigen Sekunden war diese Eruption schon wieder vorbei.
„Wwwas, war das?", schluckte Soreya entsetzt. „Das wird doch nicht etwa ein …"
„… Erdbeben. Genau, das war ein Erdbeben."
„Ein Erdbeben? Hier in dieser Gegend gab es doch seit Jahren keine Beben mehr. Stammt dies etwa auch von der Maschine."
„Weiß nicht. Aber zutrauen würde ich es dem Wahnsinnsding. Mein Großvater erzählte mir, dass die Zeitmaschine alle Energie aussaugt, derer sie habhaft wird. Als bei den Experimenten mit der Maschine im Tempel leichte Erdbeben ausbrachen, stellten sie die Versuche. Das heißt für uns, dass wir schleunigst zum Palast müssen. Ich bemaß wohl unsere Zeiteinteilung zu großzügig. Ich vermutete, wenn über siebzig Jahre nichts Wesentliches passiert, dann wird es auch auf ein paar Wochen auch nicht mehr ankommen."
Soreya legte ihren Kopf an Mutus Seite.
„Wie soll das nur weiter gehen, wenn wir erfolgreich waren?"
„Das können wir erst sehen, wenn wir da sind. Im Garten des Palastes gibt es zurzeit einen heftigen Tumult."
„Wie kommst du darauf?"
„Die Maschine ist außer Kontrolle. Sie hätte längst den Zustand beendet, wenn nicht etwas dazwischen gekommen ist. Mein Großvater sagte, dass seine Freunde versuchten die Maschine abzustellen in dem sie die Tänzerinnen töten. Er vermutete zuletzt, dass der König sie aber dabei bemerkte. Nur so erklärte er sich, weshalb die ganze Geschichte noch immer so lange andauert. Ich war ja schon im Palast und riskierte einen Blick in den Palast. Nur flüchtig, weil ich sonst Wochen verloren hätte."
„Oh. Woher sollen wir wissen, dass Shan Xi am Leben ist?"
„Ich sah sie nicht, aber ich vermute es. Ich warf einen Blick durch den Ausgang des Bewässerungsschachtes. Sie alle stehen da drin im Garten wie die Statuen. Die Wächter, die Gelehrten, der König. Starr und unbeweglich auf den ersten Blick. Aber das täuscht. Für sie läuft die Zeit anders ab als für uns. Was für die da drin ein Wink mit dem Finger ist, sind für uns mehrere Wochen …"

„Hörst du das?“, unterbrach Soreya Mutu ängstlich.

„Was denn? Da ist doch nichts oder redest du von dem Gurgeln?“, schluckte Mutu entsetzt. Plötzlich schoss durch das knochentrockene Flussbett eine mächtige Wasserwalze heran, die beide Frauen im Handumdrehen erfasste.

Soreya und Mutu wirbelten in der reißerischen Strömung des Flusses umher wie im Strudel eines Tornados. Beide verloren ihre Orientierung und wussten bald nicht mehr, wo oben und unten war. Sie fühlten nur die Richtung, in die sie der Fluss fortriss. Zudem schleuderte sie die Strömung unsanft gegen den Boden des Flussbettes. Dann riss die Wucht des Wassers sie wieder hoch, bis schließlich die Gewalt des Gewässers Gnade mit ihnen besaß und sie aus ihrem Bett warf. Hustend und tropfnass fanden sie sich jäh im staubtrockenen Boden der Wüste wieder. Soreya riss sich vor Schock hoch und suchte panisch nach ihrer Kameradin.

„Mutu“, rief sie in die dunkle Nacht hinein, von der man zu dieser Stunde nur die Sterne sah.

„Mutu, wo bist du? Lebst du noch“, schrie sie besorgt und lief gegen etwas Weiches.

„Wenn du auf mir weiter so rumtrittst, dann lebst du nicht mehr lange“, sagte Mutu wütend. Soreya kniete sich mit einem: „Entschuldigung“ auf den Lippen, zu ihr nieder.

„Geht es dir gut? Woher kam das Wasser so schnell?“

„Das Erdbeben“, hustete Mutu Wasser spuckend und richtete sich auf. „Offenbar zapfte es eine unterirdische Quelle an. Es könnte aber auch sein, dass das Wasser, sich unterirdisch sammelte. Vielleicht wurde es so heiß, dass sich unterirdisches Wasser an die Oberfläche drückte. Was weiß ich, woher das Wasser so plötzlich kam, jedenfalls brachte uns der Ritt durch die Wellen näher zum Palast. Früher lag der Palast einmal an dem Ufer dieses Flusses. Wir müssen nur seinem Lauf folgen.“

„Wir haben unsere Sachen und auch die Schaufel verloren. Was werden wir morgen tun, wenn die Hitzewelle wieder kommt? Wir werden doch nicht verbrennen?“

„Was weiß ich“, stöhnte Mutu wieder. „Irgendwas werden wir schon finden. Ich glaube, weiter vorne gibt es ein Loch im Flussboden. Wenn wir Glück haben, fängt sich dort etwas von dem Wasser und wir können darin untertauchen, bevor uns die Hitzewalze am Morgen erreicht. Vielleicht hatten wir wirklich Glück mit dem Wasserschwall heute Abend.“

Kapitel 6

Shan Xi

Wie Mutu es vorhersagte, fanden sie ein Loch in dem Wadi, in dem sich ein Teil des Wasserschwalles fing. Der Boden der Wüste trocknete an dieser Stelle so aus, dass er nichts von dem Nass in sich aufnahm. So gelang es Mutu und Soreya bei Sonnenaufgang, die tödliche Feuerwalze zu überstehen. Es bestand kein Zweifel, dass diese alles vernichtenden Hitzewellen von der Zeitmaschine stammten. Anschließend machten sich Beide wieder auf den Weg. Normalerweise wollten sie nachts wegen der Hitze gehen. Nun aber zwang sie die Zeitnot so wenig zu rasten wie möglich. Mutu fürchtete sich davor, dass sie von einer weiteren außerplanmäßigen Feuerwalze heimgesucht werden, die nicht nur morgens zur gleichen Zeit kam.

Das Erdbeben der letzten Nacht schien ebenfalls ein Vorbote des Schreckens von dem zu sein, was der ganzen Welt beim Scheitern ihrer Mission drohte. Die Angst davor trieb die beiden Frauen an, bis zum äußersten ihrer Kräfte zu gehen. Die Hitze des Tages geriet da zum geringsten Problem. Wegen des sintflutartigem Wasserschwalles und ihrer unermüdlichen Wanderung auf der verwitterten Reichsstraße überwanden sie schneller als von Mutu geglaubt den Weg zum Palast. Am Ende des zweiten Tages erspähte Soreya in der beginnenden Abenddämmerung die mächtigen Mauern ihres Zieles. Sie umsäumten ein weitläufiges Gelände, in dessen Mitte sich mächtige Zwiebeltürme in den Himmel erhoben. Die wuchtige Anlage sah von der Ferne erstaunlich frisch aus. Nichts war zu erkennen, dass es verschliss oder von den Beben und den Feuern Schaden nahm. Die leuchtenden Kuppeln hinter den reich verzierten Palastzinnen schillerten in der Abendsonne in prächtigem Rot und Türkies. Soreya überwältigte der majestätische Anblick. Der Palast des Königs sah in der Tat prächtiger aus, als sie es sich je vorstellte. Vom einstigen Königreich jenseits der Feuerberge kannte sie nur die Legende. Auch ihr Vater erwähnte seine Geschichte nur beiläufig und das beinhaltete, dass es der Wüstensand verschlang. Ihre neugierigen Fragen, was da wohl passiert sei, würgte ihr Vater mit der Erklärung ab, dass die Einwohner der Fruchtbarkeitsgöttin frevelten. Dies sei nur die gerechte Strafe dafür. Die Version mit der Zeitmaschine von Mutu klang ebenso abenteuerlich für sie. Ihr Fund in der Bibliothek mit den drei tanzenden Figuren bewies aber, dass an dieser Geschichte mehr Wahrheit dran war, als an der ihres Vaters.

„Schön ist er, nicht?“, fragte Mutu erleichtert, als auch sie das Gebäude erblickte und Soreyas Begeisterung in ihren Augen erkannte.
„Dort lebte der König der Kalahan?“, fragte Soreya vom fantastischen Anblick angetan.
„Falsch, Soreya“, bemerkte Mutu ernst. „Dort lebt der König der Kalahan. Noch immer. Nur er weis das mit der Wüste nicht. Wie auch immer. Sein Garten ist so weitläufig, dass er schon etwas Zeit braucht, um ihn zu durchqueren. Für ihn läuft die Zeit gerade anders ab, als für uns jetzt. So kurz für uns das letzte Stück des Weges ist, umso schwieriger wird es jetzt auf den letzten Metern. Wir wissen nicht, was da genau inzwischen passiert ist. Das Einzige, was ich weis ist, dass Cherek und Funjap dort hingingen, um die Zeittänzerinnen zu töten. Ich sah, wie die Palastwachen sie festhielten. Sie hatten keinen Erfolg. Zwei der Tänzerinnen sind Tod, weil ich sie bei meinem Erkundungsgang am Boden liegen sah. Shan Xi lebt noch und muss an ihrem Platz sein, weil ich ihren Leichnam nicht sah.“
„Und nun?“
„Wir nehmen den Platz der getöteten Tänzerinnen ein. Shan Xi fürchtet sich bestimmt zu Tode in der Maschine und wird sich nicht von der Stelle bewegen. Auf den Steinen der Zeitmaschine steht die Zeit still. Ich meine damit, dass nur um die Person die Zeit verrinnt, während auf dem Stein die Zeit nicht vergeht. Ein Außenstehender sieht sie nämlich nicht. Nur wenn ein jeder auf den Steinen der Maschine steht, sehen sich die Tänzerinnen. Der Pfeil, den die Verhafteten auf sie abschossen, gelang nicht zu ihr hin. Er blieb, als er in den Wirkungsbereich des Steins eindrang, sofort stehen. Damit er sie trifft, müsste Shan Xi vom Stein hinaustreten. Sie tat es aber bis jetzt nicht. Ihre Schwestern traten heraus und sind jetzt tod. Wir Zwei müssen sie davon überzeugen die Zeitmaschine mit uns anzuhalten. Nur dann können wir den Bann der Maschine brechen.“
„Was???“, sagte Soreya ratlos. „Wie sollen wir sie davon überzeugen, dass wir auf ihrer Seite stehen? Man tötete ihre Schwestern. Sie wird uns zu Recht nicht trauen. Wem soll sie denn vertrauen, wo sie doch alle im Stich ließen und sie Tod sehen wollen?
„Daran dachte ich auch schon. Mein Großvater stellte sich dagegen, was seine Freunde planten. Man müsste sie überreden. Gewalt wäre in so einer Lage nicht die Lösung. Aber Nur und Mian glaubten, dem ganzen Drama durch eine Tötungsaktion schneller ein Ende zu bereiten. Sie standen unter massiven Zeitdruck. Die beiden Gelehrten wussten, dass sie schnell handeln mussten. Wegen des Zeitverlustes und dem drohenden Kollaps. Nun aber scheiterten die Beiden und wir Zwei sind die Einzigen, die eine hauchdünne Chance haben, die Maschine dennoch zu stoppen. Wir müssen die Plätze von Shan Xis Schwestern einnehmen und dass schnell.“
„Also gut“, sagte Soreya tief durchatmend. „Wie gehen wir vor?“

„Gut. Da für uns die Zeit gegenüber in der Zeitblase im Moment langsamer abläuft, haben wir genügend Zeit, um in den Garten zu gelangen. Wenn wir im Garten sind, muss alles ganz schnell gehen. Mein Großvater berichtete mir, dass wir Beide die Steine sehr schnell erkennen. Sie liegen direkt neben den beiden getöteten Tänzerinnen und schimmern Gelb und Blau. Auf dem Roten steht bereits Shan Xi. Du musst auf den blauen und ich auf den gelben Stein. Wir können Shan Xi erst sehen und mit ihr sprechen, wenn wir unsere Plätze einnehmen. Siehst du den Brunnen dort?“, fragte Mutu rasch und deutete auf einen aufgeschichteten Steinkreis neben den Mauern.
„Ja“, sagte Soreya knapp.
„Unten im Schacht befindet sich ein Eingang zu einem Stollen, durch den wir in den Garten gelangen ohne in die Zeitblase zu geraten. Das spart uns eine Menge Zeit. Wir kommen ziemlich dicht an die Wasserspielanlage des Palastes heran. Neben den zwei großen Fontänen und dem großen Springbrunnen liegen die zwei Tänzerinnen und die Trittsteine. Bei allem Mitleid für die Tänzerinnen: Sieh sie dir bloß nicht an. Wir haben für sie keine Zeit. Jede Sekunde zählt in der Blase. Je länger wir für unseren Weg brauchen, umso schlimmer wird es für unsere Welt. Wenn wir Pech haben, verglüht unsere Welt mit der Maschine. Mein Großvater sagte mir, wenn es niemand schafft, die Maschine anzuhalten, dann wird es kein Leben mehr auf der Erde geben. Wir Beide sind dann auch Geschichte. Hast du das verstanden? Versprich mir bitte, nicht hinzusehen und ihnen unter keinen Umständen zu helfen, selbst wenn sie noch leben“, forderte Mutu Soreya eindringlich auf. Soreya schluckte, als sie Mutus scharfe Worte hörte. Es entsprach nicht ihrer Natur, Sterbenden jedwede Hilfe zu verweigern. Aber Mutu war die Sache sehr ernst. Die Situation ließ es einfach nicht zu. Dazu hatten sie keine Zeit und jede Sekunde in der Zeitblase war kostbar.
„Ich verspreche es dir“, sagte Soreya mit trockener Kehle. Ihr Unbehagen darüber war nicht zu überhören, was Mutu nickend zur Kenntnis nahm.
„Wir haben keine andere Wahl. Wenn wir versagen, wird es nichts mehr geben“, sagte sie entschlossen und ging ohne ein weiteres Wort zu dem Brunnen.

Mit sich hadernd ging Soreya hinterdrein. Ihr Herz wog unglücklich bei der bloßen Vorstellung in den schwer leidenden Frauen, am Boden liegende Todgeweihte zu sehen. Ihren Todeskampf hautnah beizuwohnen, glich für Soreya einer harten Prüfung. Behände hüpfte Mutu in den Brunnen hinein, während Soreya einen kurzen Moment an seinem Rand verweilte und in das spiegelnde Wasser nach unten sah. Noch ehe sie einen klaren Gedanken fasste, um sich auf ihre schwierige Aufgabe vorzubereiten, fühlte sie unter ihren Füßen den Boden erneut erzittern. Dieses Mal bedeutend heftiger, als am letzten Abend.
„Komm sofort runter“, brüllte Mutu im Brunnenwasser paddelnd zu ihr hoch. Soreya sprang vor Schreck in den Schacht und hielt sich die Nase zu, während

sie untertauchte. Trotz der Hitze des Tages hielt sich das Wasser auf Grund der Tiefe des Brunnes. Mutu zog sie hastig aus dem Brunnen in einen Bewässerungsstollen hinein. In dessen verschlammten Boden hinterließen ihre Füße tiefe Abdrücke. Da es da unten kaum Licht gab, führte der Durchgang in ein unergründliches schwarzes Nichts hinein.

„Hier lang“, sagte Mutu vorantreibend und ging durch die Finsternis des Tunnels mit einer traumwandlerischen Selbstverständlichkeit voran. Soreya besaß große Mühe ihr zu folgen. Die Finsternis, durch die sie irrte, war so schwarz wie Mutus Haut. Wenn sie nicht ab und zu Geräusche auf Grund des matschigen Bodens von sich gab, hätte Soreya sie in der Dunkelheit verloren. Während ihres Marsches fiel ihr nur auf, dass der Tunnelschacht leicht anstieg.

„Ich sehe dich nicht“, sagte sie zu ihrer Führerin, als sie prompt gegen ihr Gesäß lief.

„Wusste doch, dass du direkt hinter mir bist“, sagte sie kess. „Keine Angst. Du gehst hier unten nicht verloren. Wir sind gleich da. Die Zeitblase wirkt nur überirdisch. Das ist unser Glück. So jetzt hör mir gut zu: Da gibt es etwas Wichtiges zu sagen. Der König ist in der Nähe von uns. Er verhörte zuletzt Nur und Mian. Das macht er bestimmt noch immer. Seit ich den Palast ausspähte, dürften höchstens ein paar Sekunden in der Blase vergangen sein. Du darfst unter keinen Umständen auf sie achten. Sie stehen unweit des Schachtdeckels, aus dem wir jetzt rauskommen. Dieser Schacht dient zur Entwässerung, wenn die Brunnen im Garten einmal überlaufen. Ihn gibt es schon, seit der Palast erbaut wurde. Und noch etwas: Während wir in die Blase eindringen, wird dir alles wie in Zeitlupe vorkommen, aber das ist nur ein Trugschluss unserer Wahrnehmung. Lass dich davon nicht täuschen. Wenn wir wieder aus der Blase rausgehen, wird es uns umgekehrt, wie in Zeitraffer vorkommen. Alles klar?“, fragte sie und sah mit ihren weisen Augäpfeln in Soreyas nickende Augen, welche in der Dunkelheit gut zu sehen waren.

„Gut“, schloss Mutu ihre Rede und stieß mit Kraft den Schachtdeckel über ihr auf. Der Verschluss schleuderte sich im hohen Bogen durch die Luft. Mit einem Hechtsprung flitzte sie aus dem Entwässerungsschacht heraus. Soreya tat es ihrer Kameradin nach. Die Aufmerksamkeit des Königs, der nur einen Steinwurf von ihnen entfernt mit seinen Wachen stand und gerade mit wütender Stimme auf die Gelehrten wetterte, richtete sich prompt auf die Beiden Tänzerinnen.

„Wo kommt die da so plötzlich her? Ist hier vielleicht ein Basar? Ein Sklavenmarkt?“, schrie er zornig, als auch schon Soreya nachkam und wie mit Scheuklappen bestückt, Mutu folgte. Ihre Führerin eilte schnurstracks auf den Springbrunnen zu, vor dem die drei Steine der Zeitmaschine gut sichtbar platziert lagen.

„Die da auch noch? Ist hier ein Marktplatz?“, erboste sich der König empört. Ungehalten wandte er sich an seine Leibwächter: „Wir sprechen uns noch, was die Sicherheit des Palastes angeht.“
Die Mine des Königs in seiner silbrig glänzenden Kleidung aus feinster Seide, verfärbte sich zu einem unansehnlichen Rot. Es kochte in ihm.
„He ihr da“, rief er zu zwei weiteren Wachen im Hintergrund, die den Tänzerinnen am Nächsten standen. „Fasst mir die Zwei und bringt sie zu mir. Diesesmal Lebendig. Verstanden.“
„Majestät“, stammelte Funjap verängstig, welchen die Wachen des Königs fest im Griff hielten. „Wir sahen es nicht auf euch ab. Glaubt es uns.“
„Päh. Wer in meinem Garten mit Pfeil und Bogen herumschießt, ist garantiert kein Entenjäger“, knurrte der junge Herrscher die ungebetenen Eindringlinge an. Die Wachen passierten im Laufschritt gerade den König, um Mutu und Soreya einzufangen.

Die zwei Tänzerinnen hasteten panisch auf den malerischen Springbrunnen zu. Der prächtige Brunnen nahm es durchaus mit den Brunnen in der Gartenanlage von Soreyas Vater auf. Soreya wusste davon, dass die Künstler der Palastbrunnen ihres Vaters, aus der Kalahan stammten. Sie rühmten sich für ihre vorzüglichen Arbeiten.
„Dort“, rief Mutu und deutete auf einen blauen Punkt im Kiesbett des Gartens. Er lag direkt neben der Leiche einer jungen Chasinin, die einen Pfeil direkt in ihr Herz bekam. Sie war bereits Tod, als Soreya vor ihr stand. In Soreya stieg der grässliche Schauder von dem entsetzlichen Anblick auf. Neben den gelb leuchtenden Punkt den Mutu erreichte, lag ebenfalls eine Chasinin in ihrer Tänzerkleidung. So wie es Soreya vom Tempel kannte. Die Tänzerin röchelte schrecklich und griff ringend nach Mutus Fuß ohne ihn zu erwischen. Aus ihrem Munde drang ein unverständlicher Laut, der in ihrer Sprache unmissverständlich wie „Hilfe“ klang.

Mutu zögerte keinen Augenblick. Sie blaffte zu Soreya hinüber, welche die schreckliche Szenerie zitternd verfolgte: „Steig auf den Stein und kümmere dich nicht um mich.“
Soreya schluckte und trat auf den blauen Halbkreisstein. Als sie mit ihrem Fuß auf seiner Oberfläche auftrat, durchfuhr ihren Körper eine eigenartige Kraft. Es fühlte sich an, als tastete ihr ein Energieschub jede einzelne Blutader ab. Das Gefühl kroch kribbelte von ihren Fußsohlen über die Waden empor. Soreya glaubte einen blauen Schleier auszumachen, der sich passgenau über ihrem Körper von unten überzog. Nur einen Wimpernschlag später erstrahlte die Zeittänzerin in einem azurblauen Licht, wodurch es wirkte, als sei sie eine engelhafte Erscheinung. Ihre Augen sahen ihr gegenüber auf einem feuerrot aufleuchtenden Punkt. In diesem Schimmer stand ein verängstigtes Mädchen,

deren Gesichtszug deutlich an die getöteten Tänzerinnen erinnerte. Ebenso machte sie einen Pfeil in der Luft aus, der direkt vor ihr stehen blieb. Er schwebte förmlich in der Luft und rührte sich nicht von der Stelle. Wie eingefroren wirkte er. Shan Xi starrte blass vor Schreck Soreya an. Mit ihrem Erscheinen rechnete die Chasinin nie und nimmer. Ihrer kindlichen Mimik nach zu urteilen, war sie gerade einmal vierzehn Jahre alt. Dicke Tränen liefen ihr über ihre Wangen. Als auch Mutu gefühlt nur eine Millisekunde später auf den Stein stieg und sich in ein helles gelbes Licht tauchte, war es vollbracht. Ihr Plan ging auf. Gerade rechtzeitig, denn die Wachen des Königs befanden sich nur wenige Schritte entfernt. Geistesgegenwärtig befreite die Schamanin sich aus dem klammernden Griff der tödlich getroffenen Tänzerin, mit einem Hieb. Nun verharrten ihre Verfolger bewegungslos. Von Mutus Standpunkt ausgesehen bewegungslos, weil die Zeit für ihr Umfeld einfror.

„Wer seid ihr?“, wimmerte Shan Xi heulend vor Schmerz.

„Wir wollen dir helfen. Wir wollen die Maschine anhalten“, sagte Soreya zu ihr.

„Nein, ihr wollt mich töten“, widersprach Shan Xi voller Angst in ihrem Herzen.

„Wenn wir dich töten wollten, hätten wir es längst getan“, antwortete Mutu ziemlich schroff. „Wir müssen diesen Wahnsinn hier beenden. Sofort.“

„Hamnid verriet uns. Warum sollte ich euch trauen?“, jammerte Shan Xi hysterisch. Ihre Nerven waren am Ende.

„Hamnid ist Tod“, sagte Soreya noch, ehe Mutu ihr antwortete. „Er wurde für seine Verbrechen bestraft.“

„Wirklich?“, fragte Shan Xi ein wenig Hoffnung schöpfend, was aber ihre Sinne bei Weitem nicht beruhigte. Der jähe Tod ihrer Schwestern, den sie aus nächster Nähe sah, saß einfach zu tief in ihrer Erinnerung fest.

„Ja, wir müssen die Blase gemeinsam auflösen“, sagte Mutu wieder.

„Ihr könnt die Figuren? Woher? Niemand außer uns Dreien erlernte sie“, fragte Shan Xi verwirrt.

„Die Aufzeichnungen bargen wir aus dem Tempel jenseits der Feuerberge und studierten die Tanzeinlagen. Wir hatten, nun ja, viel Zeit dazu.“

„Die Maschine. Wie lange läuft sie schon?“, fragte Shan Xi neugierig, weil ihr Zeitgefühl in all der Aufregung verloren ging.

„Siebzig Jahre. Etwa“, schätzte Mutu. „Also halten wir sie endlich an. Sie läuft viel zu lange. Außerhalb der Blase ist heute Wüste und wenn wir länger warten, wird die ganze Welt verglühen. Alles Leben ist tot.“

„Nein“, schrie Shan Xi, als sie die schreckliche Nachricht hörte.

„Chasin ist bereits Wüste“, fügte Soreya betroffen an, so dass es der Chasinin vor dieser Vorstellung schwummrig wurde.

„Nur wir können es aufhalten und rückgängig machen. Dazu brauchen wir deine Hilfe", bettelte Mutu inständig. „Wenn wir es nicht tun, dann wird unsere Heimat sterben und wir mit ihr. Los jetzt."
„Gut", schluckte Shan Xi. Sie versuchte, ihr Herz wieder auf die Sache auszurichten.
„In Ausgangsstellung für Aufhebung der Blase gehen", sagte sie sich zusammenreißend. Die Drei stellten sich entsprechend der Aufzeichnung aus dem Tempel hin und hoben mit ihren Bewegungen die Zeitblase auf.

Da die Zeit auf den Steinen beinahe still stand, spürten die Drei ihre Wirkung selbst nicht.
„Jetzt lassen wir sie rückwärtslaufen", sagte Shan Xi und gab einen weiteren Befehl. „In Ausgangsstellung."
Kaum dass sie den Zeitablauf umdrehten, sahen sie genau, durch ihre Position, wie die Vorgänge im Garten rückwärts abliefen. Personen, die wie Soreya und Mutu aussahen, traten umgekehrt aus den Steinen heraus und liefen rücklings zu dem Schacht, aus dem sie kamen. Die Wachen, die Mutu und Soreya verfolgten, gingen wiederum zum König zurück. Dann erlebten sie in umgekehrter Reihenfolge die Festnahme der Gelehrten Funjap und Nur. Ebenso sahen sie, wie Shan Xi Schwestern wieder aufstanden und sich die Pfeile aus ihren Leibern entfernten. Die Geschosse sausten zu den Gelehrten zurück. Sie fanden ihren Weg zu dem Bogen, dessen Sehne sie wieder anspannten. Die Pfeile steckten sie wieder in ihre Köcher und liefen rückwärts zu dem Gartenschacht. Darin verschwanden sie wieder. So schnell, wie sie kamen. Shan Xi selbst trat einmal kurz rein und wieder aus dem Trittstein hinaus. Eigenartigerweise ver schwanden die Personen, wenn sie mit dem Punkt der Steine der Zeitmaschine in Berührung kamen. Der König selbst lief wiederum rückwärts durch den Park, während sich seine Wachen, ebenso rückwärts laufend entfernten. Nur ein paar Minuten später, so kam es jedenfalls Soreya vor, fühlte sie ein gefährliches Ziehen unter ihren Füßen. Dann erschütterte ein heftiger Ruck die drei Mädchen. Allesamt schleuderten sich jäh aus ihren Positionen in die Höhe. Sie sausten wie kleine Kieselsteine zu Boden. Unter ihnen waren die drei Trittsteine der Zeitmaschine nicht mehr aufgebaut, doch Soreya sah sie direkt neben ihnen fein aufeinandergestapelt liegen. Dennoch bekam sie den Eindruck, als ob sie sich von selbst auseinanderzerrten. Und zwar so, als ob sie erneut einen Kreis bilden wollten, um ihren Platz einzunehmen. Mutu hob ihren Kopf vom Kiesweg an. Mit den Augen auf Hamnid starrend. Voller Ingrimm blickte sie in die erstaunten Gesichter der drei chasinischen Tänzerinnen und einem Mann, der Soreya an ihren Vater erinnerte. Sie ahnte bereits, dass es Hamnid, ihr Großvater war. Zu dem Zeitpunkt, bevor er die Zeitmaschine in Gang setzte.

Shan Xis albtraumhafte Erfahrung legte sich noch immer nicht. Vor ihr sah sie nicht nur ihre Tod geglaubten Schwestern wieder, sondern auch ihr eigenes Ebenbild. Ihre etwa sieben Sekunden jüngere Doppelgängerin.

„Wo kommt ihr auf einmal her?“, schreckte der Mann auf, den Soreya als ihren Großvater erkannte. Seine Nervosität stand ihm deutlich ins Gesicht geschrieben. Nie und nimmer rechnete er mit dem Auftauchen der drei Tänzerinnen aus der Zukunft. Mutu sprang außer sich vor Zorn aus dem Staub auf und stampfte wütend auf Hamnid zu. In ihr loderte ein stürmisches Feuer, dessen Wucht alle Beschreibungen nicht gerecht wurde.

„Wir sind eine von vielen Möglichkeiten“, knurrte sie aufbrausend und haute ihn mit einem gezielten Schlag bewusstlos, wodurch Hamnid ruckartig zusammenbrach. Shan Xi starrte derweil entsetzt auf ihre Doppelgängerin, welche ebenso fassungslos in ihre Pupillen linste. Sie berührten sich ungläubig mit den Händen. So, als ob sie nicht ihren Augen trauten.

„Was ist hier los?“, hörte Soreya die forsche Stimme des Königs durch den Park gellen. Er tauchte in nur wenigen Metern Entfernung von einem Seitenweg auf. Der Monarch lief flotten Schrittes auf die Sieben zu, wobei Hamnid im Augenblick nur Sterne sah. Soreya nahm den König in diesem Moment erst richtig in Augenschein. Er mochte nur unwesentlich älter als Mutu sein. Sein Körper war athletisch geformt und roch nach wohl duftenden Ölen. Seine lodernden Augen funkelten wütend über die ungebetenen Besucher in seinem Palast. Doch als er Soreya, Mutu und die doppelte Shan Xi sah, schrie er unversehens so laut, dass es ein jeder hörte: „Wachen. Sofort zu mir.“

Was nun folgte, lief für Soreya wie ein Schaudermärchen ab. Es raubte ihr das letzte bisschen Mut. Aus allen Teilen des Gartens trabte gut und gerne ein ganzes Regiment an Wachleuten herbei. Mutu warf sich unversehens in den Staub. Die drei Schwestern, einschließlich der doppelten Shan Xi, taten es ihr nach. Nur Soreya blieb wie paralysiert stehen und blickte laut pochenden Herzens den jungen König an, dessen Mine sich verfinsterte. Unversehens spürte Soreya, von hinten einen Tritt in die Kniekehlen. Der Schlag drückte ihren Kniespitzen in den Kies hinein. Sie spürte, wie die kantigen Steinchen ihre Haut durchschlugen. Vor Schmerzen wimmerte sie auf. Doch damit endete der Albtraum nicht. Vielmehr verspürte sie eine scharfe Klinge unter ihrer Kehle, die nur darauf drängte, sich in ihren Hals einzugraben.

„Ich weiß nicht, ob du mutig, oder besser gesagt, dumm bist“, blaffte der König außer sich Soreya an, die nur noch ihr Herz schlagen hörte. Ihr kam es vor als dauerte dieses Geschehen, das innerhalb von nur wenigen Sekunden ablief, ewig an. Jede einzelne Bewegung schien in Zeitlupe zu passieren.

„Am liebsten lasse ich euch alle in den Kerker werfen, aber wann sieht man schon mal so eine interessante Mischung in meinem Haremsgarten. Eine Atrafarin, vier Mädchen aus Chasin, und Zwei, die aus Jahan stammen“, schimpfte er ungehalten. Er verwendete einen Dialekt und eine Sprache, die Soreya nur deswegen verstand, weil sie die Händler auf dem Marktplatz sprachen. Sie begriff sofort, dass der König durchaus eine umfassende Ausbildung genoss.

„Was für ein komisches Treffen. Was habt ihr hier in meinem Garten verloren?“, grollte der König zornig. „Raus mit der Sprache und unterstehe dich mich anzulügen, denn sonst besudelt mein Leibwächter den Kies unter dir mit deinem Blut.“

Soreyas Herz raste vor Anspannung. Sie traute sich nicht einmal zu schlucken, als der Haremswächter ihre Haare packte. Direkt unter ihrer Kehle saß die Schneide seines Säbels. Es war ihm ein Leichtes ihren Hals wie einen Grashalm abzuschneiden. Sie sah keine andere Möglichkeit, vielmehr lockte ihre schreckliche Angst die Wahrheit aus ihrem Munde.

„Mein König“, hechelte sie schwer. „Wir kommen nicht, um euch zu schaden. Wir haben verhindert, was dieser Mann mit euch tun wollte, der jetzt bewusstlos ist.“

„Was wollte er denn tun?“, fragte der König angespannt und sah der jungen Prinzessin in die Augen.

„Die Zeitmaschine. Er wollte euch in einer Zeitblase einsperren und ihr solltet nicht merken, wie um euch die Zeit vergeht. Euer Wesir will euch den Thron rauben.“

Der König nickte seinem Leibwächter zu. Dieser lockerte seinen Griff und zog seinen Säbel von ihrem Hals zurück. Soreya hustete schrecklich, in ihr wallte die entsetzliche Anspannung wie ein Orkan. Seine folgenden Worte erklangen für Soreya ebenso deutlich wie unmissverständlich.

„Rede“, befahl der König geduldig. „Und ganz schön der Reihe nach. Ich habe genügend Zeit dafür.“

Nun sprudelte Soreya ihre Erlebnisse der letzten Tage heraus, wie ein Wasserfall. Angefangen von ihrer Herkunft bis zu ihrem Dienst im Tempel der Göttin. Sie wusste nicht, wie lange sie erzählte, aber der König hörte sich ihre Geschichte geduldig an. In seinem Gesicht mischte sich mit Verwunderung und Ernst. Doch je mehr Soreya ihm von der Zeitmaschine erzählte, umso neugieriger wurde er davon.

„Wenn es stimmt, was du sagst, bestätigt es der Mann da“, sagte der König und lachte kurz auf. Es klang aber nicht nach dem Lachen eines Erleichterten. Vielmehr von dem eines Unberechenbaren.

„Bringt ihn und seine drei Gehilfinnen in den Kerker“, wies er die Wache an. „Ihr Drei kommt in den Harem. Ihr berichtet mir später mehr davon. Wascht euch zuerst und esst. Ich lasse euch holen, wenn die Zeit gekommen ist. Und was die Platten da angeht, die ihr eine Zeitmaschine nennt, bringt sie in meinen Spiegelraum“, befahl der König. Die Wachen hoben daraufhin den bewusstlosen Hamnid auf und trugen ihn davon. Die drei Tänzerinnen aus

Chasin packten sie ebenfalls nicht gerade zimperlich mit ihren kräftigen Händen an und nahmen sie mit. Shan Xi blickte von ihrer unbequemen Haltung am Boden auf und sah verstört ihrer Doppelgängerin nach, wie sie mit ihren Schwestern in den Palastkerker abgeführt wurde.

Der König setzte unbeirrt seinen Rundgang fort, während ihm dabei eine ganze Traube der Wachen folgte. Soreya erhob sich tief durchatmend und klopfte die eingedrückten Steine des Weges von ihren Knien. In ihr klopfte es noch von dem aufreibenden Gespräch mit dem Herrscher der Kalahan, als sie die knochentrockene Stimme von Mutu hörte.
„Bist du vielleicht bescheuert“, zischte sie ihr ungehalten ins Ohr. „Jede andere Geschichte wäre besser gewesen, als die Wahrheit.“
„Rede du mal mit einem Messer an der Kehle“, verteidigte sich Soreya verbissen.
„Sag mal, hast du denn überhaupt nicht begriffen? Wir sind unwichtig dabei. Wenn wir sterben, ist das egal. Wir haben es geschafft, Soreya. Wir haben die Zukunft verändert und alle Menschen gerettet. Besser du hättest dir die Kehle durchschneiden lassen, als das du ihm von der Zeitmaschine erzählst. Unser Schicksal war von Anfang an gleichgültig. Jetzt aber hast du mit deiner Plauderei ihm die Zeitmaschine unter die Nase gerieben und alle Generationen nach uns bleiben weiter in großer Gefahr.“
„Ja und? Für wen hast du das Ganze gemacht? Etwa nur für dein Volk?“
„Nicht nur. Ich habe es für alle Ungeborenen gemacht, die nach uns ebenso ein Recht auf ein Leben haben“, schimpfte Mutu verbittert.
„Und was mit uns ist, ist dir wohl vollkommen gleichgültig? Haben wir etwa kein Recht darauf, zu leben?“, verteidigte Soreya sich mit Tränen in den Augen. In ihr schwoll die Verbitterung über ihr drohendes Ende an.
Shan Xi erhob sich taumelnd aus dem Kies nach oben. Sie wäre beinahe wieder hingefallen, wenn nicht eine Gruppe junger Frauen sie auffing. Jene hüllten sich in die feinsten Kleider, was hieß, dass es sich um die Haremsdamen handelte.
„Hallo, ihr. Kommt mit uns“, sagten sie zu ihnen im landesüblichen Dialekt, den weder Shan Xi, Soreya noch Mutu verstanden. Ihre Gesten der Einladung aber waren allzu deutlich. Sie schoben die drei Mädchen regelrecht zu ihren Unterkünften.

Der Luxus der Haremsanlage war den Dreien zwar von Anfang an bewusst, doch der Haremsbau raubte ihnen, was Schönheit anbelangte die Sprache. Nicht nur die facettenreiche Architektur des Anwesens, sondern auch die liebevolle Ausgestaltung der Mosaike und der Fresken mit anmutigen Motiven machte den Aufenthalt zu etwas Besonderem. Von überall her drang ihnen der Duft betörender Öle durch die Nase. Eine Schar der Haremsdamen fielen über

die Drei her. Sie badeten und kleideten sie mit neuem Geschmeide ein. Hingebungsvoll wurden sie umsorgt. Es erschien ihnen, als wären sie keine Gefangenen. Nein, vielmehr als befänden sie sich zur Erholung hier. War für Soreya ihr Palast, in dem sie ihre Kindheit verbrachte, wie ein goldener Käfig, so kam ihr jedoch diese Anlage, wie ein noch größerer Käfig aus Juwelen vor. Sie empfand hier nicht ein Gefühl der Sicherheit, vielmehr lag die Bedrängnis förmlich in der Luft, die der Ort verhieß. Ihr Aufenthalt hier war nicht freiwillig, trotz aller Annehmlichkeiten. Das Trio wurde in feinste Seide gehüllt, welche mit ihrem farbenfrohen Mustern den Liebreiz ihrer Körper betonten. Anschließend erhielten sie ein fürstliches Mal aus erlesen Speisen und Köstlichkeiten in abgetrennten Räumlichkeiten aufgetischt. Die Palastküche der Kalahan maß sich durchaus mit der im Jahantal. Angefangen von Früchten über gebratenem Fleisch, bis hin zu Süßspeisen. Doch trotz allem Luxus und Verwöhnung brachten Shan Xi und Soreya kaum einen Bissen hinunter. Während des Essens war die Chasinin wie traumatisiert. Sie lies sich umherführen wie eine Marionette und schien gar nichts mehr um sich wahrzunehmen. In Soreya wuchs regelrecht die Beklemmung ins Unermessliche, während Mutu als Einzige nach dem Essen griff und nach Herzenslust schlemmte.
„Wie kannst du etwas essen?“, meinte Soreya empört. Unbekümmert stopfte sich Mutu den Magen voll. „Wir sind hier gefangen.“
„Das spielt keine Rolle mehr“, antwortete Mutu mit vollen Backen. Alles schien ihr im Moment gleichgültig. „Jetzt genieße ich mein Henkersmahl.“
„Nein, wir sind noch nicht tot, wir müssen von hier fliehen.“
„Ha“, sagte Mutu ungläubig und lies kurz ab, nach einer gebratenen Entenkeule mit garnierten Früchten zu greifen. „Was glaubst du wohl tut unser König jetzt? Wir sind seine Gefangenen, das ist wahr. Aber der König wird uns zwingen, die Maschine für seine Zwecke einzusetzen. Ich ahne schon so etwas und das geht nicht gut. Wir haben jetzt die ganze Welt auf dem Gewissen, Soreya“, sagte sie vorwurfsvoll. „Es ist nur eine Frage der Zeit, bis das Ende aller kommt.“

In diesem Augenblick schlug Shan Xi ihre Hände vors Gesicht und weinte. Sie weinte so heftig, dass Soreya ihren Streit mit Mutu abbrach.
„Was hast du?“, fragte Soreya vorsichtig und sich der Wirkung ihrer Frage bewusst. Sie näherte sich behutsam ihrer neuen Kameradin und versuchte sie in den Arm zu nehmen.
„Habt ihr das denn nicht gesehen? Habt ihr sie denn nicht gesehen?“, fuhr Shan Xi sichtlich mit den Nerven am Ende an. „Mein ganzes Leben habe ich getanzt. Und wofür? Als Werkzeug? Meine Schwestern. Sie sind tot. Ich sah deutlich, wie die Pfeile sie trafen, wie sie fielen und ihr Blut aus den Wunden trat. Jetzt leben sie wieder aber es sind doch nicht meine Schwestern. Und ich? Ich bin jetzt zweimal da. Aber mein anderes Ich ist eine Fremde, die mit mir

nichts gemeinsam hat. Was haben wir nur getan?“, sagte sie unter Tränen heulend und schluckte. „Wir müssen sie vernichten. Die Maschine hat an allem schuld.“
„Shan Xi hat Recht“, sagte Soreya zustimmend. „Wenn die Maschine nicht wäre, wäre ich nie in den Tempel gesperrt worden und du … “, sie wandte sich an Mutu: „… hättest nie deine Heimat verlassen.“
„Schön und gut, nur überseht ihr eine Kleinigkeit“, stimmte Mutu ihr unverfänglich zu. „Die Maschine trifft überhaupt keine Schuld. Schuld haben nur diejenigen, die sie programmiert und sich davon Vorteile versprachen. Du wärst nie in den Tempel gelangt, wenn nicht jemand die Maschine eingeschaltet hätte. Was Shan Xi angeht, so vertraute sie sich blindlings ihrem Übervater Hamnid an, der doch nur seinen eigenen Profit suchte. Die Maschine ist nicht schuld. Schuld sind nur jene, die sie missbrauchten.“
„Wir benutzten sie auch“, sagte Soreya einwendend.
„Aber wir taten es nicht für uns“, bemerkte Mutu treffend. „Wir hatten in diesem Moment unser Überleben im Sinn und weil wir von den Folgen wussten, die die Maschine anrichtet. Aber es stimmt, wir müssen sie vernichten und unseren kleinen Streit begraben. Die Gefahr ist nicht gebannt, solange die Maschine da ist.“
„Und wie stellst du dir das vor?“, fragte Soreya wieder.
„Weiß nicht. Mein Plan reichte nur bis zur Umkehr der Zeit mit der Maschine. Tja. Vielleicht fällt mir doch was ein, was uns hier rausbringt“, sagte Mutu die Sorgen erst einmal beiseiteschiebend und machte es sich in den weichen Kissen des Harems bequem. Zu großen Haufen lagen sie in dem Raum herum und luden förmlich zum Müßiggang ein. „Ich schlaf erstmal ne Runde. Wir haben allerhand durchgemacht. Morgen ist auch ein Tag.“

Es dauerte nicht lange, dann war Mutu auch schon eingeschlafen. Soreya schüttelte nur verständnislos den Kopf. Sie war viel zu nervös für das Schlafen. Shan Xi beruhigte sich nur allmählich wieder und kuschelte sich an Soreyas Seite. Sie suchte förmlich nach Halt. Vom Alter her schätzte Soreya das Mädchen auf gut vierzehn Jahre. Fast noch ein Kind. Beide hielten sich fest, während sie Mutu gleichmäßig in ihrem Schlummer atmen hörten.
„Was wird nun werden?“, fragte Shan Xi ratlos.
„Wer weiß das schon“, sagte Soreya bedrückt. „Mutu hat schon Recht. Wir sollten uns ausruhen, auch wenn es schwer fällt. Die Zeit nehmen wir uns. Wir können ohnehin im Augenblick nichts tun.“
Sie schmiegten sich aneinander und hielten sich ihre körperliche Nähe spürend. Shan Xi erzählte Soreya von ihrem bisherigen Leben. Seit sie das Laufen erlernte, war sie im Tanz unterwiesen worden, um kultische Riten in ihrer Heimat durchzuführen. Daneben erlernte sie die Kampfkunst mit den Händen und Füßen. Im Lande Chasin galt die Kunst der Selbstverteidigung durchaus

als normal für die Ausbildung zur Tempeltänzerinnen. In den Kultstätten, in denen die Tänzerinnen dienten, wurde der chasinische Kriegsgott verehrt. Die Mönche dort führten ihm zu Ehren ein geradezu asketisches Dasein. Das Einzige, was sie lehrten, war die Selbstverteidigung und den Verzicht auf alle weltlichen Genüsse. Die Meister waren bekannt für ihre Schlagkraft und es war nicht verwunderlich, dass man das Land Chasin nur deshalb nie angegriff, weil ein jeder dort sich seiner Haut zu erwehren wusste. Shan Xis Schwestern verstanden sich ebenso im Nahkampf wie sie. Als sie sich jedoch vorhin der erdrückenden Übermacht des Königs der Kalahan gegenübersahen, gaben sie lieber gleich auf. Zudem sorgte das Auftauchen ihrer sieben Minuten älteren Zwillingsschwester bei ihnen für weitere Verwirrung.

„Warum gibt es dich jetzt eigentlich zwei Mal?“, fragte Soreya rätselnd und versuchte sich einen Reim auf dieses Phänomen zu machen. „Und wieso sagst du, es wären nicht mehr deine Schwestern?“

Shan Xi sah erstaunt Soreya an, wie wenn sie aus dem letzten Loch hervor kroch. „Hast du dir nie in deinem Leben Gedanken über die Zeit gemacht?“, konterte sie mit einer bissigen Gegenfrage.

„Nun ja, ich … meine …“, stotterte sie ertappt umher und zuckte letztlich mit den Schultern.

„Warum solltest du auch. Du hattest nie einen Grund“, bemerkte Shan Xi todernst. „Die Zeit ist wie ein Fluss“, erklärte sie mit ehrfürchtiger Stimme. „Eng verwoben mit dem Raum, der sie umgibt. Du selbst treibst auf dem Fluss hinunter und veränderst mit jedem Augenblick deine Position. Du kannst nicht mehr zurück. Du treibst auf dem Rücken, mit den Augen rückwärts gerichtet immer weiter flussabwärts. Alles, was im Raum steht, kommt und verschwindet. Du siehst aber nur, was vor dir, also was du hinter dir gebracht hast. Eine Biegung, ein Baum, ein Stein, du siehst ihn erst, während du hinuntertreibst. Du kannst nicht zurück, wenn er vorüber ist. Gegenwart ist das, was wir gerade sehen und fühlen, was mit uns gleich auf am Flussufer ist. Die Zukunft liegt in der Richtung, die wir nicht sehen und auf die wir hintreiben. Wir wissen nicht, was uns erwartet und daher liegt sie im Dunkeln.“

„Und die Zeitmaschine bricht nun mit dem Ganzen.“

„Ja, so ist es. Die Zeitmaschine ermöglicht uns, in diese unsichtbare Welt zu reisen. Wir sehen aber, wenn wir dort sind, um beim Bild mit dem Fluss zu bleiben nur das, was gerade mit uns gleich auf ist. Die Strecke, die zwischen dem Ausgangspunkt und dem Ankunftspunkt liegt, sehen wir nicht. Wir haben diesen Weg einfach übersprungen. Das geschah genau heute.“

„Wir sind doch wieder zurückgereist. Wie kann ein und dieselbe Person zweimal existieren?“

„Weil ich etwa sieben Minuten älter bin“, sagte Shan Xi. „Ich bin eine andere. Ich bin zurückgereist bis zu der Stelle, an der ich im Zeitfluss wieder gleichauf mit meinem vorherigen Verschwinden war. Zu diesem Augenblick gab es mich bereits und nun gibt es mich zweimal."

„Und deine Schwestern? Sie gibt es doch wieder ich meine …"

„Nichts bleibt im Zeitfluss an Ort und Stelle. Nur für die Zeitmaschine gilt das nicht. Als wir die Zeitmaschine betraten, hielt für uns der Zeitfluss an, vielmehr läuft er langsamer ab. Wir sind blieben beinahe stehen. Als wir die Maschine aktiviert und die Zeitblase machten, verlief in der Blase die Zeit langsamer, als außerhalb der Blase. Wie Hamnid uns anwies, hätten wir, nach dem wir die Blase machten, einfach gehen können. Doch als meine Schwestern und ich von den Steinen stiegen, kamen schon die Pfeile von Funjap und Mian. Ich bin um ein paar Sekunden gealtert, bevor ich wieder auf die Steinplatte zurücksprang. Das reichte schon aus. Jetzt bin ich eine andere. Die Zeit verlieft für mich anders, als die meines Ebenbildes. Meine Schwestern sind jetzt Tod. Das, was ich sah, waren ich und meine Schwestern zu einer anderen Zeit. Ganz andere Personen."

„Das ist nicht leicht das zu verstehen, aber …", wollte Soreya sagen, als auch Mutu schon dazwischen funkte.

„Ihr Beide solltet euch auch schlafen legen, anstatt hier herumzuphilosophieren. Zeitfluss hin oder her. Wir müssen bei Kräften sein, wenn wir unsere Haut retten wollen."

„Haut retten wollen? Wieso glaubst du, dass wir jetzt in Gefahr sind?"

„Jetzt wo der König das mit der Zeitmaschine weiß? Das kann man an der hohlen Hand abzählen. So was lässt der sich nicht entgehen. Ich glaube, er hat mit uns was vor. So neugierig, wie der war."

„Hast du Shan Xi nicht gehört? Wir können mit der Maschine nur in die Zukunft reisen, außer Hamnid führt den König an die Stelle, an der er die Zeitmaschine fand. Von dort aus können wir in die Vergangenheit reisen."

„Glaubst du etwa, dass er vorhat, mit uns die Vergangenheit zu verändern?"

„Genau", antwortete Mutu mit einem besserwisserischen Grinsen.

„Wenn der König uns einspannen will. Was ist, wenn wir uns dumm stellen? Ich meine, er muss doch nicht wissen, was wir wissen", sagte Shan Xi geschockt von der Vorstellung erneut wegen der Zeitmaschine missbraucht zu werden.

„Darauf will ich hinaus. Irgendjemanden von uns wird er kommen lassen. Von uns darf ihm keiner an die Nase binden, wie die Maschine funktioniert. Wir sagen einfach, dass man mit der Zeitmaschine nur in die Zukunft reisen kann, aber nicht in die Vergangenheit. Und wenn wir ihm erzählen, was für schreckliche Folgen das haben wird, dann …"

„Ich verstehe", antwortete Soreya erhellt. „… dann sagen wir ihm, dass dort ein Leben nicht lebenswert ist. So bringen wir ihn vielleicht davon ab, uns für seine Absichten zu benutzen."

In diesem Augenblick erschallte ein mächtiger Gongschlag, der durch das Haremsgebäude donnerte, wie ein Sturm. Die Tür sprang auf und eine große verschleierte Dame trat mit pompöser Maskerade durch die Pforte. Ihre Erhabenheit und Bedeutung erkannten die Tänzerinnen an dem feinen Schmuck, der sie zierte.

„Ihr seid also die mit der Zeitmaschine“, sagte sie herablassend und fügte hinzu. „So. So. Manieren habt ihr auch keine. Auf den Boden mit euch“, tönte die Person herrschend über sie hinweg. Die Drei erkannten, als sie um die Türe spitzten, dass alle anderen Frauen des Harems ihr Haupt ebenfalls zu Boden warfen. Sofort taten sie es ihnen nach.

„Schon besser“, meinte die erhabene Frau mit Genugtuung.

„Du da, aus dem Jahan. Du kommst zu meinem Mann und ihr anderen bleibt hier. Ach ja und bereitet euch schon mal für meine Brüder vor.“

Die verschleierte Frau lachte boshaft und lies Soreya von den Haremswächtern hinauszerren. Bangend sah sie zurück, während sie förmlich aus dem Raum geschleift wurde. Sie sah Shan Xi verstört zu Mutu blicken, der gar nichts Gutes schwante. Nachdem die Königin aus dem Raum ging, atmete Shan Xi tief durch. Doch die Anspannung, die die Nachricht der Königin in ihr verursachte, lies sie nicht zur Ruhe kommen.

„Was haben die mit uns vor?“

„Tja, das wird was werden. Da müssen wir wohl ein paar Jungs in Stimmung bringen.“

„Wie?“

„Beglücken“, meinte Mutu nun deutlicher.

„Ich hab das noch nie gemacht“, schluckte Shan Xi verzweifelt.

„Keine Bange. Lass mich das nur machen. Mit denen werde ich schon fertig.“

Die Leibgarde des Königs stieß Soreya regelrecht durch den Prachtbau. Links und rechts kam sie an den weiteren Räumen des Harems vorbei. In ihnen vertrieben sich die Gespielinnen des Königs ihre Zeit. Ihr blieb zwar keine Möglichkeit zu erhaschen, wie das aussah, doch es unterschied sich nicht wesentlich von dem, was sie aus ihrer Heimat kannte. Als größtes Ziel galt es, dem König einen männlichen Nachkommen zu gebären. Jene Frau, die das schaffte, stieg im Haremsrang steil nach oben. Die ganzen Stunden und Tage ihres Aufenthaltes verbrachten die fein gepflegten Frauen damit, sich gegenseitig auszustechen und um die Gunst des Herrschers zu buhlen. Unter ihnen waltete selten Einigkeit, denn die Königsmutter sorgte schon dafür, dass sich keine Fraktionen bildeten und jede in gewisserweise eine Einzelkämpferin blieb. Hier wollte die Zeittänzerin ebenso wenig bleiben wie im Tempel der Göttin. Missbrauchte sie der Tempel wegen ihres anschmiegsamen jungen Körpers, so lenkte hier ein nicht sicht- und greifbarer physischer Druck die Geschicke. Dieser zerfraß ebenso grässlich die Seele wie die körperliche Vergewaltigung im Tempel. Der Säulengang schien kein Ende zu nehmen. An den Türen standen verschleierte Frauen, deren Augen sie giftig ansahen. Soreya erahnte nur, wie ihre Stimmung war. Die Leibgarde wies ihre Beobachterinnen barsch in ihre Zimmer zurück. Sahen diese Haremsschönheiten in ihr eine unliebsame Konkurrentin? Alles andere wollte Soreya sein, als Eine von Ihnen. Nicht im Traum dachte sie daran. Aber das diesen um Einfluss buhlenden Frauen glaubhaft machen, konnte sie nicht. Mit Worten ließen sich Neid und Hass nicht eindämmen.

Letztlich hielt die Garde an und brachte sie in einem Raum, an dem mehrere Spiegel an den Wänden hingen. Sie alle zeigten weitere Räume aus verschiedenen Winkeln eines Hauses. Inmitten stand ein Paar das sich liebevoll umarmte und sich liebkoste. Sie schienen nicht zu merken, dass sie der König bei ihrer Liebesbezeugung beobachtete. Wie ein Voyeur saß er auf seinen zahllosen Kissen und rauchte eine Wasserpfeife. Es blubberte jedes Mal darin, wenn er anzog. Wie wenn die Pfeife nicht reichte, standen Feuerschalen umher, auf denen berauschende Substanzen verbrannten. Sie schwängerten den Raum mit ihrem schweren Duft.
„Ah, du. Endlich“, sagte der König gefällig und blickte Soreya benebelt an. Aus seinem Mund stank es nach Tabak mit einer sehr würzigen Sorte, die Soreya nicht näher aufzulösen vermochte.
„Wachen lasst mich alleine, mit meinem Gast. Sorgt dafür, dass ich nicht gestört werde. Und dass mir die Frauen ja nicht ihre Zimmer verlassen“, befahl er prustend.
„Ja Herr“, bestätigten die treuen Lakaien und gingen. Soreya kam sich verloren vor. Der König winkte sie zu sich heran.
„Komm näher“, sagte er. Soreya trat einige Schritte auf ihn zu.
„Wegen der Maschine“, sagte er berauscht. Er deutete auf die Trittsteine der Zeitmaschine, die sich mittlerweile betriebsbereit aufbaute. Ohne Umschweife fuhr er mit angeschlagener Stimme fort: „Wenn das stimmt, was du mir erzählt hast, dann möchte ich, dass du und deine Freunde etwas für mich erledigen. Etwas, das mir schon lange nachhängt.“ Der König fing just an, zu lachen. „Apropos Nachhängen.“
Er verdrehte dabei die Augen. „Mein Wesir ist jetzt …“, dann machte er eine Handbewegung quer durch den Hals.
„Du verstehst.“
Soreya schluckte schwer und nickte.
„Gut. Ich bin von dir beeindruckt. Ja wirklich. Du bist mutig und nicht gleich zusammengesunken, wie die anderen Waschlappen in meinem Garten. Das gefällt mir.“
Soreya traute sich noch immer nicht, etwas zu sagen.

„… und außerdem habe ich von euch aus Jahan gehört, dass ihr sehr gut Bescheid wisst, über das …“
Dann deutete der König auf das Liebespaar in dem Spiegel, das er schon seit Wochen ausgiebig beobachtete.
„… da. Die Liebe. Wie man sie lebt und wie man sie genießt.“
„Was wollt ihr von mir?“, fragte Soreya, wie wenn sie nicht richtig hörte.
Der König lachte wiederum. Ihm kam es seltsam vor, dass Soreya es nicht begriff.
„Hast du das nicht verstanden? Ich will von dir lernen. Von dir lernen, zu lieben. Zeig es mir.“
„Majestät ...“, begann Soreya vorsichtig, “... ich weiß nicht, was ich sagen soll, aber ihr habt so viele Frauen in eurem Harem. Auf dem Weg hierher sah ich einige von ihnen. Die sahen alle wunderschön aus. Wenn keine darunter ist, die ihr begehrt, was soll dann ich tun?“
„Du bist mutig, herausfordernd. Im Gegensatz zu diesen Klatschweibern. Hast ein Gespür für die Sinnlichkeit. Ich vertraue keiner Einzigen von denen. Ich weiß über meine Hauptfrau bestens bescheid und über die Anderen auch.“
Wieder fing der König zu lachen an und nahm einen tiefen Zug aus der Wasserpfeife, dass es darin kräftig brodelte.
„Und was hat die Zeitmaschine damit zu tun?“, fragte Soreya nun direkt heraus.
„Wenn du mir das Lieben lehrst, dann dürfen du und deine Freunde gehen, aber die Maschine bleibt hier. Verstehst du?“
„Ich verstehe“, schluckte Soreya. Sie traute sich, kaum nach dem Grund zu fragen. Der König gab ihr aber unversehens die Antwort.
„Gut“, sagte der König vom Rausch der Wasserpfeife eingenommen. „Mit ihr wollte man mich betrügen, mich von meinem Schwur fernhalten, das Reich zu regieren. Sie gehört jetzt mir und ich werde entscheiden, was mit ihr geschieht.“
„Ja, Herr“, antwortete die Zeittänzerin mit einem Kloß im Hals. In ihr waberte die Angst. Die Angst vor der Unberechenbarkeit des Königs. Was hatte er nur mit ihr vor? Es fiel ihr schwer zu glauben, dass er sie einfach so aus dem Palast entließ.
„Dann lass uns beginnen. Komm her zu mir“, forderte er sie auf. Soreya nahm verschämt neben ihm auf den Kissen Platz. In ihr dämmerte ein Gefühl der Ohnmacht. Am liebsten flog sie jetzt davon. So wie auf ihrem Turm. Hektisch blickte sie umher, bis ihr Blick auf die ausgebreitete Zeitmaschine fiel. Die Trittsteine lagen nur wenige Schritte von ihnen entfernt.
„Die Zeitmaschine“, sagte Soreya plötzlich. „Warum habt ihr sie aufgebaut?“
„Ich hab sie nicht aufgebaut“, antwortete der König bereits benebelt von den Drogen. „Sie schob sich von selbst da hin. Meine Diener sagten, als sie sie hier ablegten, dass sie sich von ganz alleine auseinander bewegt. Komisch nicht?“,

meinte er und lachte schief. „Sie scheint ein Eigenleben zu führen. Aber vielleicht krieg ich ja noch raus, was es damit auf sich hat. Ich hab ja einen Experten im Keller."

Der glasige Blick des Königs wandte sich nun auf die Spiegelfront, während er sich an Soreya presste.
„So will ich es", sagte er gierig und deutete auf die andere technische Errungenschaft. „So wie die da. Die haben alles, was ich nicht hab. Mein ganzes Leben lang, träumte ich davon geliebt zu werden. Alles Weltliche besitze ich, nur keine Seele, der ich traue."
„Mein König ...", versuchte Soreya zu sagen. Da presste der König seine Lippen auf die ihren. Soreya durchfuhr der würzige Geschmack der Wasserpfeife. Sie verschluckte sich beinahe daran, was sie husten und prusten lies.
„Ja, das hat was", lachte der König wieder und erhob sich aus den Kissen. Torkelnd lief er auf die Spiegel zu und stammelte wie in Trance: „Alle Frauen der Welt sind nichts wert, wenn sie nicht zu lieben verstehen. Und alle, die ich habe, empfinden für mich nichts. Ich glaube, dass dir ihre Blicke nicht entgingen, als dich meine Wachen herbrachten. Sie sehen nur meinen Palast. Den Luxus und die Selbstzufriedenheit meiner Königin. Diese Schlampe."
Soreya blieb stumm. Irgendwie empfand sie Mitleid für den König. Im Garten kam er ihr selbstbewusst und stark vor. Hier aber glich er einem Wrack. Er strahlte gar nichts Herrliches mehr aus. Nur ein Haufen Selbstmitleid blieb von ihm übrig. Dass der König ein solcher Mensch war, ließ sie sich nicht träumen.

Der Monarch griff zu einem der bereitgestellten Becher in dem Wein schillerte. Er leerte ihn mit einem Schluck und streckte seine Hand zu dem Liebespaar aus, das er ausdauernd beobachtete.
„Nur hier bin ich glücklich", sagte er mit schwerer Zunge. „Die da, wissen zu lieben. Aber ich, aber ich. Und du, du findest mich auch widerlich, nicht wahr. Wie all die anderen hier."
„Majestät", sagte Soreya bestürzt. „Wenn ihr wirklich die Achtung eurer Untertanen erlangen wollt, dann müsst ihr eure Großmut zeigen. Ihr müsst zeigen, dass ihr für eure Untertanen das Beste wollt. Dann wird man über euch noch Jahrhunderte lang später sprechen."
„Jahrhunderte? Ja?", raunzte der König scharf. „Was wird man über mich einmal sagen? Dass ich ein Suffkopf war? Den Drogen verfallen? Ein Gewaltherrscher? Einer, der eine Königin mit zwei Brüdern hatte, die tagtäglich hier hereinkommen, um mit meinen Frauen zu schlafen? Ein dekadenter Herrscher, der nicht zu lieben verstand?"

Soreya schwante Böses. Ihr fiel wieder ein, was die Königin sagte, als sie sie zum König bringen lies.

„Gehört es etwa zum guten Ton meine Freundinnen den Brüdern der Königin zu überlassen?“
„Was?“, fragte der König überrascht.
„Ja, eure Gemahlin sah Shan Xi und Mutu für ihre Brüder vor. Sie sagte, dass sie sich für sie bereithalten sollen.“
Plötzlich fing der König zu lachen an. Zuerst langsam, dann immer heftiger. Soreya war aber nicht zum Lachen zumute. Nur mit Mühe zäumte der Monarch seinen Lachanfall und wankte zu Soreya zurück. Er beugte sich über Soreya und stierte sie gierig an.
„Weißt du, wie egal mir das ist? Meine Königin macht sowieso, was sie will. Sie hatte mich schon immer in ihrer Hand. Aus Gründen, die ich dir nicht verraten will. Oder, ach was soll es, heiraten musste ich sie. Nur so durfte ich das Erbe meines Vaters antreten. Der wollte immer, dass die Göttin jenseits der Berge zufrieden gestimmt ist. Nur durch eine Ehe mit ihr bleibt die Göttin der Fruchtbarkeit unserem Land wohl gesonnen. Aber ich traue ihr nicht. Ich werde ihr nie trauen und verhaften lassen kann ich sie auch nicht. Sie ist das geistige Oberhaupt hier im Reich.“
Dann presste er sich wieder neben Soreya in die Kissen. Soreya spürte seinen Herzschlag. Fühlte seine Nähe und den schweren Atem. Wie ein Besessener linste er in ihre Pupillen: „Es wird zu viel geredet“, meinte er schließlich. „Es gibt Dinge, die fühlt man einfach. Sie stehen zwischen den Zeilen.“

Nun wusste Soreya nicht mehr, wie ihr geschah. Der König fiel förmlich auf sie und beküsste sie am ganzen Körper. Nur Abscheu und Verachtung brannte in ihr, als sie es über sich ergehen lies. Noch nie hasste sie sich mehr dafür, für diesen ausgebrannten Menschen Mitleid zu empfinden. Für jenen, der sich an seinem Besitz und der Verantwortung fest kettete. Ihr Blick fiel nochmals auf die Zeitmaschine, während der König ihre Kleider vom Leib reisen wollte. Das Zerren an ihrem Gewand lies bald nach. Es schien als verließen dem Betäubten die Kräfte. Nur wenige Augenblicke später hörte sie ein leises Schnarchen von ihm, was hieß, dass der Alkohol und der Tabak ihre Wirkung taten. Sich wieder anziehend starrte sie auf den beduselten König und dann auf die Zeitmaschine, die noch immer in Ausgangsposition lag. Verstört dachte sie an Shan Xi, die ja fast ein Kind war und die die Brüder der Königin gerade vergewaltigten. Sie verlor keine Zeit zu handeln. Ihr funkte eine Idee durch den Kopf, welche sich verwegen, ja geradezu tollkühn anmutete. Einen kleines bisschen Hoffnung, den vertrakten Knoten aufzulösen und einem jeden der Beteiligten, die ersehnte Erlösung aus dem Dilemma zu bringen. Dazu brauchte sie aber Mutu und Shan Xis Hilfe.

Hastig rannte sie zur Tür und aus dem Spiegelraum des Königs hinaus. Zu ihrem Glück war der Gang wie leer gefegt. Wirklich niemand bewegte sich in den Fluren umher. Sie hoffte, als sie durch die prunkvolle Anlage mit ihren Säulengängen eilte, dass sie noch vor den Brüdern der Königin bei ihren Kameradinnen eintraf. Soreya stieß voller schlimmer Erwartungen die Tür zu dem Zimmer auf, hinter der sie ihre Kameradinnen zurückließ. Mit allem Schrecklichen rechnete sie, doch das Bild, das sich ihr nun bot, überraschte sie doch.

„Ah, da bist du ja", begrüßte sie die lachende Stimme von Mutu, die nackt auf einem Stapel Kissen lag. Ihre Haut glänzte verdächtig zu ihrem breiten Gesicht, dass sie vergnügt zog. Direkt neben ihr lag ein schwer keuchender nackter Mann, der offenbar das Bewusstsein verlor. Soreya starrte verwirrt auf den Ohnmächtigen, dann auf Mutu.

„Wie gut, dass ich immer ein Schlafmittel in petto habe", scherzte sie gefällig. „In Honig geträufelt, über mich geschmiert. Er leckte mich von oben bis unten ab. Kriegte gar nicht genug von mir und dem Zeug. Hat mich richtig vernascht, wie eine Zuckerstange."

„Wo ist Shan Xi?", fragte Soreya außer Atem von ihrem Lauf.

„Ah, die. Die legte den anderen auch schlafen. Mit der Handkante. Treffgenau auf die Schläfen. Sehr schmerzhaft zwar, aber wirkungsvoll. Das Mädel hat was drauf, sag ich dir. Nicht von schlechten Eltern."

Shan Xi stürzte hinter ihrem Versteck, einem schweren Vorhang hervor und direkt auf Soreya zu. Sie umklammerte sie förmlich vor Erleichterung.

„Zum Glück bist du wieder da", sagte sie vor Freude strahlend. „Ich dachte schon, sie hätten dich auch verdingsbumst."

„Verdingsbumbst?", fragte Soreya überrascht.

„Kleines Wortspiel von mir", scherzte Mutu nüchtern und stand lässig auf. Sie ging zu dem breiten Brunnenbecken im Raum und wusch sich die Reste des Schlafmittels von ihrer Haut, das ihr gieriger Liebhaber übrig ließ.

„Hört zu. Ich hab einen Plan, wie wir hier rauskommen. Ich brauch eure Hilfe. Wir haben aber kaum Zeit", haspelte Soreya verstört.

„So?", fragte Mutu aufhorchend. „Du machst mich neugierig. Aber die Zeitmaschine nehmen wir mit uns. Ohne die gehen wir nirgendwo hin."

„Ja, wir brauchen sie für meinen Plan. Passt auf, der König hat sich mit einer Wasserpfeife und Wein betäubt. Jetzt schläft er den Rausch in seinem Spiegelzimmer aus. Genau neben der Zeitmaschine. Kommt mit. Los", forderte Soreya sie angestrengt auf und lief ihnen voraus. Shan Xi folgte ihr aufgeregt und neugierig zu gleich, was sich Soreya ausdachte. Mutu zog sich eiligst an und lief ihren beiden Freundinnen hinterher, die vor Nervosität kaum noch ein und aus wussten.

„Wo sind denn die Wachen?", fragte Shan Xi, als sie Soreya bei ihrem Spurt durch den Säulengang überholte. Die Chasinin war auf ihren kürzeren Beinen ebenso flink unterwegs wie Mutu.

„Der König befahl sie weg. Wenn wir Glück haben, ist er immer noch allein in seinem Spiegelzimmer. So eine Chance kriegen wir so schnell nicht wieder."
Bei ihrer Ankunft blieb ihnen das Heil wohl gesonnen. Der König schnarchte unbehelligt wie ein Baby auf dem Kissenberg. Mutu erschien hinter den Beiden. Auf ihrem Weg sahen sie ebenfalls keinen Einzigen der bewaffneten Truppe.
„Meine Güte", meinte sie. „Wir haben wirklich Glück, dass keine Wachen hier sind. Gegen diese Mengen hätten wir nicht die geringste Aussicht."
„Der König schickte sie weg", sagte Soreya kurz und deutete auf die Zeitmaschine. „Seht, die Maschine brachte sich von selbst in Position. Das heißt, sie liegt schon länger so hier. Noch bevor mich der König holen ließ."
„Ja und?", fragte Mutu skeptisch.
„Helft mir bitte. Es muss jetzt ganz schnell gehen, ehe jemand kommt und meinen Plan zerstört", sagte sie gehetzt und packte den König an den Füßen. „Wir müssen ihn zwischen die drei Trittsteine tragen.
„Ich weiß zwar nicht, was das soll, aber …", sagte Mutu und nahm den König bei den Händen. Shan Xi packte ihm am Bauch. Zu Dritt stemmten sie ihn hoch.
„Ich weiß, was Soreya meint", ächzte sie beim Schleppen seines beduselten Leibes. „Die Königin. Wenn sie ihre Brüder betäubt vorfindet, wird sie uns suchen lassen. Sie wird auf eine Bestrafung drängen."
Gemeinsam hievten sie den weggetretenen König mehr schlecht als recht zwischen die Steine.
„Das genügt, um ihn mitzunehmen", sagte Soreya zufrieden.
„Mitzunehmen?", fragte Mutu.
„In die Vergangenheit", antwortete sie knapp, als auch schon wütende Stimmen durch den Flur tönten, die immer lauter durch die Gänge hallten. Mit ihnen ging das Klirren von Schwertern und Rüstungen einher, die von der Leibgarde her stammten.

Sie hörten die Stimme der Königin, die mit den Gardisten zur Tür herein stürmte. Die Herrscherin rechnete sicher damit, dass ihr Gemahl sich berauscht von den Drogen seiner Liebesschwermut hingab. Oder aber, dass er die Tänzerin aus dem Jahantal zur Befriedigung seiner Lust benutzte. Wozu ließ der König Soreya sonst zu sich kommen? Dass es allerdings einen Grund gab, der nichts mit sexuellem Verlangen zu tun hatte, kam ihr nicht in den Sinn. Daher war sie überrascht, alle drei Zeittänzerinnen hier vorzufinden.
Entsetzt herrschte sie die drei Mädchen an:„ Was macht ihr da? Wer erlaubte euch, hier herzukommen? Wachen. Nehmt sie alle fest und verhaftet den König wegen Hochverrats an den Göttern."

„Schnell, auf die Steine", peitschte Soreya Mutu und Shan Xi an. Sie ließen den König genau im Zentrum der Steine liegen und sprangen auf die Trittsteine der Zeitmaschine, noch ehe sie von den Palastwachen fassten. Kaum fühlte Soreya den Stein auf ihrer Sohle, hielt der Zeitfluss an. Ihre Umgebung wirkte wie festgefroren. Die auf sie zustürzenden Palastwachen. Die fluchende Königin. Sie alle hielten inne. Alle standen im Raum erstarrt wie die Salzsäulen.
„Und nun?", fragte Mutu.
„Wir bauen eine Blase um den König und um uns auf. Mit der Blase reisen wir mit dem König soweit in die Vergangenheit zurück, bis die Maschine sich ausrichtete. Und zwar ehe die Königin kommt, um mich zum König zu bringen. Sie wird ihr blaues Wunder erleben", erläuterte Soreya ihre Absicht. Shan Xi sah fragend Mutu an, weil sie nicht so recht verstand. Die Atrafarin blickte ebenso verständnislos zurück.
„Von mir aus", antwortete Mutu. „Wir werden ja sehen, ob deine Idee uns rettet. Verlieren können wir jedenfalls nichts mehr. Es scheint, als ob es nur eine Frage der Zeit ist, bis wir unterm Henkersbeil sind."

Wie gelernt schufen sie eine Zeitblase und reisten mit dem König die Zeit zurück. Die Vorgänge geschahen nun in umgekehrter Reihenfolge. Die Wachen liefen mit der Königin rückwärts zur Tür hinaus. Dann sahen sie sich selbst den König zurück zu seinen Kissen schleifen und sie selbst wieder rückwärts zur Tür hinausgehen. Nun folgten weitere quälende Minuten, die für die Tänzerinnen in der Maschine wie eine Ewigkeit vorkamen. Sie sahen den König auf seinen Kissen ruhen und schlafen.
„Wie lange wollen wir die Blase aufrecht erhalten?", frage Mutu von ihrer nicht geraden bequemen Haltung, die sie dabei einnahm.
„Das Mordkomplott der Königin warf meinen Plan um", sagte Soreya aufgebracht. „Ich hätte die Blase am Liebsten jetzt beendet. Wir können aber nicht einfach abbrechen. Wir brauchen jede Minute. Ich hoffe nur, dass …"

In diesem Augenblick kam Soreya selbst durch die Tür und lief rückwärts auf die Kissen des Königs zu. Shan Xi und Mutu erlebten die Szenen umgekehrt, die Soreya bereits vorwärtszuspüren bekam. Der König gelangte wieder zu Bewusstsein und blies sich die Giftstoffe aus seinen Adern in den Tabak seiner Pfeife zurück. Ebenso füllte er den Weinkelch aus seinem Munde wieder auf. Dabei spionierte er tieftraurig dem Liebespaar im Spiegel nach. Soreya sah die Wachen zurückkommen und wieder ihre Position aufnehmen.
„Ich glaube, jetzt können wir die Blase platzen lassen", sagte sie, doch Shan Xi unterbrach sie jäh.
„Nein", sagte die Chasinin. „Das ist überhaupt die Idee. Wenn die Zeit mit dem Raum untrennbar verbunden ist, dann müssen wir in der Maschine bleiben, bis sie uns hinauswirft. Dann ist der Strom erst unterbrochen. Wir wissen

nicht ob wir noch einmal so eine Gelegenheit bekommen in die Vergangenheit zurückzureisen.“

„Shan Xi hat recht“, antwortete Mutu ihren Gedanken aufgreifend. „Wir ziehen das jetzt durch. Wir reisen mit der Maschine so weit in die Vergangenheit zurück, wie wir können. Dann suchen wir den Raum ihrer letzten Position auf und reisen weiter zurück. Solange bis wir zu demjenigen kommen, der die Maschine in unsere Welt brachte.“

„Und was dann?“, fragte Soreya zu Recht.

„Tja, verlieren können wir nichts“, sagte Mutu und die Tänzerinnen wurden in ihrer Entscheidung jäh von der Zeit eingeholt. Die Maschine zog ihnen förmlich den Boden unter den Füßen weg und sie fielen unsanft auf den harten Boden des Spiegelzimmers.

In dem Moment, als sie sich aufrappelten, wurde der angeheiterte König auf den Kissen auf sie aufmerksam.

„Was ist das? Wo kommt ihr her?“, kakelte er und wankte schwankend auf die drei Mädchen zu, die wie die Orgelpfeifen aufgereiht hinter dem Ebenbild des Königs standen. So wie er in etwa einer Stunde aussah, wenn er sich weiterhin den Drogen hingab. Jener wälzte sich vom Rausch benommen auf dem Boden.

„Ah“, schrie der König entsetzt, als er seinen Doppelgänger bemerkte. Sein Ebenbild öffnete gerade die Augen und stemmte sich vom harten Boden hoch. Triefenden Auges sahen sich Beide tief in die Augen. Schock und Wut vermischten sich in ihren fassungslosen Minen. Aus beider Kehlen drang unversehens die gleiche entsetzte langgezogene Reaktion: „Waaachen.“

Wie im Garten drang eine ganze Hundertschaft zu ihm in den Spiegelraum und umstellte die zwei Kontrahenten. Die Wachleute blickten verwirrt auf ihre beiden Herren. Sie wussten nicht, wem von ihnen sie gehorchen sollten. Soreya, Shan Xi und Mutu nutzten den sich anbahnenden Tumult, um die Trittsteine der Zeitmaschine aufzusammeln.

„Ergreift diesen Verräter“, schrien sich die zwei Könige berauscht von den Drogen gegenseitig an. Sie zeigten jeweils auf den Anderen, doch die Palastwachen blieben verunsichert stehen. Sie verpflichteten sich nur einem Gebieter zum Dienst. Nicht aber Zwei der gleichen, welche sich gegenseitig ihre Festnahme befahlen. Die drei Zeittänzerinnen nutzten die verwirrte Lage aus und schmuggelten sich geschmeidig durch die Massen des Wachpersonals hindurch. Gerade rechtzeitig, ehe in dem Spiegelzimmer die Situation weiter eskalierte. Sie verspürten keinen Drang, dem dramatischen Fortgang weiter beizuwohnen. Dass dies kein gutes Ende, vor allem auch für sie nahm, zeichnete sich nur allzu deutlich ab. Nun kam es auf jede Sekunde an, wenn sie heil aus der Sache hinauskommen wollten. Die Königin kam mit weiteren Gardisten den Säulengang herauf. Direkt auf sie zu. Sie bemerkten die Herrin, ehe sie mit ihnen zusammenstießen. Schnell versteckten sie sich hinter den breiten Pfeilern des offenen Innenhofs. Ohne sie zu bemerken, hastete die Königin mit ihren Handlangern an ihnen vorüber. Ihr Ziel war das mittlerweile lautstarke Geplärre der beiden Könige im Spiegelzimmer. Kaum geriet sie mit ihren Schergen außer Sichtweite, eilten die drei jungen Frauen den Gang weiter.

„Clevere Idee, wirklich“, zischte Mutu anerkennend zu Soreya, wodurch sie verschmitzt zurücklächelte. Von Erleichterung konnte das Trio aber nicht reden. Sie befanden sich noch immer im Palast und somit fern von Sicherheit. Dies bestätigte leider ein lautes Gekreische, das hinter Ihnen aus der Richtung des Spiegelzimmers kam. Ein markerschütternder Schrei, der zu einem der beiden Herrscher gehörte, drang durch ihre Ohren. Offenbar machte die Herrin mit ihren zwei Gatten kurzen Prozess. Etwas, das sie ohnehin in ein paar Stunden getan hätte. Jenes Schicksal drohte nun auch ihnen.

„Wenn der König tot ist, dann sind auch wir in großer Gefahr. Die Königin wird uns sicher suchen lassen“, schluckte Soreya wie eine Seherin.

„Moment“, kombinierte Shan Xi erbebend. „Wenn wir gerade in die Vergangenheit gereist sind, heißt das, dass auch wir Drei noch mal da sind. Dann gibt es mich jetzt drei Mal.“

„Und uns zwei Mal“, ergänzte Mutu treffend. „Wir können uns nicht um unsere Doppelgänger kümmern. Wir sind nicht sie. Ihnen fehlt das Stück unserer Zeitlinie. Wir müssen zusehen, dass wir für sie die Maschine zerstören. Dann werden auch sie nie zu schaden kommen.“

Sie kamen wieder an der Tür des Raumes vorbei, hinter der man sie vor wenigen Stunden nach ihrem Empfinden brachte. Neugierig linste Shan Xi durch einen Spalt hindurch und sah ihr Ebenbild, wie sie an Soreya kuschelte.

„Ich finde es grausam sie so einfach sterben lassen zu müssen“, meinte sie verstört. Im Nu hörten sie einen lauten Gong durch den Palast dröhnen und wenig später das Wort „Alarm“ durch die Gänge gellen. Es mobilisierte die gesamte Wachmannschaft des Palastes. Shan Xi unterbrach ihre Beobachtung verschreckt, als sie ihr Ebenbild verstört aufblicken sah.

„Wir müssen hier weg. Wir werden uns gegenseitig sehen, wenn wir hier stehen bleiben.“

Schnell versteckten sie sich wiederum hinter den dicken Säulen, als ihre Doppelgänger die Türe aufstießen. Die Neugierde trieb sie zum Nachsehen, was es mit der Aufregung da draußen auf sich hatte.

„Habt ihr das gehört?“, vernahm Mutu laut von ihrem Ebenbild, während sie hinter der Säule kauerte.

„Der Alarm. Aber wieso?“, fragte die ein paar Minuten jüngere Shan Xi verwirrt.

„Wir sollten nachsehen“, schlug Soreyas jüngeres Ich vor und ging den durch die Gänge eilenden Wachen nach, die als Stoßtrupp an ihnen vorbei preschten. Kaum gingen sie davon, traten die Drei erleichtert aus ihrem Versteck heraus.
„Schnell in den Garten. Worauf wartet ihr noch“, fauchte Mutu Soreya und Shan Xi an. Sie riss ihre Gefährtinnen von dem Blick los, den sie auf ihre davoneilenden Doppelgänger warfen. „Wir haben keine Zeit zu verlieren. Wir können nichts für sie tun.“

So schnell ihre Füße sie trugen, rannten sie in den Palastgarten zurück. Dort stand und plätscherte noch immer der prächtige Springbrunnen, wie wenn nichts passiert wäre. Mutu versuchte den Schachtdeckel aufzustemmen, aus dem sie herauskamen. Sie scheiterte jäh daran. Er bewegte sich keinen Millimeter nach oben.
„Jemand schloss ihn ab . Verdammt“, kommentierte sie ihre nicht gerade hoffnungsvolle Lage.
„Wie kommen wir jetzt hier raus?“
„Irgendwann machte jemand den Deckel zu, nicht wahr?“, fragte Soreya angespannt.
„Ja, das schon, aber wir haben dafür keine Zeit. Und was die Zeitmaschine angeht, wir können damit erst in die Vergangenheit reisen, wenn sie denselben Raum einnimmt.“
„Genau“, sagte Shan Xi. In der Zeitmaschine steht die Zeit still. Das heißt, wir müssen sie genau an den Ort legen, von der sie hier im Garten aufgesammelt wurde. Wir sind mit der Maschine beim König zurückgereist und wir wissen die Zeitmaschine stellt sich selbst auf.“
„Mag sein“, stimmte Mutu ihr zu. „Aber wo stand sie hier, bevor man sie in die Gemächer des Königs brachte?“
„Genau hier war meiner“, sagte Soreya und holte ihren Trittstein heraus. Sie lief an die Stelle, die sie in Erinnerung zu haben glaubte.
„Meine Schwestern“, sagte Shan Xi betroffen. Ihr war es bestens im Gedächtnis geblieben, wo sie die tödlichen Pfeile trafen. „Natürlich. Dort, wo man sie ermordete. Meiner war da. Ich stand hier.“
„Dann war da meiner “; sagte Mutu abschätzend und legte auch ihren Stein hin. Jetzt nahmen alle Steine ihre ursprüngliche Stellung wieder ein.
„Stellt euch drauf“, sagte Shan Xi und mit einem Satz stiegen sie auf die Platten. „Also schön. Dann lassen wir uns wieder in die Vergangenheit bringen.“

Alle Drei brachten sich in Stellung und ließen die Zeit erneut rückwärtslaufen. Der Diener, der die Zeitmaschine einsammeln sollte, ging alsbald rückwärts wieder davon. Eine Zeitlang schien es, dass sich um sie herum nichts weiter zurückentwickelte. Ab und zu marschierten Palastwachen rückwärts an ihnen vorbei. Sie verspeisten während ihrer Patrouille Früchte. Einer von ihnen aß einen Apfel wieder an das Kernhaus zurück, während der Andere ein paar Datteln aus seinem Mund zurück an den Kern kaute. Dann sahen sie eine Schar tuschelnder Damen, die durch die Gärten in umgekehrter Folge tänzelten. Aber weder sahen sie jemanden, der den Schacht verschloss, noch das irgendetwas Brauchbares vorbei kam, dass sie zum Aufstemmen hätten benutzen können. Als letztendlich doch ein Gärtner der Anlage erschien, der sich am Schachtdeckel zu schaffen machte, konnte der Augenblick unpassender nicht sein. Die verschleierte Königin ging mit ihren Zofen gerade an dem Gärtner vorbei. Alleine die geknickte Haltung der Königin verriet, dass sie schrecklich trauerte. Offenbar ließ ihr Gatte das Todesurteil am Wesir eben vollstrecken.

„Lange können wir nicht mehr hier bleiben. Ich fühle wieder so ein Ziehen unter mir in dem Stein. So wie vorhin im Spiegelzimmer. Wenn erst die Wachen da sind und uns die Zeitmaschine hinauswirft, ist es vorbei mit uns. Wie wollen wir denen erklären, was wir hier zu suchen haben? Sie glauben doch, dass wir im Harem wären“, sagte Shan Xi zu ihren Kameradinnen.

„Das sind wir doch auch. Zumindest unsere Doppelgänger. Wenn die die sehen, ist es aus mit uns“, meinte Soreya besorgt.

„Schlimmstenfalls werden wir zu Hamnid in den Kerker geworfen. Die Zeitmaschine sehen wir jedenfalls nie wieder“, antwortete Mutu resümierend.

„Ja“, sagte Soreya angespannt. „Was jetzt?“

„Überrumpeln?“, fragte Shan Xi in die Runde.

„Einen Moment noch. Die Maschine ...“ wollte Mutu noch zustimmen. Doch ihre Worte riss die Wucht der Maschine ab. Alle Drei fühlten abermals, wie sich die Maschine sich unter ihren Füßen wegzog. Sie schleuderten sich im hohen Bogen direkt auf ihre Widersacherin. Das Überraschungsmoment bekamen sie dadurch auf ihre Seite.

Wie ein eingespieltes Team sammelte Soreya die Steine ein, ehe sie sich vollständig aufbaute. Shan Xi und Mutu kümmerten sich um die Königin, die sie gezielt mit ihrem Können niederstreckten. Vor Schreck erstarrten ihre Dienerinnen und wussten nicht, woher die drei Frauen so schnell kamen. Wie aus dem Nichts tauchten sie urplötzlich auf. Dass sie die drei Mädchen für Hexen hielten, verwunderte einen nicht. Mutu schlug mit einer Handkante den verwirrten Gärtner nieder, der die Szenerie wie paralysiert beobachtete. Sie stieß ihn vom Schachtdeckel weg. Mit Leichtigkeit stemmte sie den Verschluss auf, während das schauderhafte Erscheinen der drei Tänzerinnen von den in einiger Entfernung stehenden Palastwachen nicht unbeobachtet blieb. Mit einem Satz sprangen die drei Tänzerinnen in den Schacht und krochen in den engen Gang des schräg abfallenden Entwässerungsschachtes hinein. Sie folgten ihn bis zu dem Brunnen vor der Palastmauer.

Kapitel 7

Wettlauf

„So was will ich nicht noch mal machen. Die Steine sind nicht gerade leicht zu tragen“, ächzte Soreya mit den drei Trittsteinen in ihren Armen. Sie schleifte die Zeitmaschine eher durch den engen Schacht des Entwässerungssystems, als dass sie sie trug. Die reinste Finsternis umgab sie. Soreya orientierte sich nur an dem Geräusch von Mutu, die vor ihr ging.

„Glaubst du etwa wir?“, hörte sie Mutu vor sich in der Dunkelheit schimpfen. „Wir sind gleich hier durch. Da vorne müssen wir das Licht von draußen bald sehen können.“

„Ich dachte, der Brunnen ist voller Wasser …“, warf Shan Xi dazwischen. Wie ausgerechnet hörte sie in diesem Moment ein Plätschern. Mutus Füße liefen bereits im Wasser.

„Oh nein“, kam unversehens aus Mutus Lippen. Sie stand nach nur wenigen Schritten bis zum Kinn im Wasser. Offenbar lag der Wasserspiegel des Brunnens vor siebzig Jahren wesentlich höher, als Soreya mit Mutu in den Palast gelangte.

„Bleibt ihr Beide hier stehen“, forderte sie ihre Kameradinnen auf. Soreya und Shan Xi hielten unvermittelt an, ehe sie in das kalte Wasser hineinliefen. In der Dunkelheit sahen sie nichts davon.

„Ich versuche da durchzutauchen“, sagte Mutu entschlossen und tastete sich vorwärts so weit es ging. Wie sie es in ihrem ausgeprägten Gedächtnis wusste, glitt sie durch den vollgelaufenen Schacht, bis sie endlich Licht von draußen sah. Zum Glück war der Weg unter Wasser nicht allzu lang zum Tauchen für Mutu. Aber was für sie zutraf, galt weder für Shan Xi noch Soreya. Mutu tauchte daher wieder zu ihren Kameradinnen zurück, welche in der Dunkelheit auf sie voller Anspannung warteten.

„Hey“, sagte sie tief Luft holend, nachdem sie aus dem dunklen Gewässer wieder hoch kam.

„Etwa zehn Meter müsst ihr tauchen. Dann seid ihr draußen.“

„Zehn Meter? Mit den Steinen?“, fragte Soreya entsetzt. „Das schaff ich alleine nicht.

„Wir teilen die Steine einfach auf. Jede von uns nimmt einen Stein und schafft ihn durch. Ich sehe für euch, wohin wir schwimmen müssen. Es ist recht dunkel dort unten. Du musst mir deine Hand geben. Ich zieh dich durch“, sagte Mutu aufmunternd zu Soreya.

„Und was ist mit mir?“, fragte Shan Xi besorgt.

„Bleib hier, bis ich Soreya durch den gefluteten Tunnel gebracht habe. Ich komm zurück und hol dich. Für eine Wache in voller Rüstung ist der Schacht nicht zu passieren. Auf diesen Weg werden sie uns nicht folgen können."
„Ist gut", schluckte Shan Xi mit mulmigem Gefühl. „Wenns nicht zu lange dauert."

Wie gesagt teilten sie die Steine auf und Mutu zog Soreya an der Hand durch das kalte Nass. Ohne Mutus fantastischen Orientierungssinn wäre ihr selbstmörderischer Plan an dieser Stelle zu Ende gewesen. Allmählich erkannte Soreya, dass sie sich gegenseitig fantastisch ergänzten. Gerade weil jede Einzelne von ihnen einen anderen Lebensweg bestritt, fächerte sich der Fundus ihrer Erfahrungen breit. Soreya traute sich kaum, ihre Augen unter Wasser zu öffnen. Nur schwach glaubte sie, ein Licht unter Wasser schimmern zu sehen. Die Zeit ohne Luft schien ihr ewig anzudauern. Ihre Lunge verlangte drängelnd nach Sauerstoff und es war für sie wie ein Geschenk, als sie endlich mit Mutu die Wasseroberfläche durchstieß.
„Nimm den Stein", sagte Mutu ernst ohne Zeit zu verlieren und drückte Soreya Ihren Trittstein in die Hand. Vom Gewicht des Steins zog es Soreya beinahe auf den Grund des Brunnen hinunter. Die drei Steine auf dem Land zu tragen, war bereits schwierig genug. Aber mit ihnen im Wasser zu tauchen, erschien für Soreya gerade zu unmöglich. Noch ehe sie ihr etwas erwiderte, tauchte Mutu schon wieder zu Shan Xi weg. Nur mit Mühe hievte Soreya beide Steine zur Brunnenmauer hinüber. Zu ihrer Erleichterung befand sich dort ein eingemauerter Vorsprung, auf dem sie ihre Last ablegte.

Dort angekommen schob sie ihre Mitbringsel auf den Sims. Erst jetzt atmete die Tänzerin tief durch und sah sich um. Sie starrte die enge Brunnenröhre hoch und bemerkte eingelassene Trittnischen an seiner Wand. Auf ihnen gelangte man spielend nach oben. Wieder Kraft schöpfend überlegte sie ihren weiteren Fluchtverlauf. Nach oben ging es als nächstes. Hoffentlich fing sie dort oben niemand ab. Soreya spitzte die Ohren und lauschte, ob da oben jemand war. Da klangen doch Tierlaute von oben zu ihr hinunter. Sie hörte diesen Ton schon einmal. Ja. Auf dem Markt ihrer Heimatstadt. Dort, wo die Karawanen aus der Wüste ankamen und ihre Waren feilboten. Je länger sie hinhörte, um so schwummriger wurde es ihr. Es waren Kamellaute. Eigentlich nichts Ungewöhnliches. Sie befand sich in einem Brunnen, in dem sich Wasser zum Tränken von Tieren, also auch Kamelen sammelte.
„Zu tränken", kam es ihr urplötzlich in den Sinn, als neben ihr ein breiter Wassereimer sie um Haaresbreite verfehlte und zum Brunnenboden in die Tiefe sauste. Laut platschte er auf die Wasseroberfläche und sein Gewicht schwappte so unruhige Wellen hoch, dass Soreya die Steine auskamen.

„Oh nein“, schimpfte sie. Durch das klare Wasser sah sie die Steine zum Grund hinabfallen wie vertrocknetes Laub von den Bäumen. Beide kamen bei ihrem Sinkflug durch das Wasser direkt dem Eimer in die Quere, der voll geschöpft wieder auf den Weg nach oben war. Wie ausgerechnet, platzierten sich die Trittsteine darin und wurden ruckartig von der Zugkraft aus dem Wasser nach oben gezerrt.

„Nein“, schrie sie entsetzt und hechtete dem entschwindenden Eimer hinterher. Sie bekam mit beiden Armen den Henkel des Behälters zu fassen und wurde sogleich mit ihm nach oben gezogen. Soreya traute sich gar nicht, nach unten zu sehen. Geschweige denn nach oben. Sie ahnte nicht, wem sie dort begegnete. Handelte es sich am Ende etwa um die Leute des Königs? Sie traute sich nicht daran denken. Und die Steine? Und wenn sie sich selbst wieder hinabwerfen und die Steine Steine sein ließ? Was wäre dann? Und was wäre, wenn sie so unglücklich fällt, dass ihr Kopf auf dem Sims aufschlug? Die nackte Angst vor so einer Zukunft ließ Soreya an den Eimer klammern. Unbändige Kräfte rang sie ihrem Körper ab. Sie hoffte nur noch auf ein gnädiges Ende. Mehr nicht.

„Los, jetzt du“, hörte Shan Xi Mutu aus der Dunkelheit sagen, nachdem sie wieder bei ihr auftauchte. Entschlossen stieg die Chasinin in der Düsternis in das kalte Wasser und hielt die dritte Steintafel fest.

„Hag dich bei mir ein“, sagte Mutu und Shan Xi tastete sich mit den Händen zu ihrem Arm, bis Mutu sie packte.

„Ich bin fertig“, bestätigte Shan Xi. „Also los jetzt.“

Beide tauchten in das kalte Wasser hinein. Shan Xi vertraute blindlings der Atrafarin, von der sie kaum etwas wusste. Viele Worte wechselte sie nicht mit ihr. Dennoch fühlte das Mädchen, dass ihr gemeinsames Interesse, die Maschine zu zerstören, wie ein einigendes Band zwischen ihnen wirkte. Mutu schleuste ihre Kameradin mit zielsicherer Gewandtheit durch den gefluteten Stollen. Erleichtert atmeten sie auf, als sie durch die Wasseroberfläche der Schöpfstelle brachen.

„Verdammt. Wo ist Soreya?“, knurrte Mutu zornig. Sie zeigte sich nirgendwo in der Röhre.

Shan Xi blickte verschreckt umher. Ihre mandelförmigen Augen suchten vergeblich nach Soreya.

„Ihr wird doch nichts passiert sein?“

„Hoffentlich nicht“, sagte Mutu entschlossen und lauschte mit den Ohren. Ohne ein Wort zu sagen, paddelte sie zu den Trittnischen und stieg an ihnen empor. Je weiter sie nach oben kam, umso deutlicher glaubte sie, die Stimme von Soreya an der Oberfläche zu hören. Sie untermalten sich vom Brüllen der Kamele und auch von einer rauen Stimme, die sich offenbar bestens mit ihr unterhielt. Es klang nach einem Dialekt, den Mutu kaum aufzulösen vermochte. Nur Soreya klang nicht sonderlich glücklich.

„So was Schönes treibt sich in einem Brunnen rum. Mein Glückstag muss das sein“, drang es Mutu verächtlich durchs Ohr.

„Komm her, meine kleine Nixe“, gierte die unbekannte Stimme wieder.

Sie gehörte offenbar dem Besitzer der Kamele, da deren Blöcken aus der gleichen Richtung unüberhörbar waren.

Mutu linste vorsichtig über den Brunnenrand. Sie sah Soreya in nicht gerader bequemer Pose paarungsbereit daniederliegen. Der Karawanenführer lies ein Kamel hinknien klemmte und sein Opfer auf dem Bauch liegend zwischen die Höcker eines Kamels ein. Mit einem Handgriff riss er Soreyas Unterkleid herab. Aus ihrer nicht gerade bequemen Haltung sah Mutu die blanke Gesäßseite ihrer Kameradin. Mutu hatte nicht vor, so ohne weiteres aus ihrem Versteck stürmen. Erst vergewisserte sie sich, dass auch wirklich niemand sonst da war. Aus den Augenwinkeln heraus suchte sie die Umgebung ab und sprang letztlich mit einem Satz lautlos aus dem Brunnenschacht hinaus. Gekonnt landete sie auf dem Boden und schlich sich Behände an dem übererregten Beduinen, ohne einen Mucks zu machen, von hinten an. Der Wüstennomade wirkte wie ein großer Bär. Ungeheuer stark und mit einem einfachen Schlag an die Schläfe sicher nicht zu bändigen. Mutu wusste, dass sie äußerst überlegt bei ihm vorgehen musste. Leider blieb es Soreya nicht erspart, dass der Beduine sich an ihr verging. Mutu wusste instinktiv, dass jetzt ein falscher Schritt ihr aller Tod bedeutete. Mit ihren wachsamen Augen fixierte sie die Umgebung genau. Der Beduine legte seinen Säbel neben den Brunnen ab. Bei seinem verbrecherischen Akt störte die Waffe nur. Offenbar rechnete er keinesfalls mit weiteren Wassernixen in dem Brunnen. Die Atrafarin reagierte blitzschnell. Sie tastete sich an den Säbel heran, zog ihn aus der Scheide und hielt seine Klinge dem lustvoll stöhnenden Karawanenbegleiter mit Schwung unter die Kehle. Jener war so vertieft in seinem Tun, dass er buchstäblich dabei zu Tode erschrak.

„Eine falsche Bewegung und dir fehlt was“, knurrte Mutu angewidert. Der Zorn in ihr bebte entsetzlich. Wie erstarrt verharrte der halb nackte Beduine entsetzt. Er traute sich nicht, sich nur einen einzigen Millimeter zu bewegen.

„Ich …“, schnappte er schluckend „… darf ihn doch wohl noch rausziehen.“

„Nein. Müh dich nicht ab. Dass mach ich für dich“, fuhr Mutu eiskalt fort. Passgenau sauste die Säbelspitze nach unten und hieb dem unbeherrschten Vergewaltiger mit gezieltem Schnitt das Glied ab.

Sein warmes Blut spritzte auf und vergoss sich auf den staubigen Boden bei der Tränke. Der Mann krümmte sich vor Pein auf der Erde und blieb wimmernd liegen. Seine Schmerzensschreie übertönte sogar das Brüllen seines Kamels.

Shan Xi kam mit der dritten Steinplatte aus dem Brunnen gestiegen und sah dem aufheulenden Beduinen zu.

„Du hast doch etwa nicht …“, sagte sie vermutend, was Mutu nickend bestätigte. Soreya wälzte sich zwischen den Kamelhöckern hervor und wischte sich die Tränen aus ihren Augen.

„Ja, sie hat“, bestätigte sie gebeutelt und schrie sich ihren Frust aus dem Leib. „Ich hab genug davon. Sind denn alle Männer solche miesen Kerle?“

„Der war kein echter Mann“, bemerkte Mutu bitterernst. „Der ist nur ein Stück Dreck. Die Männer meines Volkes tun so was nicht. Und der König, der sich hinter diesen Mauern einen ganzen Harem hält, ist auch kein Gramm besser. Ein bekiffter Häuptling, der selbstsüchtig alles an sich rafft.“

„Ich dachte immer, dass er ein so guter Herrscher wäre. Die Leute redeten jedenfalls nie schlecht über ihn“, wendete Soreya ein.

„Wenn die Leute zu essen haben, ist ihnen Politik egal. Mehr interessiert die nicht“, sagte Mutu aus ihrer Erfahrung heraus.

„Wir sollten schnell weg hier. Bevor wer auftaucht“, warf Shan Xi hastig dazwischen.

„Du hast Recht. Also schnell weg hier“, stimmte Mutu ihr zu. „Rauf mit euch auf das Kamel. Ich weiß, wie man mit ihm umgehen muss.“

„Herr, euer Befehl ist ausgeführt“, sagte demütig der Diener des Königs zu seinem Gebieter. Jener kuschelte sich gemütlich in einem großen Stapel Kissen und genoss sichtlich die Vollzugsmeldung der Hinrichtung seines Wesirs. Neben ihm stand eine große Wasserpfeife, in der das aromatisierte Kraut vor sich hinglimmte. Der würzige Geruch schwängerte den Spiegelraum, von dem er sein Gastpaar ausgiebig beobachtete, ohne dass sie es merkten. Mit Genugtuung blickte er in die Spiegel, zog an dem Mundstück der Pfeife mit den Lippen und lies sich einen dichten Rauchschwaden in seinen Rachen gleiten.

„Dieser falsche Hund“, brummte er wütend. „Und meine falsche Frau. Ha. Das wird ihr eine Lehre sein. Oh, könnte ich sie doch auch köpfen lassen. Diese falsche Schlange.“

„Geh jetzt“, befahl er seinen Diener. „Lass mich in Ruhe. Ich muss nachdenken. Nachdenken“, wiederholte er leise und sein Sklave gehorchte untertänigst seinem Befehl. Der Dampf des Krautes stieg ihn durch jede einzelne Windung seines Körpers. Sein Blick wandte sich auf das Liebespaar, das sich gerade zärtlich in den Armen hielt. In ihm keimte die sehnsüchtige Wehmut nach dem Fallenlassen auf. Etwas, das er sich all die Jahre so sehr wünschte. Liebe zu spüren und zu erfahren, ohne verraten zu werden.

„Warum kann ich so was nicht haben?“, wisperte er bei dem Anblick wehmütig. Tränen verließen seine Augen, während er über sein Leben philosophierte. „Wem kann ich von all diesen Blutsaugern trauen? Ein jeder spielt mir nur was vor. Sogar die Frauen, die ich von meinem Vater erbte. Die freuten sich doch,

als er endlich zu seinen Ahnen ging. Aber lieben tun sie mich nicht. Warum auch? Und gehen lassen kann ich sie auch nicht. Ich musste es meinem Vater versprechen, bevor er starb. Es ist so hoffnungslos."
Wiederum zog er hastig an seiner Pfeife und flößte sich so einen weiteren Drogenstoß in den Kreislauf ein.
„Die drei Mädchen", schwadronierte der König mit schwummrigem Blick. „Sie sind komisch. Und die erst aus Jahan. Hübsch ist sie und mutig. So etwas hab ich nie erlebt. Ja, die ist wirklich mutig und ehrlich."
Der König wälzte sich in seinen Kissen und fing an zu träumen. Das Jahantal aus dem Soreya stammte, erschien darin. Er sah den saphirblauen Fluss, die weiße Stadt aus Stein vor sich. Bald glaubte er darin zu wandeln, die Gassen zu erkunden. Die schönen Häuser dort zu bewundern. Sein Geist fand sich in der liebesverherrlichenden Kunst, für die das Jahantal sich rühmte. Von dort kamen die Dichter, die mit ihren Versen die Herzen zu umschmeicheln wussten. Sie erzählten von dem Gefühl, das er begehrte. Er sah die Bilder der Maler aus diesem Land, welche mit harmonischen Farben es verstanden, die anmutigsten Szenen an die Wände zu zaubern. Auch an die fein gearbeiteten Statuetten dachte der König. Vor allem die, die durch die räumliche Darstellung die Liebe verherrlichten. Dieses Land hob das Gefühl hervor, das er sich so sehr wünschte. An die Liebeslehre selbst dachte der König nicht einmal. Wohl wusste er von den anschaulichen Bildern, die vom erfüllten Beischlaf erzählten. Aber Hingabe und Vertrautheit zeigten sie nicht. Vielmehr stand das hinter der Philosophie des Landes, welche sich aus der Summe seiner vielen Zutaten heraus ergab. Soreya brächte ihm das sicher näher. Ja, so würde es sein. So muss es sein. Begierig jappte er nach der Droge in der Pfeife und stieß prompt einen jähzornigen Schrei aus.
„Sie muss mich das Lehren", schrie er wie besessen. „Sie muss mich das Lieben lehren. Sie kann das doch. Alle aus dem Land Jahan können das. Ich will es spüren. Ich will es fühlen."
Jäh erschien einer der Sklaven an der Tür. Er schnappte nach Luft, da er so schnell rannte. Schweiß perlte von seinem gehetzten Körper, als sich vor dem König zu Boden warf.
„Was störst du deinen Herren", herrschte der König ihn ungehalten an. „Befahl ich dir nicht, dass ich allein sein will?"
„Herr. Bitte hört mich an. Die drei Tänzerinnen schlugen die Königin nieder", rief er unterwürfig aus seiner unbequemen Haltung auf den kalten Mosaikboden.
„Die drei Tänzerinnen?", fragte der König leicht benebelt.
„Ja, Gebieter. Sie nahmen die Steine mit, die ihr hierher zu bringen befohlen habt."
„Die Steine?", fragte der König überrascht und sprang aufgestachelt aus seinen Kissen auf. Was seiner Königin widerfuhr, kümmerte ihm nicht im Geringsten.

„Sie stehlen mir diese Maschine? Wenn es wirklich eine Maschine ist, mit der man die Zeit verändert …“

„Herr“, flehte der Sklave voller Angst. „Die drei Frauen sind aber noch im Palast. Man badet sie gerade. Wie kann es sein, dass sie baden und zugleich die Königin überfallen? Das ist Zauberei. Wir wurden verflucht. Großes Unheil kommt über uns. Großes Unheil.“

„Schweig, du Narr. Bring mich in den Kerker“, befahl er streng. „Ich will mit diesem Gelehrten, oder wer auch immer das ist sprechen. Er muss mir mehr darüber sagen. Und wenn er nicht reden will, dann werde ich ihn zum Reden zwingen.“

Entschlossen eilte der König aus dem Spiegelraum. Schnurstracks stach er in den Haremsbereich hinein und blickte durch ein Fenster auf seine drei Gäste, die nichts ahnend gerade eingekleidet wurden. Deutlich erkannte der König ihre Züge.

„Das Ganze hat mit der Maschine zu tun. Da läuft doch etwas. Wird etwa die Zukunft verändert?“, kam es dem König auf einmal. In ihm dämmerte die wahnwitzige Erklärung zu dem eigenartigen Vorfall. „Aber warum? Warum?“

Der König lief forschen Schrittes weiter. Er kam an den Gemächern der anderen Haremsdamen vorbei, die er mit keinem einzigen Blick würdigte. Die Türen standen weit offen und es wäre ein Leichtes, hindurch zu schlüpfen und sich der rauschenden Sinne hinzugeben. Er könnte sich von ihnen verwöhnen lassen. Liebliche Musik hätten ihm die Frauen vorgespielt. Ihm die Füße massiert. Sie hätten ihm seinen Körper von Kopf bis Fuß geölt, ihn mit erlesenen Speisen gefüttert, erotisierende Spiele mit ihm gemacht. All dies hätte der König mit ihnen tun können. Die edlen Frauen bemerkten den Monarchen, wie er an ihnen achtlos vorüberging. Sie stürzten zu dem Eingang, den sie aufgrund der Anordnung der Palasteunuchen nicht überschreiten durften. Regelrecht suchten sie seinen Blickkontakt. Obwohl seine fleischgewordenen Göttinnen ihn begehrlich nachsahen, dachte der Herrscher gerade nicht im Geringsten daran auch nur hinzusehen. Dem König lag es im Moment ferner denn je, einen Nachkommen zu zeugen und sich leiblich verköstigen zu lassen. Was in den Damen selbst vorging, kümmerte dem Herrscher nicht. Deren Denken spürte er zu oft, als er ein Prinz war. Schon früh machte ihn sein Vater mit dem Harem vertraut und bald merkte er, dass der Thronfolger die Rolle eines goldenen Kalbes spielte. In dem Wahn dem Goldenen Kalb gefallen zu wollen, gingen diese Personen über Leichen. Palastintrigen und Gemeuchelte waren an der Tagesordnung. Erst ab dem Zeitpunkt, als er König wurde und dem Residieren im Palast dem Rücken kehrte, hörte dieses Spiel um seine Person auf. Draußen bei seinem Volk fühlte sich der König besser, als hinter diesem schaurigen Ort, der vor Missgunst und Gier nur so stank. Weshalb schenkte er solchen Menschen je Vertrauen? An dem Tage, als er jenem Paar begegnete, die er mit in seine Residenz nahm, glaubte der König, seinem Wunsch näher gekommen zu sein. Ein Vorbild wäre dies für den Palast. Wenn er diese Stimmung, die diese beiden Erwählten verbreiteten, mit in den Palast nähme, dann unterband er sicher die dort heraufziehende Revolte. So glaubte er es. Nun aber stellte der König fest, dass es bereits zu spät war. Wie tief der Sumpf sich erstreckte, wagte er sich nicht auszumalen. Wer verwickelte sich alles darin? Und nun kamen die drei Frauen aus dieser eigenartigen Maschine. Der König musste unbedingt hinter das Geheimnis kommen. Er ging daher in den Kerker zu Hamnid, der in einem dunklen Verlies mit seinen drei Tänzerinnen vor sich hinschmachtete. Das eigenartige Spiel der drei Frauen machte ihn wesentlich neugieriger.

„Macht die Tür auf", befahl der König seinem alten Kerkermeister streng. Er riss ihn aus seinem Nickerchen, das er in dem feuchten dunklen Verlies auf seinem morbiden Stuhl machte.
„Jawohl, Herr", japste der betagte Kellerwächter unterwürfig und sperrte mit seinem schweren Eisenschlüssel die harte Eichentür auf. Der König stieß energisch die Tür auf. Mit voller Wucht krachte sie gegen die steinerne Rückmauer. Hamnid hob schwer die Augen an, als der König ihn mit einer ganzen Wacheskorte umstellte. Die zahllosen brennenden Fackeln ließen es fast taghell in dem klammen Raum werden. Die Augen Hamnids schmerzten, als er jäh aus der Dunkelheit gerissen wurde.
„Argh", stöhnte er mit schwerem Schädel. Der Schlag von Mutu setzte ihn schwer zu.
„Macht ihn ab", befahl der König barsch seinem Kerkermeister. Hurtig löste er die eisernen Handfesseln, die mit einem Poltern auf den kalten Steinboden fielen.

Seine drei Begleiterinnen starrten verschreckt auf ihre Wächter. Man legte auch ihnen Fußfesseln an. Sie bewegten sich nur soweit fort, wie es die Ketten zuließen. Verängstigt folgten sie dem nichts Gutem verheißendem Verhör, das der König an ihrem Mentor beging. Die Diener des Königs hievten Hamnid unsanft an den Armen hoch, damit der Herrscher ihm direkt in die Augen sah.
„Gestehe lieber gleich, dass dich mein treuloser Wesir angeheuert hat, um mich zu töten", begann der Herrscher Hamnid ohne Umschweife anzuklagen. Der harsche Wortschwall dröhnte bis in den letzten Winkel des Kerkertraktes.
„Nein, Herr. Ich sollte euch nicht töten", jammerte Hamnid verstört, worauf der König seinem alten Kerkermeister einem Wink gab. Jener holte einen schweren Stock hervor und schlug ihm punktgenau in die Kniekehlen. Die Diener ließen Hamnids Arme aus, wodurch er Schmerz wimmernd zu Boden fiel.
„Eine Zeitmaschine hast du hierher gebracht", tobte der König außer sich. „Woher hast du sie?"

„Ich fand sie im Tempel der Göttin der Fruchtbarkeit, jenseits der Feuerberge", stöhnte Hamnid am Boden liegend. Sein Mund fraß den feuchten Dreck. Ihm taten alle Glieder entsetzlich weh. Er rührte sich kaum noch.

Durch das Gesicht des Königs drang ein angewidertes Erzittern. Er behielt den Tempel gut in seiner Erinnerung. Dorthin nahm ihn sein Vater als Knabe mit, um der Göttin zu huldigen und sich ihrem Willen zu beugen. Täte man es nicht, drohten entsetzliche Strafen. So bläute man es ihm ein. Mehrere Wochen dauerte die Wallfahrt, welche sich unverrückbar in seinem Gedächtnis festkrallte.

„Und die drei Tänzerinnen da? Woher hast du sie und wofür brauchst du sie dabei?"

„Sie programmieren die Maschine. Ich ließ sie aus Chasin kommen", hustete Hamnid gequält. Er wollte das grässliche Verhör beenden und lieber alles gestehen, nur um nicht die Folter zu ertragen, die ihm drohte. Der König der Kalahan war nicht für seine Gnade bekannt.

„Mich töten vielleicht nicht, da hast du Recht", sagte der König anerkennend. „Aber du hast etwas viel Schrecklicheres getan. Du hast in meine Lebenszeit eingegriffen. Wolltest mich von meiner Aufgabe fernhalten, das Land zu regieren. Zeit ist sehr kostbar und ein jeder der sich an der Zeit vergreift, vergreift sich auch an der Freiheit. Meiner Freiheit. Weißt du, was ein Leben ohne Freiheit ist? Weißt du das? Ich hätte gute Lust dich sofort töten zu lassen, aber ich werde dir eine Chance geben, wenn du mit mir zusammenarbeitest."

„Zusammenarbeiten?", schluchzte Hamnid verstört.

„Du kennst die Maschine. Ich möchte so vieles wissen. Warum kopierte deine Maschine die kleine Tänzerin da?"

Der König stach auf Shan Xis sieben Minuten jüngeres Ebenbild zu und zerrte sie unsanft hervor. Tief blickte er in ihr ängstliches Gesicht, das sich nicht traute, auch nur einen Laut von sich zu geben.

„Da ist was schief gelaufen", sagte Hamnid und versuchte sich wieder aufzurappeln. Es wäre ihm nicht gelungen, wenn der König seinen Wächtern nicht ein Zeichen gab. Sie packten Hamnid unversehens und stemmten ihn ruckartig aufrecht.

„Ich bin ganz Ohr", meinte der König und sah sich Shan Xi mit seinem durchdringenden Blick an. Dann befahl er seinen Wächtern: „Nehmt sie und ihn mit in den Harem. Wir werden mal einen kleinen Plausch mit unserem Besuch dort oben halten."

Der Kerkermeister schloss Shan Xis Fesseln auf. Das Mädchen wurde von ihren Schwestern unsanft getrennt und regelrecht aus dem Kerker hinausgestoßen. Hamnid bekam eine Hand- und eine Halsfessel verpasst. Angekettet und im Schlepptau zerrten ihn die Wachen aus dem Kerkertrakt. Der König schritt mit eiskalter Mine durch seinen Palast. Hinterdrein folgten ihm seine Wachen, Hamnid und Shan Xi. Forsch begab sich der König in das Zimmer, in dem das Ebenbild von Shan Xi mit ihren neuen Kameradinnen zusammensaß. Sie wurden jäh von ihrem leisen Gespräch unterbrochen, in der sie sich erst einmal ihrer Lage bewusst werden wollten, in die sie gerieten. Vor Schreck über sein plötzliches Erscheinen verschlug es Soreya und auch Mutu die Sprache. Erst recht geschah es auch Shan Xi, als sie mit ihrer jüngeren Doppelgängerin konfrontiert wurde.

„Wie ein Ei dem anderen gleichend“, sinnierte der König von dem Anblick anerkennend. Die Wachen schliffen Hamnid an und warfen ihn zu Boden.

„Also, wie kommt das?“, fragte der König Hamnid barsch. Er winselte auf dem Boden. Mutu und auch Soreya wagten nicht, ein Wort zu sagen. Sie ließen diese Schreckensminuten ohne ein Wort verstreichen.

„Mein Plan muss funktioniert haben“, schlussfolgerte Hamnid jammernd und fasste sich mit den Händen an den Kopf. Seine Kettenfesseln an seinen Handgelenken rasselten laut dabei.

„Was soll funktioniert haben?“

„Majestät, das ist schwer zu erklären. Da passiert etwas in der Zukunft, was sie wieder zurückbrachte.“

„Ich weiß“, unterbrach ihn der König. Noch bevor Hamnid seinen Gedankengang aufzeigte. „Man versuchte, deine Tänzerinnen zu töten. Das lief schief. Die Frauen sagen, dass sie aus der Zukunft kommen. Es scheint, dass sie die Wahrheit erzählten. Aber wenn es sie jetzt nochmal gibt, dann heißt das, dass auch sie wieder aus der Zukunft zurückreisten.“

„Wieder zurückgereist sind?“

„Oder wie erklärst du dir, dass sie meine Gemahlin genau an der Stelle wie euch niederschlugen?“

„Ja, natürlich“, kam es Hamnid urplötzlich und sagte einen verhängnisvollen Satz. Hätte er ihn nie über die Lippen gebracht, wäre der Plan, den sich Soreya Mutu und Shan Xi ausdachten, nie in Gefahr geraten.

„Sie ändern die Zukunft. Da passiert etwas, was sie dazu zwingt, in die Vergangenheit zu reisen. Nur so können sie sich kopieren. Und wo ist die Maschine? Sie brauchen sie dazu.“

„Genau“, antwortete der König aufgebracht. „Dazu brauchen sie die Maschine. Meine Maschine. Die haben sie mitgehen lassen. Niemand bestiehlt mich ungestraft. Diese Diebinnen sollen mich kennenlernen.“

Wütend starrte er auf die hilflos vor sich hinblickenden Mädchen, die verschreckt immer tiefer in ihre Kissen sanken.

„Wir klauen die Maschine?“, bemerkte die zweite Soreya fassungslos. Sie brachte kein weiteres Wort mehr heraus.

„Oh, oh. Das ist gar nicht gut“, schluckte Mutu, wie wenn sie die weitere Reaktion des Monarchen erahnte. „Da ist etwas im Busch.“

Der König sagte nun nichts mehr. Er machte ein unmissverständliches Zeichen, was den Henkersknechten eine weitere Arbeit bescherte.
„Nein, nein“, schrien sie entsetzt, als weitere Diener kamen, um die zum Tode verurteilten Frauen zum Richtblock zu führen.
„Dann sind sie in die Vergangenheit gereist und nun wollen sie mich ganz aus der Geschichte tilgen.“
„Ja, Majestät, aber es ist möglich sie zu stoppen“, schluckte Hamnid gepeinigt. „Man kann mit der Maschine nur von dem Ort aus in die Vergangenheit reisen, an dem sie auch in der Vergangenheit aufstellte. Wenn sie weiter zurück in die Vergangenheit reisen wollen, dann müssen sie zurück zum Tempel gehen. Ich nahm sie vom Tempel mit. Sie werden sicher dorthin wollen“, mutmaßte Hamnid ein wenig Hoffnung schöpfend seine eigene Haut zu retten.
„Du bringst mich sofort dahin“, befahl der König Hamnid energisch und wandte sich an seine Leibgarde: „Schickt sofort Boten aus. Die Drei sind sofort festzunehmen. Ihnen soll aber solange kein Haar gekrümmt werden, bis ich bei ihnen bin.“
Dann drehte er sich wieder zu Hamnid um: „Wenn wir sie gefangen nehmen, ehe sie den Tempel erreichen, dann lasse ich dich frei.“
„Was geschieht mit der Maschine?“, fragte Hamnid verängstigt.
„Das soll nicht mehr deine Sorge sein“, sagte der König grimmig. „Du wirst mir inzwischen alles dazu beibringen, was ich darüber wissen muss. Auf dem Weg zu diesem Tempel haben wir genügend Zeit dafür.“

Soreya, Mutu und Shan Xi jagten auf ihrem Kamel durch die fruchtbaren Auen, die das Land der Kalahan einst so berühmt machte. Nie und nimmer dachte Soreya, dass es jenseits der Feuerberge einmal eine so üppige Vegetation gab. Bei ihrem Weg zum Palast des Königs erschien alles vertrocknet und leblos. So, als wenn an diesem Ort nie eine Pflanze eine Bleibe fand. Nun aber sahen sie stattliche Gehöfte mit großen Koppeln, in denen prächtige Rinder und unzählige Schafe weideten. Dann sahen sie das Gesinde, dass dort auf den Feldern seine Arbeit verdingte. Hie und da standen dichte Wälder, deren Bäume mit üppigem Grün leuchteten. Vorbei an Äcker spurteten sie, auf denen es blühte und zahllose Getreideähren gab, von dessen Sorten Soreya nie etwas hörte. Sie sahen auf ihrem Ritt die Mühlen, welche das Korn zu dem begehrenswerten Mehl machten.
„Und das alles vernichtete die Maschine?“, entfuhr es ihr ob der unerwarteten Erkenntnis, dass die Kalahan nun keine Wüste mehr war.
„Falsch“, sagte Mutu. „Es wurde nicht vernichtet.“
„Als wir herkamen, da war alles wie ausgetrocknet.“
„Euch gab es nie“, warf Shan Xi ein. „Ihr Beide seid aus eurer Zeitlinie entsprungen und in eine andere Linie eingeschwenkt.“
„Das verstehe ich nicht. Wir sahen doch, dass hier alles tot war.“

„Shan Xi hat Recht“, bekräftigte Mutu. „Wir Zwei sahen eine von vielen Möglichkeiten. Unser ganzes bisheriges Leben war nur eine von vielen Möglichkeiten. Wir haben mit der Zeitmaschine unsere Zeitlinie, also unsere gelebte Möglichkeit, verlassen und sind in eine Andere eingetaucht.“
„Stimmt genau“, erklärte Shan Xi. „Unser ganzes Dasein ist eine von vielen Möglichkeiten. Wir können zwar schwenken, doch wir können nur zu einem Zeitpunkt in eine Richtung gehen, in welche sich alles entwickeln wird. So gesehen passiert unser ganzes Leben nicht wirklich absolut. Ich glaube vielmehr, dass es unser Schicksal ist, den Zyklus neu zu durchleben und dann eine andere Möglichkeit zu wählen.“
„Heißt das etwa, dass ich mein Leben etwa noch einmal neu durchleben werde?“, fragte Soreya mit sich rätselnd.
„Warum nicht?“, sagte Mutu. „Vielleicht nimmst du in deinem nächsten Leben, die Erfahrung des vorherigen Lebens mit. Es wäre möglich, dass du dich anders entscheidest, wenn es kritisch wird. Oder du probierst etwas Neues aus.“
„Ja, genau so könnte es sein“, sagte Shan Xi unverhofft wieder. „Dies erklärt auch, weshalb es uns mehrmals gibt. Meine Doppelgängerin entsprang einer anderen Zeitlinie als ich. Sie hätte sich sicherlich anders verhalten, als ich. Wohin wollen wir jetzt überhaupt?“
„Na, zurück zum Tempel. Wenn mein Großvater dort die Maschine fand, werden wir sie auch dort wieder aktivieren müssen, um weiter in die Vergangenheit zu reisen.“
„Vergisst du da nicht eine Kleinigkeit?“, fragte Mutu skeptisch.
„Nein. Wir überqueren einfach die Feuerberge und … und … Oh. Nein, die Berge, sie sind ja wieder aktiv.“
„Genau. Es wird alles andere als leicht werden, über sie zu gelangen. Du weißt, dass sie praktisch unpassierbar sind.“
„Dann müssen wir eben außen rum.“
„Das kannst du vergessen. Wir müssen vor dem König dort sein. Er lässt uns nach unserem Ausbruch sicher suchen. Glaub mir, sein Arm reicht weit. Wir können nicht schnell genug sein. Also müssen wir direkt über die Berge und zwar schnell.“
„Und wie sollen wir das anstellen? Wir können doch nicht zaubern“, fragte Shan Xi entsetzt. „Als wir mit Hamnid in die Kalahan kamen, machten wir eine lange Reise um die Feuerberge herum. Die Berge sind viel zu gefährlich. Wenn ihr mich fragt, müssen wir einen anderen Weg nehmen. Dort züngelt und brodelt es vor flüssigem Stein.“
„Wir haben keine andere Wahl“, warf Mutu dazwischen. „Wenn wir die Maschine vernichten wollen, müssen wir mit ihr wieder zum Ursprung zurückreisen.“
„Und warum werfen wir sie nicht einfach in die Lava?“, fragte Soreya mit sich hadernd.

„Wir wissen nicht, was dann passiert. Wir müssen sichergehen und die Maschine selbst aus ihrer Zeitlinie tilgen."
„Ja. Mutu hat recht", antwortete Shan Xi. „Wie wir haben auch Dinge einer Zeitlinie. Wenn wir die Maschine aus der Zeitlinie werfen wollen, müssen wir sie zum Ursprung zurückbringen."
„Hey Leute, ich hab da gerade eine Idee", sagte Soreya wie von einem Blitz getroffen. Mutu und Shan Xi schauten sie neugierig an.
„Na, lass hören", sagten sie und spitzten ihre Ohren neugierig. „Warum lassen wir die Zeit nicht für uns arbeiten?"
Shan Xi und Mutu sahen sich verwirrt an und es schoss ihnen interessiert die Frage über deren Lippen: „Und wie hast du dir das vorgestellt?"

Es war einer jener gemütlichen Abende, an dem Old Marley wie eh und je in seinem Schaukelstuhl einschlief. Vor seinem Gemischtwarenladen, an der tagsüber belebten Asphaltstraße durch die weite fruchtbare Ebene der Kalahan, kehrte nach dem Feierabendverkehr endlich die ersehnte Ruhe ein. Hier brausten ansonsten die schweren Trucks der Speditionen vorbei, die mit ihren lärmenden Motoren und stinkenden Abgasen die Luft erfüllten. Jeder Stadtbewohner versuchte, diesem unerträglichen Lärm zu entfliehen. Old Marley lebte hier am Rande der Feuerberge, seit er wusste. Er kannte alle ihre Geschichten und Geheimnisse. Die vielen Sagen und Mythen, die sich über sie und um sie verbreiteten. Als er ein kleiner Junge war, erzählte ihm sein Großvater diese Geschichten. Eine davon handelte von dem ruhelosen König, der sein ganzes Leben wie ein Besessener verschwendete, um das Lieben zu lernen, aber nie zu Lieben verstand. Kreuz und quer sei er durch die Lande gereist, um nach dieser Liebe zu suchen. Auch zum heute langsam verfallenden Tempel jenseits der Vulkane führte ihn sein Weg. Dort glaubte er drei Frauen zu finden, die ihm angeblich dieses Geheimnis vermittelten. Der Legende nach hielt er diese drei Frauen einst in seinem Palast gefangen. Sie aber entkamen ihm und versuchten über die Feuerberge zu dem Tempel zu fliehen. In den Feuerbergen aber verlor sich ihre Spur. Was die drei Frauen im Tempel suchten, blieb den Spekulationen der Nachwelt überlassen. Man vermutete, dass sie von der Göttin, der dort in früherer Zeit gehuldigt wurde, Hilfe erbeten wollten. Weil sie dort allerdings nie ankamen und auch der König im Tempel monatelang vergeblich auf sie wartete, ließ er vor Zorn den Tempel und dessen berühmte Bibliothek zerstören. Natürlich erzählte das die Legende. Was davon stimmte oder eine reine Erfindung war, wusste niemand. Old Marley besaß seine eigene Theorie von der Geschichte, wie die Meisten seiner Landsleute auch. In diesen Tagen besuchten lediglich die Touristen diesen ehemals heiligen Ort. Schon lange reisen keine Pilger mehr dorthin und auch Old Marley sah diese Stätte nur ein einziges Mal als Besucher. Wind und Wetter trugen die Ruinen der imposanten Anlage allmählich ab. Nur schwach erahnte man die Einzigartigkeit der Kunst, die den Kult einst weltberühmt machte. Besonders die fein gearbeiteten Felsreliefs galten als reinste Augenweide. Verstanden es doch die Bildhauer den Fruchtbarkeitskult detailgetreu darzustellen. Der Händler seufzte und öffnete bedächtig seine Flasche Whisky, die neben seinem Schaukelstuhl stand. Das Getränk reiste mit dem Flugzeug um den halben Erdball, damit es hier in den Geschäften der Freihandelszone zollfrei seine Käufer suchte. Er nahm einen tiefen Schluck daraus und spührte den angenehmen Abgang in seiner Kehle. Wohlig lispelte er danach in einer Sprache einen Satz, die heute niemand mehr sprach.

Früher, als der Tempel jenseits der Berge noch Pilger anzog, war sie in Gebrauch. Die alten Sprachen der Gegend waren sein Hobby. Sein Großvater studierte sie und als Kind wälzte er oft in seinen Büchern.

„Das ist viel zu schwierig für dich“, sagte sein Großvater immer zu ihm. „Und außerdem wirst du das für dein Leben nicht brauchen. Die Sprache spricht heute keiner mehr.“

Aber Old Marley lernte sie. Aus Trotz. Sogar heute überkamen ihm diese aus seiner Kindheit angeblich sinnlos gelernten Worthülsen über die Lippen. Seine Worte hießen übersetzt: „Was für ein schöner Sonnenuntergang.“

Der Himmel verfärbte sich feuerrot. Er liebte es, die verschiedenen Rottöne der Abendsonne zu sehen, die sich mit dem immer tiefer werdenden Blau des Horizontes der Nacht vermischten.

„Mein Herr“, hörte Old Marley, während er in seinem Stuhl döste. Es war genau der gleiche Laut der alten Sprache, die er zuvor benutzte. Wie aus der Pistole geschossen erwiderte er im selben Dialekt: „Wo kommt ihr denn her?“

Er wandte seinen Blick in die Richtung, aus der er die Stimme vernahm. Geradewegs starrte er auf drei junge Frauen, wie sie unterschiedlicher nicht sein konnten. Sie reihten sich von ihrer Körpergröße wie die Orgelpfeifen vor ihm auf. Die Mädchen trugen altmodische Kleider, wie wenn sie zu einem Maskenball unterwegs wären. Schon lange sah man keine jungen Frauen mehr in knallbunten seidigen Kleidern umhergehen. Diese verschliefen offenbar die modischen Trends. Etwas das Old Marley doch seltsam vorkam, zumal er von dem Inhalt Modezeitschriften wusste, die er in seinem Laden verkaufte. Er stellte sich beim besten Willen nicht vor, dass es heutzutage keine jungen Frauen gab, die sich nichts aus Zeitgeschmack machten. Die Kleinste von ihnen besaß die Gesichtszüge der Bewohner des heute mächtigen Staates Chasin. Die Mittlere stammte offenbar aus dem Tal des Jahan, während die hochgewachsene schwarze Frau aus Atrafa kam.

„Die Touristen werden immer bescheuerter“, dachte sich der Händler, als er das internationale Publikum ihm gegenüber so musterte. „Sie versuchen wirklich, alles zu kopieren. Die antike Kleidung und auch die Sprache.“

„Das möchten wir nicht sagen“, sagten sie ihm.

„Was habt ihr für Kostüme an“, fragte Old Marley sie neugierig.

„Bitte fragt uns nicht danach“, bat die Mittlere ihn eindringlich. „Wir brauchen etwas schnelles, um über die Feuerberge zu kommen.“

„Heute keine Rundflüge mit dem Fesselballon mehr, wenn ihr auf das Schild hier vorne anspielt. Die Feuerberge sind in der Nacht schön von oben anzusehen, aber ein Flug in der Dunkelheit ist viel zu unsicher. Warum fahrt ihr nicht morgens mit dem Bus rüber auf die andere Seite? Der geht hier täglich weg. Die Haltestelle ist doch gleich hier vorne.“

„Das ist schwierig zu erklären“, sagte daraufhin die Kleinste.

„Dieses Gefährt können wir nicht nehmen.“

„Was seid ihr nur für schräge Vögel?“, murmelte Old Marley unhörbar zu sich.

„Wo sind wir hier?“, fragte die Mittlere neugierig.

„Hier?“, sagte Old Marley erstaunt. „Habt ihr keinen Reiseführer oder eines dieser elektronischen Wischdinger? Da drin steht es doch sicher. Das hier ist das Kleinfürstentum Kalahan. Früher einmal war es ein mächtiges Königreich, das das riesige Chasin, das Jahantal, ja sogar Peresien als seine Vasallen betrachtete. Die ganze damalige Welt lag dem Lande hier zu Füßen. Heute ist dieses Gebiet nur ein kleiner kläglicher Rest seiner einstigen Pracht. Ohne die Zollfreiheit und dem besonderen Wirtschaftsstatus würde dieser Landstrich gar nicht mehr selbstständig sein. Wenn die Eliten hier nicht ihre Gelder bunkern, wäre dieses Land schon längst von den anderen Staaten geschluckt worden. Unser Fürst ist selbstherrlich und korrupt. Jeder weiß das hier. Er lässt die paar Leute des Volkes sehen, wie es zu Recht kommt. Den ganzen Reichtum behält er für sich. Wir haben kaum Einwohner und die Wenigen, die wir haben, verdingen sich mit den Geldgeschäften der Ausländer oder den Touristenströmen. Die kommen von Weit her, um den ehemaligen Königspalast zu besuchen. Der ist das einzige kulturelle Bauwerk, das an die ehemalige Macht des alten Reiches erinnert. Sehr schön sag ich euch. Solltet ihr unbedingt besuchen. Steht sowieso auf dem Programm der Touris hier an erster Stelle. Wart ihr da schon?“

Von seinem Besuch kam keine Antwort. Ihre Minen blickten verstohlen drein. Sie schienen zu sagen, dass sie über den Königspalast kein Wort wechseln wollten. So überging Old Marley die verhaltene Reaktion. Er fuhr unvermittelt mit seiner Rede fort: „Aber genau hier bei mir gibt es die zweite Attraktion unseres kleinen Landes. Die Feuerberge, die man mit meinem Fesselballon überfliegen kann. Der Wind weht meist aus Nord. Genau richtig, um direkt drüber auf die andere Seite zu fliegen. Kommt morgen früh wieder, wenn ihr einen Rundflug machen wollt. Die Berge von oben zu sehen, ist vollkommen ungefährlich. Unten aber wird man von dem Feuer gegrillt wie ein Würstchen. Mein Ballon überwindet die feurige Glut spielend.“

Die drei Frauen bissen sich auf die Lippen, als sie das hörten.

„Was wurde aus den mächtigen Königen der Kalahan?“, fragte die Mittlere den Ballonfahrer neugierig.
„Die?“, fragte Old Marley verdutzt. „Der Niedergang des Landes fing an, als so ein liebeskranker Monarch alles wegen drei Tänzerinnen in den Dreck zog. Keiner verstand das. Der hatte einen ganzen Harem und ist trotzdem wegen denen ausgerastet. Der muss wirklich schwer vernarrt in die gewesen sein. Wird so jedenfalls erzählt. Was davon wahr ist oder nicht, tut dem Ergebnis keinen Abbruch. Er ließ vor langer Zeit den alten Tempel jenseits der Berge zerstören. Man stelle sich vor. Sein ganzes Volk und die Vasallen beteten diese Gottheit an. Dann kommt er einfach so daher und zerstört, weil er die drei Frauen dort nicht vorfand, den Mittelpunkt des gesamten religiösen Lebens. Dazu kommt die Vernichtung der Bibliothek mit seinen geistigen Schriften. Monatelang kehrte er nicht in sein Reich zurück. Es gab während seiner Abwesenheit eine Palastrevolte und sie lynchten den König dann doch, als er unverhofft wieder zurückkam. Das Kalahanreich ist im Zuge der ganzen Wirren zerbrochen. Das Wenige, was man heute sieht, gehört dem selbst ernannten Fürstenhaus. Aber das alles ist lange her. Ich selbst verkaufe an die vorbeifahrenden Touristen Souvenirs von den Feuerbergen und biete Rundflüge mit meinem Fesselballon an. Hinter meinem Haus liegt er vertaut und jederzeit betriebsbereit."
Die drei Frauen horchten wiederum auf.
„Erzählt uns mehr darüber. Was ist das für ein Ballon?“, fragte die Größte von ihnen.
„Wo kommt ihr denn her? Etwa vom Mond? Ein Ballon, das weiß doch jeder, wir vom Wind durch die Luft getragen. Mal langsamer, mal schneller. Je nachdem wie stark er bläst. Aber von hier aus weht immer eine gute Briese aus Nord. Ich leine ihn am Boden an, damit er mir nicht wegfliegt. Eine tolle Erfindung ist das von mir. Man kappt nur seine Seile und schon geht’s nach oben. Wenn man zu schnell sinkt, wirft man den Ballast am Korb ab. Das sind Sandsäcke an der Außenwand des Korbes. Wenn er schneller nach oben steigen soll, schaltet man den Brenner unter dem Ballon ein. Dann pustet er zusätzlich Heißluft hinein. Er ist zu jederzeit einsatzbereit. Ich muss das Ding nicht ständig auf und abbauen. Heute wird das allerdings nichts mehr mit einem Flug. Außerdem seht ihr Drei mir nicht danach aus, als ob ihr genügend Geld dafür hättet. Mit Verlaub, so hübsch ihr Drei auch seid, umsonst fliege ich euch nicht über die Berge. Schließlich muss ich den Ballon wegen dem Wind auf dem Landweg wieder auf die Nordseite bringen. Alles hat seinen Preis.“

Die drei Frauen steckten ihre Köpfe zusammen. Was sie beredeten, hörte Old Marley auf die Entfernung nicht. Sie gingen wieder auseinander und sagten zu dem Ballonfahrer: „Wir denken über Ihr Angebot nach und kommen morgen früh wieder zu euch. Gehabt euch wohl.“

„Keine Ursache, dann bis morgen. Einen Rundflug werdet ihr jedenfalls nicht bereuen“, sagte Old Marley verwundert, dass die drei Frauen ihr Gespräch so plötzlich abbrachen. „Gute Nacht. Ach ja und falls ihr ein Bett für die Nacht sucht, eine halbe Meile die Straße runter, gibt es ein Motel“, wünschte er ihnen hinterher. Die drei Mädchen verschwanden so schnell in der Abenddämmerung, wie sie kamen.

„Die jungen Dinger werden immer komischer“, murmelte der Ballonfahrer über die Mädchen nachdenkend. „Sehen aus, als ob sie kaum Geld haben, aber hierher reisen, wo alles so teuer in der Kalahan ist. Vielleicht träumen die auch von den Filmheinis entdeckt zu werden, die hier ihre Streifen drehen.“

Old Marley döste kurze Zeit später wieder ein. Als die Nachtkühle hereinbrach, ging er in sein Haus und zu Bett. Doch am nächsten Morgen machte er große Augen, als er nach dem Frühstück hinter sein Haus ging. Dort, wo sich gestern noch sein Ballon angeleint befand, hing jetzt ein loser Strick. An ihm gebunden, erkannte er einen antiken Siegelring, der einst dem Maharadscha aus dem Jahantal gehörte. Ein für Old Marleys Zeit unbezahlbares Artefakt. Ebenso hing ein Zettel dran, der in der alten Sprachschrift abgefasst war, die er bei seinem gestrigen Besuch verwendete: „Entschuldigt unseren Diebstahl. Zum Ausgleich schenken wir euch diesen Ring. Gezeichnet die drei Frauen von gestern Abend.“

„Wahnsinn“, bemerkte Soreya erstaunt die Feuerberge von oben betrachtend. „Sie sehen wunderschön aus.“

Seit sie mit der Zeitmaschine den Ballon in ihre Zeit entführt und mit ihm in die Luft gingen, bewunderten sie die Landschaft aus der Vogelperspektive. Diese Erfindung der späteren Generationen versetzte sie in wahre Euphorie.

„Von hier oben sieht alles so klein aus“, sagte Shan Xi bedächtig. In der Ferne erkannten sie den Königspalast mit seinen fruchtbaren Auen und auch die feurigen Schlote der Vulkane, die ihre Asche versprühten. Unter ihnen lag ein gewaltiges Geröllfeld aus Lava, das sich so nach und nach von Wind und Regen zersetzte. Es färbte sich in den unterschiedlichsten Rottönen. Von oben wirkte es, als versuchte ein Maler dort neue Farben aus Rot, Gelb, Ocker und Schwarz zusammen zu mischen.

„Ja, so wie ich es von meinem Turm aus die Welt sah, nur viel höher“, erklärte Soreya wieder. „Wie klein wir und unsere Probleme doch sind.“

„Der Wind steht günstig“, sagte Mutu überzeugend. So kommen wir spielend über die Berge. Der alte Mann hatte recht.“

„Ob wir vor dem König dort sein werden?“, fragte Shan Xi besorgt in die Runde.

„Sicher“, antwortete Soreya zuversichtlich, während der Wind sie durch die Lüfte nach Süden trieb. Fasziniert erkundeten sie mit ihren Augen die Aussicht und erkannten, wie nahe doch alles beieinanderlag. Sie glaubten, in der Ferne

die Krümmung des Erdballs zu erkennen. Dort wo sich das Meer mit dem Horizont traf. Sie sahen von oben direkt auf die glühenden Flüsse aus Lava, die ein Weiterkommen auf der Oberfläche unmöglich machten.
„Was für eine tolle Zeit ist das in der Ferne, wenn sie solche Dinge erfindet", schwärmte Shan Xi träumerisch. „Habt ihr die Wege dort gesehen? Kein Pflaster. So eine schwarze Paste. Und die Lichter auf den Pfählen? Wie machen die das nur?"
„Es gibt so vieles, was wir nicht kennen lernen werden …", sagte Mutu zustimmend, „… aber die Menschen bleiben trotz all ihrer Erfindungen immer dieselben."
„Hungrig nach Liebe wie der König", seufzte Soreya traurig. „Wisst ihr, irgendwie versteh ich ihn. Er vertraut niemandem. Seine ganze Welt ist voller Habsucht und Gier."
„Warum sperrt er dann das Paar ein?"
„Er sperrt sie nicht ein", verteidigte Soreya ihn energisch. „Sie sind seine Gäste. Die tun aber auch nichts, um von ihm weg zu kommen. Die lassen sich beobachten und sich verführen. Ich bekam den Eindruck, als ich ihnen im Spiegelsaal zusah, dass sie in Wirklichkeit sich nicht lieben, sondern eher ein Zweckbündnis eingingen. Jeder von denen kommt auf seine Kosten. Ich sah es an ihren Augen. Sie spielen dem König die heile Welt vor. Aber der König ist so verzweifelt, dass er das nicht sieht. Er braucht die Droge, die Lüge, die er lieber bereit ist, zu schlucken als zu erkennen, dass er einem Phantom nachjagt."
„Ich weiß, was du meinst. Trotz der vielen Frauen, trotz allem Reichtum, trotz aller Macht, steht er seinen Wünschen ferner denn je", sagte Mutu überzeugt. „Wir in Atrafa suchen uns die Männer aus und der König der Kalahan wäre nur ein Mann von vielen. Nichts Besonderes."
„Und dass er reich ist, spielt etwa keine Rolle?", fragte Soreya irritiert.
„Mein Mann braucht mich nicht zu versorgen", antwortete Mutu, „Das lernt jedes Mädchen bei uns selbst. Nein. Mir ist nur wichtig, dass er gesund und meinen Kindern ein guter Vater ist. Der König der Kalahan ist verzogen. Er lernte nie zu lieben."
„Aber genau das sollte ich ihm beibringen. Ich weiß, wie er mich zu sich bestellte. Ich sollte ihm das Lieben lehren. Er beugte sich über mich und stank so grässlich nach dem Tabak."
„Ich hab den Eindruck, als ob er etwas ganz anderes meinte mit dem Lieben", sagte Shan Xi wieder. „Der wollte dich gar nicht beschmutzen."

Shan Xi, Soreya und Mutu unterhielten sich sehr lebhaft über dieses Thema. Dabei merkten sie nicht, dass der Wind sie schon längst über die Berge trieb. Der Ballon sank während ihres Fluges immer mehr ab. Unter ihnen breitete sich ein großer Hain aus Bambus aus.

„Der Bambuswald. Wir müssen ganz nahe sein“, unterbrach Soreya nervös ihr angeregtes Gespräch.
„Moment“, prüfte Mutu die Gegend. „Wollen wir hier schon landen?“
„Sicher, wenn der Wind ungünstig ist, dann treibt er uns vielleicht wieder zurück.“
„Also schön. Hat jemand eine Ahnung, wie man mit dem Ding landet?“
„Das sagte der Mann nicht.“
„Genau danach hätten wir ihn fragen sollen. Und was ist, wenn wir jetzt am Boden zerschellen?“
„Tja, dann war alles umsonst“, meinte Shan Xi lakonisch dazu. „Dann enden wir eben im Nichts der Zeit.“
„Das werden wir nicht tun“, knurrte Mutu wütend. „Was ist mit dem Ding da unten?“
„Was für ein Ding?“
„Der Anker an dem Seil?“
„Das ist ein Luftgefährt und kein Schiff“, meinte Soreya skeptisch.
„Zu was soll er denn sonst hier sein. Werfen wir ihn runter.“
Hurtig packten die Mädchen den Anker und ließen ihn an dem Seil zur Erdoberfläche gleiten. Unter ihnen nahm der Bambushain an Dichte zu, als der Anker das Blätterdach berührte. Er schleifte über den grünen Teppich wie ein Schabeisen und riss aus den Baumkronen ganze Büschel heraus.
„Toll und was jetzt?“, fragte Shan Xi neugierig.
„Kappen und Ballast abwerfen“, schrie Soreya entsetzt mit Blick in ihre Flugrichtung. Denn von dort machte sie einen ihr sehr bekannten Ort aus.
„Der Palast. Wir sind bei Janapur“, rief sie entsetzt. „Wenn wir auf dem Kurs weiterfliegen, prallen wir gegen meinen Turm.“
Eiligst warfen sie alle Sandsäcke hinunter, die sie fanden. Nur allmählich gewannen sie wieder an Höhe. Gerade rechtzeitig, denn der Anker, den sie noch immer nicht kappten, entging knapp einer Häuserfront und riss dafür einen Marktstand entzwei. Von unten ertönte prompt lautes Geschimpfe, das Soreya mit einer knappen Entschuldigung zu beschwichtigen suchte. Sie versuchten, den Anker wieder in den Korb zu ziehen, doch der Ballon flog zu schnell. Prompt verhakte er sich in dem luftigen Relief des Turms. Genau auf dem Soreya in siebzig Jahren einmal stand. Oder nun auch nicht mehr, um von der Freiheit zu träumen.

„Wir sitzen fest“, schluckte sie verdattert, als sie auch schon den heftigen Ruck verspürten, den die gewaltsame Bremsung des Ankers mit sich brachte.
„Was jetzt?“, fragte Shan Xi mit bangendem Blick auf die herbeigelaufenen Palastwachen. Im Hof der prächtigen Residenz des Maharadschas liefen sie zusammen, um dem ungewöhnlichen Himmelsphänomen mit ihren Waffen gebührend zu antworten.

„Jetzt?“, meinte Soreya wenig enthusiastisch. „Jetzt darf ich meinen Urgroßvater kennen lernen.“
„Was war das für ein Mensch?“
„Nun ja, er war nicht besonders beliebt. Presste hohe Steuern ab. Sogar mein Vater beschimpfte ihn als einen Geizkragen“, versuchte Soreya zu schildern.
„Die Wachen sind auf dem Turm gestiegen und holen unser Seil ein“, schluckte Shan Xi auf die kräftig ziehenden Männer deutend. Sie packten ihr Ankerseil und zogen mit vereinten Kräften ihren immer schwächer werdenden Ballon heran. Mehrere Pfeile durchlöcherten ihre Ballonhülle, als sich Mutu endlich entschloss, wie eine Besessene an dem Seil mit den Zähnen zu knappern.“
„Du willst das durchbeißen?“, fragte Soreya fassungslos.
„Wie willst du das sonst machen? Hast du etwa ein Messer?“, entgegnete Mutu wütend. Sie spuckte ein paar Fasern aus. Das Material erwies sich als äußerst zäh.
„Nein, aber wie wärs damit?“, fragte Shan Xi und reichte ihr eine Machete.“
„Wo hast du das her?“, schimpfte Mutu ungehalten.
„In der Korbkiste da lag das drin. Ich bin die ganze Zeit drauf gesessen.“
Unversehens riss Mutu mit einer angewiderten Grimasse das Buschmesser an sich und hieb mit einem Schlag das Seil mit dem Anker ab. Genau im richtigen Moment, denn die Männer hätten sie in nur wenigen Sekunden zu fassen gekriegt. So aber entschwand der Ballon mit Schwung und segelte mit der verbliebenen Luft und dem Wind über den Palast hinweg zum Fluss hinunter.
„Uff“, atmete Soreya erleichtert auf. Sie hörte das Surren der Pfeile und rochen auch, dass sie brannten.
„Nein“, schrie sie, als einer von ihnen sogar den Korb traf und sein Feuer sich rasend schnell daran ausbreitete.
„Schnell. Nach oben und die Steine mitnehmen“, trieb Mutu die anderen Zwei an und kletterte mit ihnen zum Brenner nach oben. Zum Glück war ihnen das Benzin ausgegangen und der Brenner bereits ausgekühlt. Mit gezielten Schlägen der Machete trennte sie den brennenden Korb von ihnen ab. Krachend sauste er in die Tiefe zu den Fischen in den Jahanfluss.
„Uns kriegt ihr nicht“, schmetterte sie den Wachen entschlossen nach, welche wie ein aufgestachelter Bienenschwarm am Kai des Ortes zusammenliefen.

Lautlos glitt ihr Luftgefährt mit seiner verbliebenen Kraft über den Fluss, direkt über die fruchtbaren Felder des Jahantals hinweg. Sie erreichten einen schmalen Seitenarm des Stroms, den sie in niedriger Höhe mit dem Ballon passierten. Es war eine günstige Stelle um dort abzuspringen.
„Schnell jetzt“, diktierte Mutu zackig. Die Zeittänzerinnen passten den richtigen Augenblick ab und ließen sich in die nassen Fluten fallen. Das erfrischende Wasser hieß seine Besucher aus der Luft willkommen. Überglücklich umarm-

ten sie sich gegenseitig, als sie merkten, dass sie heil am Boden ankamen und dass eine jede von ihnen ihre Platte bei sich trug.
Geschafft schleppte eine jede sich an Land und sie ließen sich erschöpft am Ufer des lebensspendenden Flusses nieder.
„Sie werden uns suchen", jappte Soreya unheilvoll von sich.
„Wissen wir", atmete Mutu erschöpft.
„Und wenn sie uns kriegen?", fuhr Shan Xi verängstigt
„Was spielt das für eine Rolle. Wir sind nur eine von vielen Möglichkeiten."
„Ja, das sind wir. Aber für eine Möglichkeit sind wir sehr weit gekommen."
„Genau. Jetzt auf den letzten Metern werden wir nicht aufgeben. Wir werden bald an den Ursprung gelangen. An dem Ort, wo die Zeitmaschine in unsere Welt kam. Wenn es so ist, dann begegnen wir dem, was die Maschine hier zurückließ."
„Der König?", fragte Shan Xi nochmal. „Was ist mit ihm?"
„Wir werden vor ihm da sein", gab sich Mutu optimistisch. „So schnell wie wir, überwand noch niemand die Feuerberge."
„Auch wenn wir fünfhundert Jahre in die Zukunft dafür reisen mussten", lachte Soreya verschmitzt. „Was spielt Zeit für eine Rolle? Egal in, welcher man lebt. Eine jede hat ihre Gefahr und Zuflucht."
„Du sagst es", kicherte Shan Xi. „Der unbekannte Fluss."

Lange hielten sich die Drei an dieser Stelle nicht auf. Mit Hilfe von Mutus Fähigkeit falsche Fährten zu legen, verwirrten sie ihre Verfolger, die die Gegend nach ihnen absuchten. Die Tänzerinnen schlugen nach mehreren Haken letztlich den Weg zum Tempel ein. Sie liefen mit den Trittsteinen der Zeitmaschine auf der Straße des dichten Bambushains entlang. In etwa siebzig Jahren ritt Soreya den Weg noch einmal auf dem Elefanten mit ihrem Vater. So ging es Soreya zunächst durch den Kopf. Aber das geschah nun nicht mehr, denn der König der Kalahan hielt ihren Großvater gefangen. Das stellte die Zukunft des ganzen Fürstenhauses auf den Kopf. Der Weg zog sich. Sie wanderten einen ganzen Tag und eine ganze Nacht hindurch. Zwischendrin rasteten sie an einer versteckten Stelle abseits ihres Weges. Müde schliefen sie sich an Ort und Stelle aus, ehe sie Andertags zum Tempel aufbrachen. Die Feuerberge rückten ihnen immer näher und bald schon zeigten sich die drei strengen Gesichter der Göttin. Der Bambuswald lichtete sich.
„Da vorne ist es", sagte Mutu mit Genugtuung, als sie den kargen Flecken am Rande des Bambuswaldes erreichten. Von hier aus war es höchstens eine Viertelstunde zu Fuß bis zum Portal.

Der Ort sah genauso wie in der Erinnerung Soreyas aus. Kein einziges Grün, wenn man mal von dem Kräutergarten vor der Tempelanlage absah, schlug auf dieser verbrannt wirkenden Einöde Wurzeln. Am Eingang des heiligen Bezirkes gingen wie eh und je die Mönche ein und aus. Hin und wieder sahen sie die Pilger, die durch die offene Pforte gingen. Neugierig beäugte Mutu aus sicherer Entfernung den Eingang des Tempels. Um nicht gesehen zu werden, verkrochen sie sich im Bambuswald und überlegten sich, wie sie unbemerkt in den Tempel eindrangen. Möglichst geräuschlos und schnell.

„Mir kommt das viel zu ruhig vor", sagte sie skeptisch den mächtigen Torbogen beobachtend. „Habt ihr bemerkt, dass wir auf unserer Straße keine Pilger trafen?"

„Wundert mich nicht", sagte Shan Xi erklärend. „Meine Schwestern klärten mich über die Riten der Göttin der Fruchtbarkeit auf. Es gibt einen Kalender der Huldigung. Wenn ich mich recht erinnere, brachen wir im Monat der Danksagung mit Hamnid in die Kalahan auf. Jetzt müsste gerade der Monat der Läuterung sein."

„Der Monat der Läuterung?"

„Ja, wenn der ist, geht niemand so gerne zu dem alten Tempel. Während dieser Zeit geißeln sich dort alle Pilger und nur Hartgesottene ziehen das durch. Ihr wisst schon. Religiöse Fanatiker. Wenn wir jetzt als Pilger rein gehen, peitschen uns die Tempeldiener am Tor aus."

„Oh, nein", schimpfte Soreya entsetzt. „Davon hab ich nichts erfahren, als ich Tempeltänzerin war."

„Das wundert mich nicht. Die Tempeltänzerinnen sind von der Geißelung ausgenommen. Die Tänzerinnen geißeln sich mit ihrem exstatischen Tanzen. Sie tanzen bis zum Zusammenbruch. Solange bis sie vollends in Trance sind und nichts mehr um sich wahrnehmen."

„Moment mal. Als Tänzerinnen wären wir davon ausgenommen", kombinierte Mutu mit ihrem scharfen Verstand.

„Dann verkleiden wir uns doch einfach so. Die Diener merken das bestimmt nicht, wenn noch Drei weitere aus dem Nichts auftauchen. Nur die anderen Tänzerinnen dürfen uns nicht sehen. Wir warten, bis es Nacht wird. Ich schleiche mich in der Nacht über die Mauer und stehle aus dem Tempel alles, was wir brauchen. Ich habe die Anlage wochenlang beobachtet und ausgekundschaftet, bevor ich Soreya befreite."

„Das wäre eine Möglichkeit", sagte Shan Xi. „Aber wir haben nicht viel Zeit. Wie uns der Ballonfahrer erzählte, ist der König auf den Weg hierher. Wir machten durch unsere Tat eine andere Zeitlinie auf und unsere Geschichte endet nicht mehr so. Von Hamnid wird der König erfahren haben, was wir im Schilde führen. Er kennt die Maschine und vermutlich auch unsere Absicht dahinter."

„Dann müsste er uns doch eigentlich dankbar sein. Ich meine, wir versuchen diesen Albtraum zu beenden und letztendlich auch ihm zu helfen", entgegnete Soreya verständnislos.

„Nein“, antwortete Mutu. „Der König sieht das nicht so. Wir machen einen neuen Traum auf, wovon niemand weis, ob er zu einem Albtraum mutiert. Der König sieht sich von lauter Feinden umringt, die seine Herrschaft gefährden. Daher wird er auch unser Vorhaben als einen Angriff auf seine Autorität verstehen. Daher will er uns abfangen.“

„Mutu hat recht“, fuhr Shan Xi fort. „Wir müssen uns nachts einschleichen. Wenn wir uns bei Tag am Tor auspeitschen lassen, bringen wir keine Figur mehr zusammen.“

„Was ist, wenn wir mit der Zeitmaschine in die Zukunft reisen? Das hat ja schon mal geklappt?“, fragte Soreya nachdenklich.

„Was machen wir da? Das hilft uns nicht wirklich weiter. Nein. Wir müssen die Spur der Maschine zu ihrem Ursprung bringen“, antwortete Mutu skeptisch.

„Stimmt. Wir können sie nicht benutzen. Im Moment jedenfalls nicht“, stimmte Soreya ihr nachdenklich zu.

„Wir könnten natürlich auch einen anderen Weg in den Tempel nehmen“, sagte Mutu urplötzlich. Ihr stieg ein teuflischer Gedanke durch den Kopf. „Seht ihr das da“, fügte sie an und deutete auf den großen Kopf der Göttin mit den drei Gesichtern über dem Eingang der Tempelgrotte. „ Der Berg mit der Grotte ist unbewacht. Wir klettern zu dem Steingesicht hoch und lassen uns an einem Seil direkt in den Tempel runter. Das Seil oder etwas Ähnliches besorge ich mir aus dem Tempel. Da liegt genügend rum.“

„Da raufklettern und an einem Seil runterlassen?“, wiederholte es Soreya unwohl zum besseren Verständnis, was Mutu da eben aussprach.

„Ja. Das ist der schnellste Weg in die Grotte. Soweit ich weiß, ist beim Mund eine Öffnung, die als Abzug für den Rauch dient. Da können wir rein. Von dort haben wir nur noch lächerliche zweihundert Meter bis zur Nische.

„Luftlinie meinst du wohl“, antwortete Soreya mit unwohlem Gefühl im Bauch. „Das ist viel zu gefährlich. Vergiss nicht, dass wir die Steine dabei haben. Wenn wir mit ihnen abstürzen oder sie zerbrechen, dann war alles umsonst.“

„Es ist doch egal, wie alles endet. Wir verlieren ohnehin nichts“, antwortete Shan Xi entschlossen. „Wenn wir dabei sterben, geht uns das Schicksal der Nachwelt nichts mehr an.“

„So ist es“, pflichtete Mutu ihr bei. „Wenn wir Erfolg haben, schreiben wir die Geschichte unseres Lebens. Wenn nicht, dann vergehen wir im Nichts der Zeit. Was spielt das für uns eine Rolle?“

„Das ist eine dumme Idee so in den Tempel zu gelangen. Viel zu gefährlich. Nur wir können die Maschine bedienen und zurückbringen“, wandte Soreya energisch ein. „Es wird niemand sonst tun. Vielleicht wird uns niemand für unsere Tat danken, geschweige denn daran erinnern. Für etwas, das nie passiert. Um Dank geht es mir jedenfalls nicht. Alles sofort ohne sich Zeit dafür zu nehmen, haben zu wollen, ist nicht gut. Wie alles auf dieser Welt, so entwickeln auch wir uns mit der Zeit. Nur dann wird es funktionieren. Wir kommen nie bis zur Seitenkapelle, wenn wir waghalsig vorgehen. Wir verlieren Kopf und Kragen. Alles nur, weil wir uns die Zeit nicht nahmen erfolgreich zu sein. Die Zeit arbeitet manchmal auch für uns. Sie hilft einen, zu reifen. Ihr habt das ja mit dem Ballon gesehen."

„Hm", grübelte Mutu. Soreyas Einwand verunsicherte sie. „ Da ist was dran. Also schön, dann zu unserem ursprünglichen Plan zurück. Ich schleiche in den Tempel, besorge uns die Tempeltänzerinnenkluft und wir spazieren in der Nacht über die Mauer rein."

„Ja", atmete Soreya erleichtert auf. „Das bisschen Zeit haben wir sicher dafür."

„Also schön", stimmte Shan Xi zu. „Bevor einer von uns Hops geht und alles umsonst war. So machen wir es. Wenn wir die Kleider haben, dann auf in den Tempel."

Bei Einbruch der Dunkelheit schlich sich Mutu behutsam an die Tempelanlage heran. Soreya und Shan Xi verfolgten gespannt von ihrem Versteck im Bambuswald, wie sie sich durch das Lavageröll tastete. Dem breiten Tor näherte sich die Atrafarin auf leisen Sohlen. Mutu spähte in den breiten Hof des Tempels hinein, in dem zu dieser Stunde eine Schar Pilger kampierten. Den ganzen Tag über bestraften sie mit ihren Geiseln ihr sündiges Fleisch. Ihre entblößten Oberkörper, die sie in der Nacht vor einem großen Lagerfeuer wärmten, zeichneten sich von den Striemen der Peitschen. Auf ihrer Haut spiegelte sich deren Schweiß und ihr Blut gerann zu einer tiefroten Kruste. Sie unterhielten sich in einem Dialekt zueinander, welcher für Mutu fremd war. Sie vermutete, dass die Leute offenbar aus Peresien anreisten, welches sich durch seine Fakire und Schmerz erprobten Krieger auszeichnete. Sie glitt weiter lautlos die Außenmauer des Tempels entlang, bis sie den Übergang der Mauer zur Felswand erreichte. Mit ihrer Hilfe überwand sie geschickt das Hindernis und schlich lautlos, sich weiter in der Dunkelheit haltend, in den Hof. Alle Gebäude standen noch so, wie es Mutu von ihrem letzten Besuch im Kopf behielt. Seit sie Soreya aus dem Tempel holte, blieben der Standort der Garküche, der Unterkünfte und auch die Nebengebäude mit ihren flachen Dächern in ihrer Funktion unverändert. In den Umkleideräumen den Tänzerinnen herrschte zu dieser Stunde ein reges Treiben. Mutu belauschte sie vom flachen Dach des Baues bei ihrem Alltagsplausch. Die Tänzerinnen dort unterhielten sich schnatternd miteinander. Die meisten von ihnen waren froh, wenn sie ihren Götzendienst für heute endlich beendeten. Mutu hielt inne und zählte die Tänzerinnen, die unter ihr kamen und gingen. Genau merkte sie sich ihre Statur ihr Aussehen und wenn es ging, auch deren Namen. Erst nach ein paar Stunden war die Luft soweit rein, dass Mutu sich in den Umkleideräumen nach passenden Kleidern umsah. Hastig ergriff sie drei unterschiedliche Kleidergrößen und packte sie zu einem handlichen Bündel zusammen. So lautlos wie ein Panther, begab sie sich über die Mauer wieder zu ihren Kameradinnen zurück.

Sehnlichst erwarteten Soreya und Shan Xi ihre Rückkehr. Obwohl die Größen nicht ganz passten, zwängten sie sich in ihre Garderobe. Eine jede nahm sich ihren jeweiligen Trittsteinen der Zeitmaschine. Vorsichtig folgten Soreya und Shan Xi Mutu, die ihnen vorausging, um ihnen den Weg auszuspähen. Über die Mauer gelangten sie in den Hof des Tempels, in dem nun eine gespenstische Ruhe herrschte. Die Pilger schliefen inzwischen ein, nachdem sie ihre Wunden von dem Adepten gepflegt bekamen. So hatten sie ein leichtes Spiel an ihnen unbemerkt vorbeizukommen. Da so gut wie kaum jemand zu dieser Stunde im Tempel umherstrich, gelangten sie unbehelligt zu den Umkleideräumen des Tempels. Nur über diesem Raum war es den Tänzerinnen erlaubt, in das Heiligtum einzutreten. Kämen sie direkt durch den Haupteingang der Grotte, so weckte dies unweigerlich das Interesse der diensthabenden Priester im Heiligtum zu der nächtlichen Stunde. Wenn eine Tänzerin dabei erwischt wurde, drohte ihr ein mehrwöchiges Fasten, um ihren Frevel wieder rein zu waschen. Das Glück schien ihnen tatsächlich hold zu sein. Kaum dass sie die riesige Tempelgrotte mit den unzähligen Götzenbildern betraten, sahen sie bis auf die Tempelaufseher kaum eine Menschenseele umherirren. Diese fegten zu dieser Stunde den Boden der Anlage mit einem riesigen Reisigbesen, was ein schabendes Kratzen verursachte. Das war ihnen recht, da dieser Laut ihre Schritte übertönte. Am anderen Ende des ovalförmigen Kultraumes brannten aus zwei mächtigen Feuerschalen helle Flammen. Sie leuchteten den ganzen hinteren Tempelbereich aus und verströmten dabei den von Soreya bekannten harzförmigen Duft. Dort vorne sahen sie zwei Barden Musik spielen. Sie begleiteten auf ihren Instrumenten eine Schar junger Frauen, welche im Takt der Melodie ihren Götzendienst taten. Wie in Trance taumelten sie vor dem übergroßen Göttinnenbild, das geisterhaft vor sich hinzudösen schien. Ihr Blick mutete von fern an, als ob sie alles genau sah, was sich in ihrer geweihten Halle abspielte.

Soreya überkam von der nächtlichen Szenerie ein ehrfürchtiges Schaudern. Sie eilten quer über die Grotte zu dem Eingang der Seitenkapelle, den Shan Xi ihnen zeigte. Nur Soreya traute sich einen Blick auf das übermächtige Bildnis zu werfen, von dem Laka ihre höchste Achtung abverlangte. Sie war eine Verräterin an ihrer Sache. Durch ihre Tat, die Maschine zu ihrem Ursprung zu bringen, änderte sich auch der Kult. Denn jetzt erschloss sich Soreya, was jener ominöse Botschaft wirklich bedeutete, die die Mönche einst in der Wand der Grotte vermerkt fanden: „Wer mich sucht, wird mich hier finden“. Dies war nicht die Botschaft einer Göttin. Denn der Inhalt richtete sich direkt an die Zeittänzerinnen, die nach dem Wesen suchten. Wer oder was auch immer es war,

es wartete bereits auf sie. Sie fanden das Wesen genau hier im Tempel. Aber weit in der Vergangenheit, wohin nur die Zeittänzerinnen mit der Maschine gelangten. War es ein Privileg, oder Schicksal? Soreya wusste es nicht. Sie eilte weiter. Wenn es die Göttin tatsächlich gibt, straft sie uns, dämmerte es ihr durch den Kopf. Schreckliche Strafen. Ihre Kameradinnen rissen sie weiter, als sie merkten, dass Soreya die Panik und die Verunsicherung überkam. Shan Xi und Mutu zerrten sie bis zum Eingang jener besagten Seitenkapelle, in der ihr Großvater einst die Zeitmaschine entdeckte. Der hohe Nebenraum der Grotte formte sich kreisrund und besaß die von Hamnid in der Mappe dargestellten Ritzzeichnungen an den Wänden. Man erkannte sie allerdings nur schemenhaft, da darin zu dieser Stunde nur eine Öllampe über einem Weihwasserbecken brannte. Die kleine Flamme spiegelte sich darin, was ihr Licht darin schillern ließ. Die vagen Umrisse der wenigen Götterstatuen in dem Raum zeigten sich an den Wänden. Die Figuren wirkten bedrohlich auf die drei Frauen. Wie geisterhafte Schatten. So, als ob sie in jedem Augenblick über sie herfielen.
„Wir haben es fast geschafft“, lachte Mutu erleichtert auf, als sie sich vor dem Ort ihrer Bestimmung wähnten.
„Hier ist es. Also los“, sagte Shan Xi unverrichtet. „Jede legt seinen Stein hin. Die Maschine findet ihren Platz von selbst, den sie einst einnahm.“

Alle Drei legten ihre Platten genau in die Mitte des Raumes hinein. Nur wenige Augenblicke später schoben sich die Steinstufen langsam wie von selbst an ihre ursprüngliche Position. Die Steine nahmen wieder den Raum ein, um sich an ihrer Zeitlinie anzuschließen, die Hamnid einst mit seinen Experimenten unterbrach. Ihr wohnte eine mysteriöse Intelligenz inne. Eine Form, die das Verständnis der Tänzerinnen wohl nie erfasst.
„Fast haben wir es geschafft. Nur ein paar Minuten und wir können weiter in die Vergangenheit reisen“, wisperte Shan Xi hoffnungsvoll. In ihren Gesichtern spiegelte sich die Aussicht, diesem nervenaufreibenden Wahnsinn endlich ein Ende zu setzen. All ihre Mühen, all ihre Opfer machten alle drei Mädchen ungemein stolz auf sich und ihre Leistung. Sie überwanden schier übermenschlich erscheinende Gefahren. Das alles mit Hilfe der rätselhaften Zeitmaschine und ihrer Findigkeit, sie einzusetzen. Keiner erfuhr je von ihrer Tat. Einer Geschichte, die nie passiert. Ein gewisser Stolz überkam sie.
„Wisst ihr“, begann Soreya mit Tränen in den Augen“, ich bin so froh, wenn das alles hier vorbei ist.“
„Ja“, stimmte Mutu zu. „Das alles ist bald nie geschehen.“
Sie lachte unwillkürlich. „Ist schon komisch, nicht?“
„Dass wir etwas tun, was nie geschieht?“, fragte Shan Xi und erhielt prompt die Antwort, von drei Leuten, von denen sie es nicht erwartete. Funjap Nur, Mian und Mutus Großvater Zetropen: „Dass ihr etwas tut, was wir nie zulassen.“

Aus dem Dunkel des Raumes traten die drei Männer mit raschen Schritten hervor. Schnell entzündeten sie Fackeln welche im Nu die Seitenkapelle erleuchteten. Die vermeintlich geglaubten Statuen entpuppten sich als Tempelwächter, die den drei Zeittänzerinnen regelrecht auflauerten. Der Ausgang versperrte sich von immer weiter auftauchenden Tempeldienern, was eine Flucht verhinderte. Sie saßen in der Falle.
„Nein“, schrie Soreya entsetzt. Es war das Einzige, was sie über ihr vom Schock gezeichnetem Gesicht brachte, ehe sie in eine gnädige Ohnmacht fiel.

Draußen lugte die Morgensonne in den Himmel und versorgte das Land mit ihren wärmenden Strahlen, als Soreya wieder zu sich kam. Wie Tiere sperrten die Wächter sie noch in der Nacht in Käfige ein und verbrachten sie auf den Hof des Tempels. Der Abt lachte höhnisch wie ein triumphierender Sieger über beide Backen. In seinem leuchtend roten Gewand posierte er vor den drei Frauen und überschüttete sie mit Hohn und Spott.
„Ihr werdet nicht unseren Tempel entweihen. Für eure Gefangennahme wird unsere Gemeinschaft reich belohnt. Der König der Kalahan ist auf den Weg hierher und wird über euch Gericht halten.“
Er brach in ein schallendes Gelächter aus. Soreyas Blick fraß sich an ihm fest. Zorn und Wut vermischten sich in ihrem Herzen. Teilnahmslos saßen indessen Mutu und Shan Xi mit in dem Käfig. Zusammengekauert und sich gegenseitig haltend versuchten sie sich zu trösten. In ihren Augen spiegelten sich die bitteren Tränen, die sie vergossen. So nahe kamen sie dem Ziel und nun gewann der König den Wettlauf mit der Zeit.
„Ein Bote brachte die Nachricht rechtzeitig. So stellten wir euch eine Falle. Zwei Stunden früher und ihr wärt uns entwischt“, schäkerte der Abt und lies sie in ihrem Schmerz allein. In Soreya kochte es vor Zorn. Wenn sie nach Mutus waghalsigen Plan vorgegangen wären, dann hätten sie es vielleicht doch geschafft. So aber besiegelte sich ihr Schicksal. Der König ließ sie sicher für ihren Diebstahl und ihren Plan seine Autorität zu untergraben hinrichten. Niemand half ihnen jetzt noch. Wer setzte sich auch für sie ein?

Kapitel 8

Ursprung

Wie viele Tage sie auf den König in ihrem Verlies warteten, der über sie richtete, zeichnete sich nicht ab. Und zugegeben, es spielte für sie auch keine Rolle mehr. Ob es Tage oder Wochen, vielleicht sogar Monate waren. Das Ende lief auf dasselbe hinaus. Verschämt ertrugen es die gescheiterten Tänzerinnen, dass man sie mit allerlei Spott und Häme überzog. Allerlei Anzüglichkeiten, Demütigungen ihres Geschlechtes bis zu Gemeinheiten mit ihrer kargen Verpflegung. Ihre Peiniger ließen nichts aus. Es ging sogar so weit, dass sie ihre Notdurft nicht in Würde verrichten konnten. In all der Zeit des Wartens, verließ sie jede Hoffnung. Ein möglichst gnädiger Tod schien jetzt die einzige Lösung zu sein, ihr lang gestrecktes Leiden zu beenden. So sehnten sie sich gewisserweise der Ankunft des Königs herbei, damit sie endlich ihren Frieden fanden. Immerhin blieben ihnen die Liebesdienste erspart, die eine jede Tempeltänzerin zu vollführen hatte. Auf Anordnung des Königs. Ein nur schwacher Trost. Die Ankunft des Königs kündigte sich mit dem Tage an, als man sie ins Badehaus des Tempels brachte und gründlich wusch. Sie wurden ärztlich versorgt, dann fein eingekleidet und geschminkt, ehe sie in einer Schlafzelle des Tempels nach langer Zeit wieder ein Bett zugewiesen bekamen. Dort gab es keine Fenster, keine Chance auf einen Ausbruch. Aber wenigstens ließen sie die Wächter in Ruhe, die sie rund um die Uhr bewachten. An ein durchgehendes Schlafen dachte das Trio ohnehin nicht mehr. Jede Stunde kam eine Wache zu ihnen und sah nach dem Rechten. Durch einen schmalen Türspalt erkannte Soreya, wie die Tempeldiener den Hof des Tempels für die Ankunft des Königs herausputzten. Nicht nur Feger waren hierfür im Einsatz. Eiligst räumten die Tempeldiener die angrenzenden Gebäude auf. Die Pilger bauten ihre Nachtlager im Hof ab. Mit jeder Stunde kamen immer mehr und mehr Menschen in die Anlage. Ein wahres Heer von Gläubigen sammelte sich in dem Klosterkomplex.

Erst am nächsten Morgen holte man sie aus der düsteren Kammer. Die Menschenmenge im Hof kampierte die Nacht über unter freiem Himmel. Die Versorger des Klosters brachten dem Volk Essen und Wasser, das draußen unter Johlen und Grölen ihre morgendliche Reinigungszeremonie beging. Im rituellen Taufbecken wuschen sich die Menschenmassen und bereiteten sich so gut es ging auf den Besuch des Königs vor. Gaukler und Spielleute fanden ebenfalls den Weg hierher. Man hörte Musik und Gesang. Es herrschte ein entsetzlicher Andrang und lautes Gerede in verschiedenen Dialekten der Leute. Sie reisten von weit her, um diesem Tag beizuwohnen. Denn einen Besuch des Königs der Kalahan lies sich kein noch so armer Untertan im Reich entgehen. Es sprach sich herum, dass er bei seinen Besuchen viel Geld unter das Volk warf. So hoffte ein jeder der Anwesenden auf ein Almosen. Der eigentliche Grund, warum die vielen Menschen hier zusammen kamen. Nicht wegen der Göttin oder der Verurteilung der Tänzerinnen. Wegen der Spende des Königs an die Armen, die für die nächsten Tage ihr Auskommen sicherte. Nur damit diese in die Taschen von Reicheren wanderten, um als Steuern wieder zurück zum König zu fließen. Ein immer wieder kehrender Kreislauf, der ohne die Armen versiegte.

Die Verurteilung der drei Frauen geriet da zur Nebensache. Eine von vielen Routinen, die so ein königliches Gericht mit sich brachte. Weswegen der König die drei Frauen verurteilte, wusste keiner so genau.
„Die werden schon ihre Strafe verdient haben", lautete die plumpe Erklärung der Meisten, wenn man sie danach fragte. Nur die Wenigsten wussten, dass sie wegen Verrats und Diebstahl an den König ihr vermeintliches Ende fanden. Denn der König der Kalahan war bekannt dafür, mit Verrätern kurzen Prozess zu machen. Zahllose Fanfaren ertönten, als der Tross des Königs mit den großen Elefanten vor dem Tor ankam. Allerlei Diener umgaben seine prachtvoll ausgestattete Karawane. Sie sangen Lobeshymnen auf dem Herrscher. Sogar Soreyas Urgroßvater kam an diesem Tag. Sie erkannte den amtierenden Maharadscha deutlich an dessen üppigen weißen Turban, der an Pracht alle Anderen durch seine Edelsteinbeschmückung übertraf. Der König lies es sich erwartungsgemäß nicht nehmen, wie sonst bei seinen Reisen üppig Gold in die Menge streuen zu lassen. Seine Mine empfand keine Freude dabei, während er den Befehl dazu an seinen Schatzmeister gab. Auch dessen Blick richtete sich seltsamerweise nicht auf die drei Frauen, die die Tempelwächter in der Mitte des großen Platzes vor dem Hauptheiligtum in einen Käfig sperrten. Seine Aufmerksamkeit galt der mächtigen Felsengrotte selbst, dessen kolossale Türme mit den ernsten Gesichtern bedrohlich auf das Volk herabsahen. In seinen Augen spiegelte sich die Verachtung und blanke Wut wieder. Auf was, das erahnten nicht einmal die gefangenen Zeittänzerinnen.

Der König gab seinem Gefolge per Handzeichen den Befehl zum Halten, woraufhin der ganze Zug abbremste. Ohne auf seinen Elefantenführer zu warten, der den Koloss eingeknickt hätte, damit er bequem ausstieg, stand der König auf. Von oben herunter gab er einen für den Abt haarsträubenden Befehl: „Räumt sofort den Hof. Alle die ihr hier seid. Das Volk hat nun sein Gold. Jetzt verschwindet von hier. Sofort. Ich befahl niemandem von euch, hier zu sein. Die drei Frauen und mein Henker bleiben bei mir. Habt ihr das alle verstanden?"
In der Menge fing es an zu rumoren, als der König so plötzlich auf das Ende der ganzen Prozedur drängte. Ein paar der Massen gingen tatsächlich dem Be-

fehl des Königs gemäß aus dem Portal heraus, doch die Reaktion der Masse blieb eine Andere. Vielmehr wurde sie sehr still. Ein Tuscheln geisterte hindurch. Sie teilte sich, als der Abt an den König herantrat.
„Majestät, es ist mir eine Freude …“, fing er an, wie wenn er seinen Befehl nicht hörte. Doch der König lies es nicht soweit kommen.
„Ich sagte: Räumt den Hof. Ihr alle. Tut lieber was ich euch sage, wenn ihr euren Kopf auf den Schultern lassen wollt“, befahl er unmissverständlich. Ihm war es todernst. Der König der Kalahan besaß nicht nur den Ruf für seine Großzügigkeit, sondern auch für seine entsetzlichen Strafen.

Mit Bestürzung in den Augen gab der Abt seinen Tempelwächtern ein Handzeichen und erst jetzt verließ das Volk durch die breite Pforte den Tempel. Nach nur wenigen Minuten herrschte auf dem Platz eine beklemmende Leere. Lediglich der Abt mit seinen Tempeldienern, der Maharadscha von Janapur und der König der Kalahan mit seinem Gefolge hielten sich im Hof auf. Erst jetzt stieg der König von seinem Elefanten herunter und blieb stehen. Sein Blick wanderte erneut über den Hof. Er ging noch immer nicht zu den drei Frauen im Käfig, die der Prozedur mit laut klopfenden Herzen folgen. Sein Blick galt einer ganz anderen Sache. Vielmehr sah er den Abt böse an.
„Majestät, was ist in euch gefahren? Ist etwas nicht in Ordnung?“, fragte er überrascht.
„Ihr seid ja immer noch hier. Geht aus dem Tempel. Sofort.“
„Ihr wollt mich aus meinem Tempel werfen?“
„Euer Tempel? Das ist nicht euer Tempel. Er gehört der Göttin. Habt ihr das etwa vergessen? Und wer machte diesen Tempel zu dem, was er heute ist? Mein Vater war das. Erinnert ihr euch etwa nicht daran? Wenn er nicht gewesen wäre, dann hättet ihr nie diesen Einfluss von heute erlangt. Mein Vater verehrte die Göttin fanatisch. Er ließ mich hier in eurer Bibliothek ausbilden. Ich kenne diese Anlage wie meine Westentasche und auch den Kult. Also raus mit euch und euren Dienern“, herrschte der König wütend den Klostervorsteher an. Und dann wandte er sich an den Maharadscha, der wie erbleicht hinter ihm kauerte. Nur unmerklich senkte er seine Stimme, als er auch zu ihm sprach: „Dasselbe gilt auch für euch. Ihr geht vor den Tempel zu eurer Garde. Ich will allein mit den drei Gefangenen reden.“
„Mit diesen verdammten Huren?“, trotze der Abt außer sich und fügte ärgerlich hinzu. „Sie entweihten unseren Tempel …“, doch da gab der König seinem Henker ein Zeichen. Jener schlug den Tempelvorsteher mit einem gezielten Hieb der Rückseite seines Beils bewusstlos. Die Tempeldiener standen stocksteif daneben und wussten sich nicht zu helfen. Die harte Reaktion ihres größten Gönners lies sie ratlos werden.
„Bringt ihn raus zu seinem Volk“, befahl der König wiederum “… und ihr geht jetzt auch“, sagte er zum Maharadscha des Jahantals. Jener verbeugte sich kurz und lies den jungen König allein.

Erst als die Letzten von ihnen gingen und nur der Henker mit dem König im Hof stand, entkrampfte sich die Mine des Herrschers.

„Wie Tiere behandeln sie euch“, sagte er betrübt und seufzte. „Dabei habt ihr Respekt verdient.“

In sich verharrend stand er vor dem Käfig und sah die drei vor sich hinbangenden Frauen lange an.

„Macht den Käfig auf“, befahl er kurzerhand seinem Henker. Jener schlug mit seiner schweren Axt das Schloss kaputt. Unter seiner gewaltigen Kraft zersprang es wie eine reife Frucht. Seine Trümmer krachten auf die ausgetrocknete Erde des Tempelbezirks.

„Mein König. Bitte gewährt uns einen schnellen Tod. Wir wollen nicht mehr leben“, flehte Soreya ihn an und warf sich in den Staub.

„Ich? Euch umbringen wollen?“, fragte er erstaunt. „Nein. Ich will euch nicht mehr töten. Zuerst wollte ich das. Aber dann…“

Tränen sammelten sich in seinen Augen und er sah der mächtigen Tempelfassade hoch. Dort wo die übergroßen Köpfe der Furchtbarkeitsgöttin mit ihren drohenden Augen in das Land hinein blickten.

„Seht euch diesen Tempel an. Als ich klein war, brachte mich mein Vater oft hierher. Zum Studium und um Erfahrung zu sammeln Auch an solchen Monaten wie diesen. Zur Geißelung“, erzählte er mit einer Traurigkeit, die einem Zuhörer durch Mark und Bein ging. „Man sagte mir, dass man hier einen Gott fände. Einen Herrlichen, der Erfolg und Glück verheißt. Aber ich sah nur einen düsteren Ort, vor dem man Angst haben muss. Es gefiel mir hier nie. Hier, wo Schmerzensschreie erklangen und ich nachts sah, wie die Tempeldiener die Tänzerinnen vergewaltigen. Das ist hier so üblich, erklärte man mir, als ich danach fragte, warum sie so grausam sind. Und hier suchte man mich zu entjungfern, damit ich als künftiger Herr über einen großen Harem auch wüsste, was ich mit so vielen Frauen mache. Man sperrte mich mit einer jungen Tänzerin in eine Zelle. Sie sollte mich zum Mann machen. Aber ich weigerte mich als Mann aus der Zelle herauszukommen“, erzählte der König sichtlich berührt und fuhr fort: „Sicher. Tagsüber waren sie so schön anzusehen. Ich sah ihnen gerne zu, wie sie in ihren hübschen Kleidern durch den Tempel gingen. Wie sie sich beim Tanz drehten, jede einzelnen ihrer Schritte gezielt setzten. Ich liebte das. Die Musik, die zu ihren Auftritten spielte. Das Licht, das ihre Darbietung umgab. Sogar am Abend, wenn bei Feuerschein der Göttin gehuldigt wurde, sah ich ihnen zu. Ihre Anmut, ihren Liebreiz. Ich fand das wunderschön. Aber tief in der Nacht, als man mich in die Zelle zu diesem jungen Ding sperrte, wusste ich, dass sie von mir mehr erwarteten. Nicht nur zusehen. Ich sollte sie mir nehmen. Und die Tänzerin, die sie für mich ausersahen? Im fahlen Licht des Mondes, der durch das kleine Fenster unserer Zelle schien, sah ich kaum etwas von ihr. Sie saß auf ihrem Bett und sah mir diesmal bei meinem Tanz zu. Wie ich hilflos da stand und mich nicht zu bewegen wusste.

Noch nie freite ich ein Mädchen. Ich verstand ihre Sprache nicht einmal. Sie sprach einen Dialekt, den ich noch nie hörte. Irgendwie verstanden wir uns dennoch nach wenigen Minuten. In ihren Augen sah ich das. Sie lächelte mich an und ich lächelte sie an. Ich spürte ihre Angst, doch sie schwand. Dann setzten wir Beide uns aneinander und hielten uns. Ich spürte ihren Herzschlag und sie den Meinen. Am Anfang, da war er nervös. Dann aufgeregt. Allmählich ruhiger und schließlich entspannt. Es ist sonst nichts Weiteres passiert. Am nächsten Morgen ließ man mich aus der Zelle und galt in ihren Augen nicht als erwachsen."

Soreya, Mutu und Shan Xi blickten betreten auf den Herrscher, der unversehens die Geschichte seines Aufenthaltes im Tempel weiter erzählte.
„Sie aber ließ man nicht hinaus" sagte der König. „Man schickte mich weg. Ich erfuhr zunächst nicht, was sie mit ihr taten, aber ich sah sie nie wieder. Obwohl ich hoffte, sie wieder beim Götzendienst im Tempel zu sehen, aber da war sie nicht mehr. Man ersetzte sie. Erst viel später trug man mir zu, dass mein Vater sie töten lies, weil sie sich angeblich weigerte mich zum Mann zu machen. In der folgenden Nacht, machten sie erneut das gleiche mit mir. Sie sperrten mich mit einer anderen Tänzerin in eine Zelle ein. Doch ich verfuhr mit ihr, wie mit der Tänzerin in der vorherigen Nacht. Am anderen Morgen töteten sie sie. In der darauffolgenden Nacht und am nächsten Morgen wiederholte sich das Ganze. Ich blieb stur."
Der König machte eine kurze Pause. Seine Mine lockerte sich nicht.
„Mein Vater ließ mich in der vierten Nacht in Ruhe. Aber er sperrte mich in eine Zelle im Trakt der Tänzerinnen ein. Durch die dünnen Wände hörte ich sie weinen. Mein Vater gab mir damit zu verstehen, dass sie wegen mir starben. Nur weil ich mich weigerte, zum Mann zu werden. In der darauf folgenden Nacht fügte ich mich seinem Willen, um diesem Treiben ein Ende zu setzen. Ich vergas nie, dass sie alles erzwangen und einen hinterhältigen Plan vollzogen, mir ein schlechtes Gewissen zu machen. Dass ich verantwortlich für ihr Leben wäre. Was genau in jenen drei Nächten geschah, wurde mir erst so nach und nach klar. Überall wo ich war, da spielten man mir nur etwas vor. Jede dieser Frauen versuchte mir, schöne Augen zu machen. Sie alle treibt die Hoffnung, dass sie eine von denen im Harem wird, die mir den Thronfolger gebärt. Nirgendwo sah ich, was ich bei dem Paar erkannte, die ich in meinen Palast einlud. Wenn ich in die Spiegel geblickt und sah, dass sie sich nichts erzwangen, fühlte ich mich glücklich. Ihre Liebe war gewisserweise echt und keine Erfindung. Aber mich, nein. Mich liebt man nicht. Dies lernte ich schnell. Aber was für ein König wäre ich, wenn ich vor meinen Aufgaben davon liefe? Irgendjemand muss dieses Reich regieren. Meinen Anspruch auf mein Reich und mein eigenes Volk werde ich nie verraten. Ich wäre nicht würdig, ein Herrscher zu sein. Für das, was meine Bestimmung von Anfang an war. Diesen Ort hier vermisste ich nie. Im Gegenteil. Er widert mich an. Die-

ser Gott hier ist verlogen und falsch. Ich bete keinen Gott an, der nur Ausbeutung, Selbstsucht und schon gar keine echte Liebe kennt. Er stiehlt die kostbare Lebenszeit, in dem ihm keine Hürde zu hoch ist, um die Gläubigen daran zerbrechen zu lassen. Was für ein Herrscher will ich sein? Wie behandelt die Nachwelt einmal meinen Namen? Nennt sie ihn mit Abscheu oder mit Hoffnung?“, sagte er fragend und starrte sie tief dabei an und machte eine Pause.

„Ich wünsche mir letzteres. Manche fragen sich, warum einem so mächtigen König wie mir das nicht egal ist. Ich könne doch tun und lassen, was ich will. Ich richte förmlich über Leben und Tod. Wofür? Für was denn? Für wen denn? Bin ich denn wirklich glücklich, wenn ich Köpfe rollen lasse? Bin ich denn wirklich glücklich, mich einer Lüge hinzugeben? Auf meinem Weg zum Tempel, bin ich diesen Fragen erneut begegnet.“

„Euer Majestät. In eurem Palast wird es eine Revolte geben“, platzte es Soreya heraus. „Wir hörten es, als wir in die Zukunft reisten.“

„Wenn schon. Dann ist das jetzt auch egal. Früher oder später wird man mich sowieso beseitigen. Ich störe zu vielen bei ihren Geschäften. Man plant hinter meinem Rücken schon lange, mich los zu werden. Zu viel Macht birgt zu viel Neider und ein jeder weiß, dass mit meinem Tod nur Elend und Verderben über das Reich kommt. Sie streiten sich um den Reichtum, um die Macht und wie sie damit die Bevölkerung in ihrem Sinne erziehen. Nur damit diese ihnen bei ihren Plänen nicht gefährlich werden. Wie wenn dies alles das höchste Ziel des Lebens wäre.“

„Warum ist euch das auf einmal egal?“, fragte Shan Xi erstaunt. „Ihr sagtet vorhin, dass ihr euch eurem Amt verantwortlich fühlt.“

„Weil ich über euch nachdachte“, antwortete der König gefasst. „Ich ließ Hamnid ziehen, nachdem ich mich mit ihm viel über die Zeit und den Umgang mit ihr lernte. Er brachte mir bei, dass wir alle nur für einen kurzen Augenblick leben. Viele Dinge nach uns werden eine ganz andere Bedeutung zu der Zeit haben, in der man gerade ist. Man beurteilt die Vergangenheit mit anderen Augen, als es die Nachfahren tun werden. Mit der Zukunft ist es genauso. Also fragte ich mich, was für ein Herrscher ich sein wollte. Einer, der wegen seiner Grausamkeit gefürchtet wird, oder einer, der all diese Dinge nie geschehen lässt. Selbst wenn ich in keiner Chronik stehen werde.“

„Ihr wollt uns etwa gehen lassen?“, fragte Soreya überrascht. Dem König nickte. Er sah lächelnd auf die drei Mädchen, welche nicht wussten, wie sie reagieren sollten.

„So, wie mein Vater einst den drei Tempeltänzerinnen das Leben nahm, nur damit ich zum Mann werde, schenke ich nun euer Leben. Ihr Schicksal verfolgte mich all die Jahre und ich fragte mich, wie ich es wieder gut mache. Wenn ich euch gehen lasse, bewahre ich mir die Hoffnung, ihnen, wenn auch in einer anderen Zeitlinie, ein anderes Leben zu ermöglichen. Nur ihr könnt die Maschine bedienen. Man liebt doch nur, wenn man vertraut“, sagte er kurz und machte eine Pause. Dann schob er nach: „Niemals wollte ich ein Herr-

scher sein, von dem man einmal sagt, dass er nicht zu lieben verstand. Der Schaden ist bereits angerichtet. Was ist zu tun? Solange ich die Macht dazu habe, bin ich nicht gehindert richtig zu handeln. Also werde ich derjenige sein, der diesen Wahnsinn beendet. Ein anderer wird es in naher Zukunft nicht machen. Also geht jetzt und bringt dieser Welt eine andere Zeit. Das ist kein Befehl, sondern eine Bitte von mir. Die Trittsteine der Zeitmaschine liegen noch dort, wo ihr sie ausgelegt habt. Ich befahl, sie in all der Zeit liegen zu lassen."
Wie betäubt warf Soreya sich vor dem König wiederum in den Staub, der mit sich rang, nicht die Etikette zu verlieren. Nach einem Wort des Dankes verlangte der König nicht. Dies verstanden alle drei nur zu gut. Mutu zerrte Soreya wieder hoch und riss sie mit Shan Xi zum Hauptportal des Tempels. Beide Damen sahen verdutzt den König neben ihrem Käfig stehen und ihnen nachblicken.
„Geht", rief er ihnen nach. „Erinnert ihr euch wenigstens daran. Nehmt diese Erfahrung mit euch und bringt sie in eure Zukunft ein. Auf meiner baut man keine lebenswerte Zukunft."
„Was nun, Herr", fragte der Henker seinen Gebieter. Der König sah die Zeittänzerinnen im Dunkel der Tempelgrotte verschwinden. Er ging kurz in sich und murmelte: „Es ist nie zu spät, das Richtige zu tun. Wenn ihr nicht werdet wie die Kinder..."
Unversehens fasste er seinen Blick wieder und befahl seinem Diener: „Zerstört jetzt den Tempel mit samt der Bibliothek. Lasst keinen Stein mehr auf den anderen und schleift die Reliefs bis zur Unkenntlichkeit. Nichts und niemand soll sich je wieder an diesen Ort erinnern."

Der Kultraum war zu diesem Zeitpunkt vollkommen leer. Ihre hastigen Schritte hallten auf dem kühlen Boden wie das Peitschen des Windes. Sie erreichten nach nur wenigen Schritten die Seitenkapelle, in der die Zeitmaschine aufgebaut auf ihre Benutzerinnen wartete. Hastig sprang eine jede auf die Positionen und leitete die Weisung für die Reise in die Vergangenheit ein. Unversehens sahen sie von ihrer fixen Position die Zeit rückwärtslaufen und wohnten ihrer eigenen Gefangennahme bei. Dann sahen sie die drei Gelehrten und die Wächter, wie sie sich versteckten. Alles in Zeitraffer. Die Zeit lief, wie im Fluge rückwärts und sie sahen, was sich in der Seitenkapelle alles ereignete. Sie wurden Zeuge der verschiedenen Experimente Hamnids, welche wegen ihrer Anwesenheit in der Zeitmaschine dieses Mal nicht funktionierten. Sie sahen ihm zu, wie er die Zeichnungen von den Wänden wieder vom Pergamentpapier auflöste. Von jenen Pergamenten, die Soreya aus der Bibliothek holte. Wie er mit jedem Strich, die Tinte wieder auf seinen Federkiel aufnahm und zurück ins Tintenfässchen steckte. Dann sahen sie wie er den Raum verlies und sogar wie er ihn verschloss. Sogleich herrschte wieder absolute Dunkelheit, die schier ewig zu dauern schien. Die Zeitmaschine musste lange unter Verschluss gewesen sein. Soreya, Mutu und Shan Xi merkten von ihrer unbe-

quemen Haltung, dass ihnen allmählich die Gelenke schmerzten. Urplötzlich zog sich ihnen die Zeitmaschine unter den Füßen weg, wodurch alle drei wie Geschosse hoch katapultiert wurden. Ihre Köpfe landeten in etwas klebrig Weichem, das über ihnen hing. Es umschloss sie so fest, dass sie nicht mehr nach unten fielen und sie in der Luft hängen blieben.
„Ah, da seid ihr ja schon“, klang es durch ihre Köpfe. „Ich wusste, dass irgendein Geschöpf es schafft zurückzureisen, um die Maschine für mich zu vernichten. Ich hab offenbar genügend Markierungen in den Wänden hinterlassen, damit sie verstanden werden.“

Das Wesen, was immer es auch war, mutete an, ihre Gedanken zu lesen. Es antwortete telepathisch: „Ihr braucht keine Angst vor mir zu haben. Eigentlich hättet ihr mehr Angst vor der Maschine haben müssen, als vor mir. Ihr habt sie gezähmt und wisst nun, dass man nicht mit der Zeit spielt. Ich gehe davon aus, wenn ich eure Erfahrungen in euren Köpfen richtig deute, dass ihr mir helfen werdet, die Maschine zu zerstören. Doch zuvor will ich euch erzählen, was es mit ihr auf sich hat. Ihr sollt es erfahren. Nach allem, was ihr durchgemacht habt. Wer ich bin, ist unwichtig. Die Zeit hat viele Gesichter. Vielleicht nur soviel, dass meine Vorfahren aus dem großen Weltenraum stammen, um die Sonnensysteme des Universums zu erkunden. Hier fanden wir eine Atmosphäre, Wasser und Mineralien. Grundlage für Leben, aber für unsere Bedürfnisse gibt es hier bereits zu viele Arten. Das stellten wir so nach und nach fest. Meine Vorfahren bauten hier eine Basis. Ihr kennt den Ort als den Tempel der Göttin. Reichlich naiv. Dieser Kult in eurer Erinnerung, wenn ihr mich fragt. Aber egal. Illusionen soll man ja nicht entzaubern. Wir waren die Vorhut unserer Art und erfassten die Tier- und Pflanzenwelt dieses Planeten. Unser Expeditionsschiff kommt wegen der riesigen Weiten des Alls erst wieder in etwa zweitausend Erdenjahre vorbei. Man lies uns allein hier zurück. Für den Fall, dass unsere Mission abgebrochen wird, ließ meine Spezies die euch bekannten Zeitsteine zurück. Ihr lerntet sie bereits ausgiebig kennen. Leider stellten wir ziemlich bald fest, dass dieser Planet kurz davor stand, eine höher entwickelte Spezies zum Durchbruch zu verhelfen. Nämlich euch. Unser Kodex verbietet es Planeten zu besiedeln, auf dem der Lebensraum wegen einer Schwellenspezies begrenzt ist. Wir hoffen nämlich, einmal Handelspartner zu gewinnen, dessen Kultur und Wissen auch unserem Volk eine Hilfe sein wird. Unser Volk strebt nicht danach, ein Eroberer zu sein. Daher beschloss unser Expeditionsleiter diesen Planeten zu räumen und meine Kameraden evakuierten sich über die Zeitmaschine zurück. Sie fliegen in der Vergangenheit mit dem Versorgungsschiff nach Hause. Man wählte mich aus, um euch um Hilfe zu bitten, die Zeitmaschine zu zerstören. Dazu ätzte ich alle unentbehrlichen Programmierschritte der Zeitsteine in die Wände der Grotte hinein. Als ich alle notwendigen Informationen ablegte, seid ihr schon gekommen. Wenn die Angaben unvollständig gewesen wären, wärt ihr jetzt nicht hier. Ohne fremde Hilfe ist der Apparat nicht zu zerstören, da dann auch ich nicht mehr heimkehren kann. Es bedeutet für eure Art eine Katastrophe, wenn auch nur einer von uns zurückbleibt. Ihr müsst es für mich tun, nachdem ich wieder zurückgereist bin."

„Moment ...", wollte Soreya sagen, als das Wesen ihr auch schon antwortete.

„So ist es. Ihr müsst für mich die Maschine zerstören. Ich weiß, dass ihr mir helft. Sonst wärt ihr nie mit der Zeitmaschine bis zu mir gekommen. Das Unheil, das die Maschine anrichtet, zeigt euch bereits, dass eure Spezies noch nicht reif für diese Form der Technologie ist. Ihr fehlt das Gefühl für diese universelle Kraft gänzlich. Zeit ist mehr, als nur ein Augenblick. Es ist das Blut des Universums und der Raum ist ihr Körper. Solange sie in Schwung bleibt, gibt es ein Werden und Vergehen. In ihr ordnet sich das Unwahrscheinliche an. Wehe, wenn sie aus dem Takt gerät, dann lässt es ein ganzes System einstürzen und droht alles zu vernichten. Euer Sonnensystem ist nur knapp einer Supernova entgangen."

„Das war sehr …", wollte Mutu sagen.

„... töricht?", beendete das Wesen diesen Satz. „Oh ja, das war es. Aber von uns. Ihr habt rechtzeitig reagiert, die Maschine angehalten und euch zu mir gebracht. Ich sage, dass eure Art die Feuertaufe der Zeit bestanden hat."

„Wir brachten uns zu dir?", fragte Shan Xi überrascht.

„Genau. Die Maschine ist immer noch in der Zukunft. Solange die Zeitmaschine existiert, habt ihr die Zukunft eurer Zeitlinie nicht wesentlich verändert."

„Soll das etwa heißen, dass das Ganze wieder passiert?", fragte Soreya entsetzt.

„Das ist nicht ganz richtig so. Zeit ist, wie ich bereits erklärte, das Blut des Universums. Es ist erst recht dumm anzunehmen, dass es mit den übrigen Welträumen nicht in Verbindung steht. Alles, was ihr erlebt habt, ereignet sich. Irgendwo. Auch das, was ihr nicht erlebt habt, ereignet sich. Irgendwo. Ihr glaubt vielleicht euer Universum nie verlassen zu haben, aber für die Zeit bedeutet der Raum sehr viel mehr. Sie ist mit ihm sehr eng verknüpft. Aber wie bei einem Netzwerk. Niemand weis, wenn er in eine Zeitmaschine steigt, ob er tatsächlich noch am gleichen Ort herauskommt. Praktisch gibt es für jeden Augenblick ein anderes Universum. Und so weiter und so weiter. Multiversen eben. Doch genug davon. Euer Kopf ist schon verwirrt genug. Ihr müsst mir helfen, wieder in mein Universum zurückzugelangen. Ich lese in euren Köpfen, dass ihr förmlich darauf brennt, die Antwort zu erfahren. Ich werde sie euch übertragen."

Wie aufs Stichwort brannte es kurz in ihren Köpfen. In ihrem Geist sah eine jede der Zeittänzerinnen die Tanzhaltung vor sich, die sie dazu einzunehmen hatte.

„Es wird jetzt ganz schnell gehen", vermittelte ihnen das Wesen kurz.

„Ich bedanke mich auf jeden Fall jetzt schon bei euch. Die Lehre, die ihr von der Maschine erfahren habt, wird sehr nützlich für eure Art sein. Ich hoffe, dass ihr diese in die Zukunft eurer Art einbringen werdet. Wer das Wesen der Zeit nicht versteht, verplempert sie sie mit belanglosen Dingen. Glaubt mir, ein Sklave der Zeit sind wir alle, aber auch ein Sklave kann in seinem Herzen frei sein. Diese Freiheit darf, von wem auch immer, nie genommen werden. Sonst ist man in dem Strudel der Zeit wirklich ertrunken."

Das unbekannte Wesen löste ihre Köpfe. Alle drei Mädchen plumpsten nach unten wie reife Früchte. Sie hörten ein kurzes Schmatzen und der Raum war wiederum vollkommen leer. Dort, wo sich die Seitenkapelle verschloss, gähnte nun ein schmaler Durchgang. Hinter ihm lag die mächtige Grotte, die künftige Tempelhalle, wie sie vor dem Umbau zum Haus der Göttin aussah. Ein feinsäuberlich ausgehöhlter Innenraum, dessen Wände aussahen, als ob ein Wasserstrahl ihn glatt polierte. Von oben bemerkten sie ein Loch in der Decke, durch den Sonnenstrahl eindringen. Er erhellte den Felsendom immerhin so viel, dass sie sich zu recht fanden. Dort, wo die Maschine lag, glitzerte ein mysteriös aufgeladener Bergkristall. Er strahlte genug Licht ab, um die Trittsteine zu sehen, die in ihren Farben matt aufschimmerten. Der Außerirdische ließ den Gegenstand als Lichtquelle in den dunklen Raum zurück.
„Dann mal los", sagte Soreya entschlossen. Das Trio stellte sich ohne Umschweife auf die Maschine. Ihnen drängte es, diese Apparatur ein für alle Mal zu vernichten. Sie nahmen sie die Haltung ein und spürten wenig später, wie unter ihnen die Trittsteine zu glühen begannen. Eisern blieben sie darauf stehen. Trotz der enormen Hitze, die sie abstrahlten, verkohlten ihre Füße dabei nicht. Vielmehr brannten sie durch die Steine durch und standen alsbald im staubigen Boden darunter. Unbrauchbar geworden eigneten sich die Zeitsteine den Charakter eines stillen Zeugnisses der Erinnerung aus vergangenen Zeiten an. Etwas, das man in einem Schrank zum Andenken an die Erlebnisse und den Lehren daraus verwahrte. Erleichterung durchflatterte ihre schwer beladenen Herzen, als sie sich wieder entspannt hinstellten. Sie eilten aus der Seitenkapelle und suchten sich ihren Weg aus der Grotte hinaus ins Freie. Mit großer Erleichterung betraten die ehemaligen Zeittänzerinnen den künftigen Tempelhof. Zu diesem Zeitpunkt war er trostlos und leer. Es pfiff um diese Zeit bei Sonnenschein ein lauer Wind darüber. Nur die Mauern aus Tuffstein standen bereits grob behauen da. Es schien, als ob sie diese rätselhaften Wesen bereits vor Jahrhunderten aus dem Berg frästen.
„Was soll nun aus uns werden?", fragte Shan Xi verunsichert ihre Kameradinnen.
„Egal, was wird. Die Zeit zeigt es uns schon", meinte Mutu zuversichtlich. „Wir haben ja jetzt jede Menge davon."
„Sogar mehr, als wir brauchen", lachte Soreya zufrieden. Die Drei fielen sich von allen Sorgen befreit in die Arme. Sie weinten ihre aufgestaute Angst aus

dem Herzen, ihren unsäglichen Schmerz, der Ihre Seelen während des garstigen Abenteuers peinigte. Dicke Tränen der Befreiung und der Erlösung. In ihnen vermischten sich ihre Hoffnungen und auch ein Gefühl jener Sehnsucht, die alle Drei in all der Zeit einte. All ihre Strapazen waren es wert, diesen unermesslichen Lohn zu empfangen, von dem ihre Herzen sich gerade mit großer Genugtuung nährten. Selbst wenn er nur einen kurzen Augenblick anhielt. Der Hauch von Freiheit und die Gewissheit nicht mehr länger ein Sklave der Zeit zu sein.

Dies, so erzählen es die Chroniken, war die Geburtsstunde der Gemeinschaft der Zeitler. Drei weise Frauen gründeten jenen Orden, dem sie diesen bedeutungsvollen Namen gaben. Er zog am Fuße der aktiven Feuerberge in die große Grotte ein. Die Gemeinschaft wuchs schnell und durch die Findigkeit der drei weisen Gründerinnen erschufen ihre Anhänger ein blühendes Kloster. Dort unterwiesen sie ihre Schüler in der Kunst der Heilung, der Kunst des Kampfes, der Kunst der Liebe, des Lesens und des Schreibens. Darüber hinaus sammelten und studierten sie alle Schriften, derer sie auf dem Erdball habhaft wurden. Der Fundus fand in der riesigen Grotte platz, dessen Höhlenklima eine gute Konservierung der Schriftrollen möglich machte. Aber bei allem, was die Drei ihren vielen Schülern beibrachten, lehrten sie ihnen allein durch ihr Verhalten ein eigenes Fach. Genau diese Lehre galt als das eigentliche Aushängeschild der Gemeinschaft. Sie alle ließen sich die Zeit für ihre Aufgaben, die sie dafür brauchten. Ein jeder sollte im Geiste bei dem sein, was er gerade tat und sich alle Zeit nehmen, die er für sein Tun benötigte. Selbst wenn für diese Art von Arbeit eine Lebenszeit nicht ausreichte.
„Manchmal muss man schnell sein und manchmal muss man sich eben in Geduld üben", war ein oft gehörter Ausspruch jener Zeitler. Jene Devise bekamen alle Ordensjünger gleich am ersten Tag gezeigt. Es durchzog die weiter wachsende Gemeinschaft wie ein roter Faden, der sich rasch auf der ganzen Welt verbreitete. Nach einem langen und arbeitsreichen Leben verstarben ihre drei Gründerinnen. Sogar bis in den Tod hinein wichen sie nicht von ihrem Leitspruch ab, der gewissermaßen zu einer Religion mutierte. Ihre Jünger hielten ihre Gräber in Ehren. Gemäß ihrem letzten Willen, befanden sich auf ihren Grabplatten die eingelassenen Trittsteine der zerstörten Zeitmaschine. Deutlich erkannten die Besucher die durchgebrannte Fußform ihrer einstigen Zeittänzerin. Nicht selten fragen sie, wenn sie die Grabanlage der drei Gründerinnen durchstreifen, was es mit diesen drei Steinen auf sich habe. Dann erzählen die Jünger mit Geduld und Muße die hier niedergeschriebene Geschichte. Ebenso erklären sie ihnen auch, dass sie nur eine von vielen Möglichkeiten in der Raumzeit ist.

Ende